Kärntner TOTENMESSE
Roland Zingerle

Kärntner

TOTEN MESSE

von ROLAND ZINGERLE

Edition Z

Autor, Medieninhaber & Herausgeber: MMag. Roland Zingerle, rolandzingerle.at

Umschlaggestaltung & Satz: Sandra Hörtner

Coverfoto: Sandra Hörtner

Druck: Print Group Sp. z o.o., Stettin, booksfactory.at

Lektorat: Volker Maria Neumann, krimi-lektorat.de

Autorenfoto: Daniel Bruckner, contralux.at

ISBN: 978-3-96698-345-7

KAPITEL 1

Mittwoch, 19.20 Uhr

Ein Areal wie das Gelände der Klagenfurter Messe so abzuriegeln, dass keine Maus mehr ungesehen hinein-, geschweige heraushuschen kann, ist eine logistische Herausforderung. Dennoch war es innerhalb einer halben Stunde gelungen. Bei Mord fand sogar die Kärntner Gemütlichkeit ein Ende.

Chefinspektorin Sabine Oleschko stieg aus dem Streifenwagen, der sie hierhergebracht hatte, und schritt auf den Haupteingang der Messe zu. Blaulichter durchzuckten die warme Luft der Dämmerung, Polizisten in Uniform besprachen sich mit Teams der Rettung sowie mit Beamten in Schutzanzügen, mit Helmen und Maschinenpistolen. Andere hielten Hunde, die ähnlich angespannt wirkten wie sie selbst, eng an der Leine. Die Bewegungsabläufe waren schnell und routiniert.

Die Chefinspektorin nickte, wie als Bestätigung für sich selbst, dass sie zufrieden sein konnte. Einige der Uniformierten, die sie offenbar nicht kannten, wurden auf sie aufmerksam, und ihr selbstbewusstes, zielstrebiges Auftreten machte den Beamten klar, dass sie zum Team gehörte.

Am Messeeingang wartete Gruppeninspektor Roth auf sie, der in den vergangenen Monaten zu ihrer rechten Hand geworden war. „Hallo, Frau Chefinspektor!" Er salutierte und ging voraus in das Eingangs-Foyer. „Das Gelände ist gesichert, die Leute warten auf Ihre Instruktionen."

Das mochte sie so an Roth. Nicht nur, dass er fähig war, selbständig zu denken und unaufgefordert Dinge in die Wege zu leiten, die der Moment erforderte, er blieb auch immer bei der Sache, lenkte nie mit Plattitüden von der Arbeit ab, die getan werden musste.

„Und der Tatort?“, fragte Sabine Oleschko.

„Ebenfalls gesichert, der Polizeiarzt ist schon vor Ort.“

„Gut. Ist die Identität des Toten bestätigt worden?“

Als Roth ihr zunickte, erkannte sie in seinem Blick dieselbe Abneigung gegen diese Tatsache, die auch sie selbst bewegte. Nicht, dass nicht jeder Mord abscheulich und die Ermittlungen danach widerlich gewesen wären, aber wenn es einen Prominenten traf, wurde alles nur unnötig kompliziert.

Das Foyer war erfüllt vom Stimmengewirr der Besucher, die sich entweder noch an der Garderobe drängten, oder schon mit ihren Kleidungsstücken über dem Arm herumstanden und mit besorgten Gesichtern darauf warteten, dass die Polizei ihnen erlaubte, die Messe zu verlassen. Die Ersthelfer der Rettung hatten neben der Garderobe einen provisorischen Stützpunkt aufgebaut, mehrere Menschen saßen in Tragesesseln oder lagen auf Tragbahren und wurden versorgt. Ein Mord war nichts für schwache Nerven, auch wenn man nicht mehr davon mitbekommen hatte als die bloße Nachricht.

Die Türen zur Halle 1 standen offen. Die Chefinspektorin sah mit Genugtuung, dass am Durchgang Security-Leute standen, was bedeutete, dass deren Kommandant dem Ersuchen der Exekutive um Zusammenarbeit nachgekommen war. Das würde in den kommenden Stunden vieles erleichtern.

„Wo ist die Toilette?“, fragte Sabine.

„In Halle 3.“

„Also gut“, meinte sie, „zuerst dorthin, dann zu den Zeugen. Wer hat die Leiche gefunden?“
„Einer der Aussteller. Er wartet in Halle 4, gemeinsam mit dem Messedirektor und den restlichen Anwesenden.“
Irritiert sah sich die Chefinspektorin um. Die hohe, weitläufige Bogenhalle war hell erleuchtet, vereinzelt sah sie Menschen zwischen den Ständen umhergehen. Ihre Armbanduhr zeigte 19.24 Uhr. „Warum sind so viele Leute hier? Hat die Messe nicht schon um fünf geschlossen?“
„Heute ist der Ausstellerabend der Herbstmesse“, sagte Gruppeninspektor Roth.
„Was heißt das?“
„Der Ausstellerabend wird immer am Abend nach dem ersten Messetag abgehalten“, erläuterte er, „als Dankeschön der Messeverwaltung an die Aussteller.“
„Aha – und was wird da geboten?“
„Büffet, Getränke, Musik ... geselliges Beisammensein!“
Sabine schnaubte. Mord infolge geselligen Beisammenseins – das bedeutete viele Verdächtige und somit jede Menge Arbeit. „Ich gehe einmal davon aus, dass der Täter noch nicht gefasst ist?“
„Leider nein.“
„Also gut“, seufzte sie, „dann das volle Programm: Jeder Anwesende wird registriert, fotografiert und vernommen. Mich interessiert, warum und seit wann jeder hier ist, in welcher Beziehung er oder sie mit dem Mordopfer gestanden ist, wer mit dem Opfer geredet hat und worüber, und natürlich, wer als Letzter mit ihm zu tun gehabt hat. Darüber hinaus interessieren mich Beobachtungen von verdächtigen Geschehnissen, die mit dem Mord in Zusammenhang stehen könnten. Alles klar?“

„Alles klar.“ Roth zückte sein Handy, bereit, die Befehle weiterzugeben.

„Mit ‚jeder Anwesende‘ meine ich auch die Leute von der Messe, von der Security sowie jeden anderen, der auch nur annähernd so aussieht wie ein Mensch“, fuhr die Chefinspektorin fort, „und stellen Sie gleich eine Gruppe zusammen, die die Aussagen noch heute Nacht auswertet, ich erwarte morgen im Laufe des Vormittags einen ersten Überblick.“

„Jawohl!“ Der Tonfall des Gruppeninspektors verriet nichts über seine Emotionen, aber Sabine wusste, dass er Profi genug war, um die Dringlichkeit der Situation zu begreifen. Mit etwas Glück befand sich der Täter noch auf dem Messegelände, und wenn das stimmte, standen die Chancen gut, den Fall trotz der großen Zahl an Verdächtigen rasch aufzuklären.

Während Roth telefonisch entsprechende Befehle erteilte, passierten sie den Durchgang zur nächsten Halle, durchquerten diese sowie das daran anschließende Freigelände und gelangten so in die Halle 3. Gleich hinter der Eingangstür, in einem Vorraum zur eigentlichen Halle, tippte Roth, noch immer telefonierend, die Chefinspektorin an und deutete nach oben. Der Vorraum diente als Stiegenhaus, rechts und links führten Treppen nach oben. Im Halbstock gab es einen Verbindungsgang zwischen den beiden Treppen, in dem sich die Toiletten befanden. Als die beiden Kriminalpolizisten diesen betraten, sah Sabine ein paar junge Männer mit käsebleichen Gesichtern am Boden kauern, während andere Leute anscheinend unschlüssig herumstanden. Der Eingang zur Herrentoilette wurde von zwei Beamten des Einsatzkommandos Cobra bewacht. Roth gestikulierte der

Chefinspektorin, dass er hier im Gang bleiben und weitere Telefonate führen würde. Sie nickte, hielt den Cobra-Beamten ihren Dienstausweis hin und betrat die Toilette.

Im schmalen, weiß gekachelten Korridor zwischen Pissoir-Becken und Toilettenkabinen, ganz hinten, drängten sich zwei Leute um eine rücklings am Boden liegende Männergestalt, die, das erkannte Sabine schon vom Eingang aus, in modische Tracht gekleidet war. In dem Mann, der bei der Leiche kniete, erkannte sie den Polizeiarzt Doktor Grabner, und der junge Kerl mit dem bleichen Gesicht und den krampfhaften Schluckbewegungen, der offensichtlich vergebens versuchte, seine Aufmerksamkeit von den Gegebenheiten hier abzulenken, musste sein Gehilfe sein.

Sabine nahm die Eindrücke in sich auf. Bisher wusste sie nur, dass rund eine halbe Stunde zuvor hier in der Herrentoilette der Halle 3 ein Kärntner Politiker sein Leben in einer Weise verloren hatte, die auf den ersten Blick nach Mord aussah. Doch bis auf die Tatsache, dass dort vorne eine Leiche auf den kalten Fliesen lag, deutete nichts auf ein Gewaltverbrechen hin. Weder Blut noch eine Tatwaffe waren zu sehen, und der Geruch nach Urin, Pissoirkugeln und Erbrochenem war ihr vertraut, seit sie zum ersten Mal in einer Männertoilette ermittelt hatte.

Als sie näherkam, wurde Doktor Grabner auf sie aufmerksam. Er schob seine Brille mit dem Ärmel seines linken Oberarms nach oben und nickte ihr zu, als er sie erkannte.

„Gute Abend, Herr Doktor“, sagte sie, „ich meine ... Sie wissen schon.“

„Ja“, der Polizeiarzt lächelte leicht, „in unserem Metier ändern die gängigen Höflichkeitsfloskeln ihre Aussage je nach Situation.“ Der Spruch klang ausgeleiert.

„Wie sieht's denn aus?“ Sabine trat näher heran und musterte den Toten. Auch wenn sie in ihrer Laufbahn schon so manche Opfer von Gewaltverbrechen gesehen hatte, jagte ihr der erste Anblick immer noch einen kurzen Schock durch die Glieder. Hätte sie nicht bereits gewusst, dass es sich bei dem Toten um Landesrat Rudi Moritsch von der Mitte-links-Partei handelte, wäre es ihr schwergefallen, ihn in dem blaugeschwollenen Gesicht mit den hervortretenden, ins Nichts starrenden Augen und der zwischen den Zähnen eingeklemmten Zunge wiederzuerkennen. Der zu Lebzeiten durchaus attraktive Zweiunddreißigjährige schien sich mit seinem Ableben in ein Monstrum verwandelt zu haben – dass sein Glied aus dem offenen Hosenschlitz herausragte, wirkte geradezu grotesk.

„Es war eindeutig ein gewaltsamer Tod“, begann der Mediziner, „hervorgerufen durch Strangulation, so viel getraue ich mich schon jetzt zu sagen. Und ich müsste mich schon sehr irren, wenn die Tatwaffe nicht ein Gürtel gewesen ist.“ Sein gummibehandschuhter Finger zeigte auf den deutlich erkennbaren, breiten Abdruck am Hals des Toten.

„Ist die Tatwaffe sichergestellt?“ Die Worte verließen hastiger Sabines Mund, als sie es beabsichtigt hatte.

„Soweit ich weiß, nein, aber die Spurensicherung kommt erst noch. Die werden sich aber schwertun.“

„Was meinen Sie?“

„Riechen Sie es nicht?“ Der Polizeiarzt sah sie belustigt an. „Der Herr, der die Leiche gefunden hat, hat seinen Anteil am Buffet dem Kanal übergeben. Dann hat ein zufällig anwesender Arzt den Toten hierhergeschleppt und eingehend untersucht. Erst dann hat man die Polizei gerufen."

Chefinspektorin Oleschko stieg die Hitze ins Gesicht. „Wollen Sie damit sagen, der Landesrat ist woanders ermordet worden?"

Doktor Grabner drehte sich etwas zur Seite und schlug mit den Fingerrücken lässig an die nach innen geöffnete Tür der Toilettenkabine hinter sich. „Der Mord hat wohl da drinnen stattgefunden."

Sabine drängte sich seitlich am Assistenten des Mediziners sowie an der Leiche vorbei, um die Kabine in Augenschein zu nehmen.

Doktor Grabner fuhr indessen fort: „Laut Aussage des Arztes, der ihn untersucht hat, ist der Tote seitlich neben der Toilette gelegen."

Die Chefinspektorin beugte sich über den hockenden Polizeiarzt und warf einen Blick in die Kabine. Soweit sie sehen konnte, war die Toilette in gewöhnlichem Zustand, mit Ausnahme der Wasserlacke am Boden rund um die Schüssel. Automatisch schnellte ihr Blick zu dem toten Landesrat, dessen Haare und Gesicht ebenfalls nass waren.

Doktor Grabner nahm ihre Schlussfolgerung vorweg: „Geht man davon aus, dass er vor seinem Ableben nicht selbst den Kopf in die Kloschüssel gesteckt und die Spülung betätigt hat, hat das wohl sein Mörder übernommen."

Sabine stutzte. „Sie meinen, er wollte ihn ertränken? Ich der Kloschüssel?"

Der Doktor schürzte die Lippen. „So weit würde ich nicht gehen. Aber ich kann mir vorstellen, dass wir ihn vor der Toilette kniend auffinden sollten, mit dem Kopf in der Schüssel. Nur, dass die erschlaffenden Muskeln bei Eintritt des Todes das Opfer nicht in dieser Position gehalten haben und es deshalb zu Boden gerutscht ist."

„Ein Symbol für Demütigung." Die Chefinspektorin drängte sich wieder aus ihrer beengten Lage hinaus. „Dazu passt auch das entblößte Geschlecht. Danke, Herr Doktor, fürs Erste habe ich genug gesehen."

Doktor Grabner wandte sich wieder seiner Untersuchung zu und meinte anstelle einer Verabschiedung: „Den Rest erfahren Sie aus meinem Bericht, wie gehabt."

Sabines Blick fiel auf den Assistenten des Polizeiarztes, der inzwischen, noch immer käseweiß, an der Wand zwischen zwei Toilettenkabinen lehnte und teilnahmslos vor sich hinstarrte.

An der Eingangstür der Herrentoilette stieß sie beinahe mit Gruppeninspektor Roth zusammen, der offenbar fertigtelefoniert hatte.

„Lassen Sie uns die Zeugen vernehmen", sagte sie und folgte ihm, als er vorausging.

Der Weg in die Halle 4 führte durch die Halle 3. Auch hier war alles hell erleuchtet, auch hier wanderten Menschen mit angstvollen Blicken unschlüssig zwischen den Ständen herum. Das alles bekam die Chefinspektorin jedoch nur am Rande mit, denn ihr analytischer Verstand hatte bereits die Arbeit aufgenommen.

Wer auch immer Landesrat Rudi Moritsch erdrosselt und ihn mit dem Kopf voraus in die Kloschüssel gedrückt hatte, überlegte sie, musste einen unglaublichen Hass auf ihn gehabt haben! Sie gestand sich ein, dass sie darüber nicht verwundert war, denn sie kannte niemanden, der eine hohe Meinung von dem

Landesrat hatte. Ausnahmslos jeder in ihrem privaten und beruflichen Umfeld, der je in irgendeiner Weise mit Rudi Moritsch zu tun gehabt hatte, bezeichnete ihn als ungebildeten, arroganten und rücksichtslosen Machtpolitiker. Zwar hatte sie Landesrat Moritsch nie persönlich kennengelernt, doch wann immer sie ihn medial wahrgenommen hatte, hatte sie die schier unglaubliche Blasiertheit seines Auftretens geradezu aggressiv gemacht und seine politischen Aussagen waren für sie nichts weiter als populistischer, weltfremder Unsinn. Sabines Vater, der seit vielen Jahren das Bürgermeisteramt in Pörtschach am Wörthersee innehatte, hatte sogar einmal ein altes Kärntner Sprichwort auf ihn angewandt:

Dummheit und Stolz
wachsen am selben Holz.

In Halle 4 erreichten Sabine und Roth jenen Bereich, in dem der Ausstellerabend noch immer im Gange war. Zwischen einer Bühne, deren Hintergrund flächendeckend mit dem Sujet der Herbstmesse affichiert war, und einer Schankinsel waren längliche Tische mit je sechs Stühlen aufgereiht. Neben der Bühne hatte man das Buffet aufgebaut. Hinter der Tafel mit den Hauptspeisen, die in beheizten Edelstahlbehältern angerichtet waren, standen Mädchen in Kellnerinnen-Monturen, die so jung waren, dass sie wohl aus irgendeiner Mittelschule mit Gastronomieschwerpunkt stammten. An ihren bleichen Gesichtern und der schwankenden Körperhaltung konnte Chefinspektorin Oleschko ablesen, wie schwer es ihnen fiel, ihrer Rolle trotz der Umstände gerecht zu werden.

Völlig anders wirkten die hier anwesenden Aussteller. Die einen drängten sich am Buffet und an der Salatbar, welche in einem auf alt getrimmten Holzwagen mit Schindeldach etwas abseits arrangiert war, die anderen hatten an den Tischen nahe der Bühne Platz genommen, um es sich bei geselliger Plauderei schmecken zu lassen.
Der Mittelteil des Sitzbereichs war leer, erst im hinteren Drittel und an der Schankinsel, die an drei Seiten von einer Theke umgeben war, drängten sich einige schweigsame Besucher mit schockgeweiteten Augen.
Sabine sah Gruppeninspektor Roth an, der sich ebenfalls gerade einen Überblick verschaffte und nun ihre Gefühle in einem Wort zusammenfasste: „Grotesk!" Er führte sie zu einigen Rettungssanitätern, die Schock-Patienten versorgten. Roth wies auf einen jungen Mann, der auf einer Fahrtrage lag und elend aussah, und erklärte: „Dieser Herr hat den Toten gefunden."
Sabine zückte ihren Dienstausweis in einer Bewegung, die ebenso routiniert war wie der kalte Ton ihrer Stimme, mit dem sie sich vorstellte. „Chefinspektorin Oleschko. Erzählen Sie mir, was passiert ist."
Die Augen des Mannes schienen zu vibrieren. Mehrmals versuchte er zu sprechen, doch seine bleichen Lippen zitterten nur.
Eine junge, resolute Sanitäterin drängte sich zwischen ihn und die Chefinspektorin und fuhr diese an: „Sehen Sie nicht, dass er unter Schock steht? Außerdem haben wir ihm ein Beruhigungsmittel verabreicht, er braucht jetzt Ruhe."
„Das ist eine Mordermittlung", konterte Sabine heftig, „die Aussage dieses Mannes kann unter Umständen dazu führen, andere Menschen vor Schaden zu bewahren."

„Das ist Ihr Kaffee, nicht meiner." Die Sanitäterin entsicherte die Bremse der Fahrtrage und schob ihren Patienten demonstrative weg, gerade so, als wollte sie ihn vor der Chefinspektorin in Sicherheit bringen.
Sabine konnte nicht glauben, was gerade geschehen war. Sie wollte dieser präpotenten Person schon hinterherstürmen, um ihr zu zeigen, mit wem sie es zu tun hatte, als Gruppeninspektor Roth sie am Arm nahm und ihr zuraunte: „So wie der beieinander ist, kriegen wir momentan eh kein Wort aus ihm heraus."
Sabine gestand sich das nicht gerne ein, doch er hatte recht. Noch bevor sie sich weitere Gedanken zu diesem Thema machen konnte, wurde sie von der Seite angesprochen.
„Sind Sie die Ermittlungsleiterin?" Ein kahlköpfiger Mann Ende vierzig in einem eleganten Anzug stand vor ihr, er hatte ein freundliches Gesicht, in dem aber noch der Schock erkennbar war. Zumindest wirkte er gefasst.
„Chefinspektorin Oleschko, ja." Sie zog wieder ihren Dienstausweis hervor.
Der Mann hielt ihr die Grußhand hin. „Zöcherer, freut mich. Ich bin der Geschäftsführer der Klagenfurter Messe."
„Angenehm." Sie drückte die Hand. „Was wissen Sie über die Vorkommnisse heute Abend?"
„Leider nicht viel. Ich war mit meinen Mitarbeitern hier beim Ausstellerabend. Den Herrn Landesrat habe ich zwar begrüßt und ein paar Worte mit ihm gewechselt, aber mir war nicht bewusst, dass er nach Messeschluss noch hier war."
„Wie kann das sein?", fragte Sabine. „Ich meine, auf meinem Weg durch die Hallen sind mir überall Leute begegnet. Manche Stände sehen so aus, als wären sie noch geöffnet."

„Viele Aussteller veranstalten am ersten Abend einen Umtrunk“, erklärte Zöcherer, „entweder für die eigene Mannschaft, die während der Messe Dienst hat, oder für gute Geschäftspartner.“

„Wie verträgt sich das mit den Öffnungszeiten?“

„Wir sehen das nicht so eng. Das sind immerhin unsere Kunden, und solange es nicht ausartet ...“

„Und was ist mit Mord?“, fuhr Chefinspektorin Oleschko hoch.

Der Geschäftsführer hob beschwichtigend die Hände und erwiderte ruhig: „Immer mit der Ruhe, okay? Sowas wie heute kann niemand vorhersehen. Und so öffentlich, wie die Tat begangen worden ist, hätte sie genauso gut bei einem Volksfest stattfinden können.“

Sabine schluckte, doch ihr Ärger verging nicht.

„Ich möchte Ihnen den Arzt vorstellen, der den Herrn Landesrat untersucht hat“, fuhr der Geschäftsführer fort.

Der Mediziner war ein kleiner, drahtiger Mann, dessen faltiges Gesicht pure Lebensenergie ausstrahlte und damit sein Alter verschleierte. Seine weißen Haare standen in alle Richtungen vom Kopf ab. „Man hat nach einem Arzt gefragt, und ich habe mich gemeldet“, plapperte er los. „Ich bin Aussteller hier, Trainings- und Ernährungsberatung.“

Die Chefinspektorin empfand sein keckerndes Kichern als unpassend. „Wie haben Sie ihn vorgefunden?“

„Er ist in der hintersten Kabine gelegen, am Boden neben der Kloschüssel, eingeringelt wie ein Engerling, den Kopf in einer Wasserlacke. So wie der ausgesehen hat, war auf den ersten Blick klar, dass er nicht mehr wird, aber ich wollte nichts unversucht lassen. Ich habe ihn aus der Kabine gezogen, ihn auf den Rücken gelegt und untersucht. Und wie ich gesehen hab, dass nichts mehr zu machen ist, hab ich den Leuten gesagt, sie sollen die Polizei holen."

Sabine war irritiert. „Was für Leuten?"

„Na, den Zuschauern."

„Zuschauer? Es waren Zuschauer dabei? Auf der Toilette?"

Der Arzt keckerte wieder. „Ja freilich, was denken Sie? Sowas sieht man nicht alle Tage."

Sabine holte tief Luft und wechselte einen fassungslosen Blick mit Gruppeninspektor Roth.

„Spuren können wir vergessen", meinte dieser.

„Waren irgendwelche Gegenstände am Tatort", fragte sie den Mediziner, „zum Beispiel ein Gürtel oder sonst was?"

Der kleine Mann dachte kurz nach, schüttelte dann aber den Kopf, dass seine Haare zitterten. „Da war nichts, nur die Leiche."

Die Chefinspektorin bedankte sich und wies Roth an, die Personalien des Mannes aufzunehmen.

Der Messe-Geschäftsführer trat wieder an sie heran. „Frau Chefinspektorin, ich muss Ihnen diese Frage stellen, weil sie mir selbst andauernd von den Ausstellern gestellt wird: Wie lange muss die Messe voraussichtlich geschlossen bleiben?"

Sie ließ den Blick über die anscheinend sorglosen Menschen schweifen, die im Buffet-Bereich aßen und tranken, als wäre nichts geschehen. „Das kann ich Ihnen zum gegenwärtigen Zeitpunkt beim besten Willen nicht sagen."

KAPITEL 2

Donnerstag, 9 Uhr

Als der Krawall losging, wusste Heinz Sablatnig im ersten Moment nicht, wie ihm geschah. Er wälzte sich herum und wedelte mit dem Arm, als könnte er damit den Lärm verscheuchen wie eine lästige Fliege. Schließlich drang die Melodie in sein Bewusstsein – *If You Don't Know Me by Now* von Simply Red –, sein Handy-Klingelton für unbekannte Anrufer.

Hatte er gestern vergessen, sein verdammtes Handy auszuschalten? Und warum lief es ausgerechnet jetzt noch immer, obwohl sich der Akku schon seit geraumer Zeit schneller entlud, als er sich, so schien es, aufladen ließ?

Wie ferngesteuert zog Heinz die Ohrenstöpsel aus seinen Gehörgängen und drehte sich stöhnend zum Nachtkästchen. Das Nachtlicht machte ihm die Suche leicht, er schnappte das Handy und drückte die *Anruf-Annehmen*-Taste.

„Sablatnig?" Seine Stimme war kaum mehr als ein Flüstern.

„Hallo?", klang eine schrille Frauenstimme vom anderen Ende der Leitung, „spreche ich mit Heinz Sablatnig, dem Privatdetektiv?"

„Ja." Heinz hatte es aufgegeben, den Menschen zu erklären, dass es so etwas wie einen Privatdetektiv in Österreich nicht gab, die korrekte Bezeichnung lautete Berufsdetektiv.

„Hier spricht die Rechtsanwaltskanzlei Doktor Werginz. Ich verbinde Sie mit Herrn Doktor Werginz, einen Augenblick, bitte."

Einen Wimpernschlag später meldete sich eine hektische Männerstimme. „Herr Sablatnig, ich freue mich immens, Sie kennenzulernen. Haben Sie eine Minute Zeit?“

„Ja.“

„Herr Sablatnig, ich rufe Sie im Auftrag meiner Mandantin an, Frau Doktor Moritsch, die gerne Ihre Dienste in Anspruch nehmen würde. Sie sind ja in Kärnten mittlerweile immens bekannt, spätestens seit Ihrem aufsehenerregenden Einsatz bei der *Starnacht am Wörthersee*.“

Heinz konnte den Unterton in der Stimme des Rechtsanwalts nicht deuten.

„Bei dem gegenständlichen Auftrag geht es um nicht weniger als um die Suche nach einem Mörder. Sind Sie interessiert?“

Die nun entstehende Pause fühlte sich für Heinz so an, als erwartete der Anwalt, er würde „hurra“ schreien oder Ähnliches. Heinz wälzte sich an den Rand des Bettes und setzte sich auf. „Grundsätzlich ja.“

Wieder folgte eine Pause, der Anrufer schien verdutzt.

„Gut“, sagte Doktor Werginz schließlich, „gut, dann schlage ich vor, wir treffen uns alle drei und besprechen die Details, in Ordnung? Können Sie um 11 Uhr in Velden sein?“

Heinz nahm das Handy vom Ohr und blickte auf die Zeitanzeige. „Ja“, erwiderte er dann, „müsste sich ausgehen.“

„Gut, wir treffen uns dort in der Seniorenresidenz *Seemoos*. Ich warte an der Rezeption auf Sie, einverstanden?“

„Ja, in Ordnung.“

„Ich freue mich immens, Herr Sablatnig! Dann bis 11 Uhr, auf Wiederhören.“

Heinz ließ das Telefon auf das Nachtkästchen klappern und das Gesicht in seine Hände sinken. Er hatte keinen Bock auf einen Auftrag, nicht den geringsten, aber seine finanzielle Lage ließ eine Ablehnung nicht zu. Er stand auf und tappte zum Fenster, um das Rollo hinaufzuziehen. Sein Körper fühlte sich an, als hätte er einhundertfünfzig Kilo. Die Vormittagssonne blendete ihn, er wandte sich rasch ab. Sein Körper brachte ihn ins Bad – ein Routineablauf. Vor dem Badezimmerspiegel hielt er inne und betrachtete sich. Er sah müde aus, abgewrackt, aber immer noch besser, als er sich fühlte. Wie hieß dieser Rechtsanwalt noch einmal?
Eine Dusche und der erste Kaffee brachten keine wesentliche Verbesserung seines Befindens. Er würde nach Velden fahren und sich anhören, was dieser Anwalt zu sagen hatte. Und seine Auftraggeberin, deren Namen er sich genauso wenig gemerkt hatte wie den von diesem Altersheim. Aber so viele würde es in Velden ja nicht geben, eine kurze Recherche im Internet würde ihn sicher auf die richtige Spur bringen.

Pünktlich um kurz vor elf parkte Heinz seinen schwarzen, getunten *VW Corrado* auf dem Parkplatz der Seniorenresidenz *Seemoos* ein, und nahm die Mundschutzmaske aus dem Handschuhfach, die er seit Beginn der staatlichen Verordnungen wegen des Corona-Virus' immer mithatte. Bei seiner Recherche war er sich nicht sicher gewesen, ob *Seemoos* der richtige Name war, und jetzt, als er den Bau betrachtete, verstärkte sich diese Verunsicherung noch mehr. Das schlossartige Jugendstilgebäude hatte mehr Ähnlichkeit mit einem Fünf-Sterne-Hotel als mit einem Altersheim, aber er beschloss, sein Glück trotzdem

zu versuchen. Sollten alle Stricke reißen, konnte er diesen Rechtsanwalt immer noch zurückrufen und so tun, als hätte er vorhin etwas falsch verstanden.
Als Heinz die Residenz betrat, hielt er inne und staunte. Vor ihm lag ein breiter Gang, der in einen Raum mit mehreren großen Fenstern mündete. Das hereinflutende Licht glänzte mit seiner eigenen Spiegelung im dunklen, rostroten Marmor des Bodens und der Wände um die Wette. Die Bilder und Spiegel in dem Gang waren in Mahagoni eingefasst, und in großen Messingtöpfen wuchsen tropische Pflanzen. Ein paar wuchtige, mit schwerem Brokat bezogene Ohrensessel standen an zierlichen Holztischchen, alles war sauber und glänzend poliert. Die Rezeption bestand aus einem großen, stilistisch mit dem restlichen Interieur harmonierenden Holztisch. Hinter diesem saß eine attraktive, dezent gestylte Dame mittleren Alters, die im Gegensatz zu Heinz keine Mundschutzmaske trug.
„Kann ich Ihnen helfen?" Sie lächelte ihn freundlich an.
„Mein Name ist Sablatnig." Heinz trat zu ihr an den Tisch. „Ich bin hier verabredet."
Noch ehe er herumdrucksen konnte, weil er den Namen seines Termins vergessen hatte, rief eine Männerstimme von etwas weiter hinten im Gang: „Herr Sablatnig?"
Im Gegenlicht sah Heinz, wie an einem der Polstersessel schattenhaft eine großformatige Zeitung zusammengefaltet wurde, wonach sich ein Mann erhob und auf ihn zukam.
„Sie sind Heinz Sablatnig?" Unglauben schwang in der Stimme mit.
„Ja."

Als der Mann näherkam, konnte Heinz ihn besser sehen. Er mochte Mitte sechzig sein, war etwa einen halben Kopf kleiner als Heinz und erkennbar rundlich, dennoch saß sein Anzug perfekt. Zwischen sorgfältig gekämmten und gegelten Haarbüscheln über den Schläfen zog sich eine Glatze über seinen Kopf. Auch er trug keine Maske.

„Doktor Werginz, angenehm, sehr angenehm!" Der Anwalt reichte ihm die Hand. „Den Mundschutz brauchen Sie hier nicht."

Heinz nahm die Maske wieder ab. Ihm entging nicht die Enttäuschung in dem listig-intelligenten Gesicht. Kein Wunder, so wie Heinz beieinander war, hatte sein Auftreten nichts Heldenhaftes an sich – doch genau das hatte Werginz wohl erwartet, zumindest hatte Heinz das aus dessen Anspielung auf seine Rolle bei der *Starnacht am Wörthersee* geschlossen.

Der Anwalt ließ sich aber nichts weiter anmerken. Er bedankte sich bei der Dame an der Rezeption und forderte Heinz auf, ihm zu folgen.

Der Raum am Ende des Gangs entpuppte sich als weitläufiger Salon. Die in einem warmen Weiß getünchten Wände waren mit Vertäfelungselemen ten aus Mahagoni besetzt, und neben den Pflanzen in den Messingtöpfen dienten hier auch Farbradierungen als Dekorationselemente. Sie zeigten Landschaftsszenen und waren auf Staffeleien platziert. Die Fensterrahmen waren im Weiß der Wände lackiert, was mit den cremefarbenen, leicht gerafften Vorhängen harmonierte. Das Ambiente wurde von einem frischen Blütenduft getragen, der von den Schnittblumen herrührte, die in Vasen auf jedem Tisch standen.

Heinz konnte sich nicht daran erinnern, jemals in einem so prächtigen und gleichzeitig so angenehmen Raum gewesen zu sein. Er war traurig – traurig über seine Unfähigkeit, dieses Erlebnis genießen zu können. Er folgte Doktor Werginz' einladender Geste und setzte sich auf einen der hell gepolsterten Holzstühle, die an den ovalen Holztischen standen. Die Tische waren mit Tüchern in der Farbe der Vorhänge gedeckt, neben den Blumen stand auf jedem eine Kristallkaraffe, in der frisches Wasser funkelte, sowie einige stilgleiche Gläser. Der Anwalt nahm ihm gegenüber Platz, räusperte sich und blickte auf seine Hände, die er aneinander rieb.
Heinz bekam das nur am Rande mit, zu sehr irritierte ihn der Reichtum der Ausstattung hier. „Sagen Sie, was ist das hier?", fragte er.
Doktor Werginz lachte kurz und hektisch. „Das hier ist der Aufenthaltsraum der Seniorenresidenz."
„So etwas habe ich noch nie gesehen." Heinz konnte sich an keinen Seniorenheim-Aufenthaltsraum erinnern, der luxuriöser ausgestattet gewesen wäre als mit Resopaltischen, Linoleumboden und Schnabeltassen aus Plastik – alles in uniformen Pastellfarben gehalten, „um die Herrschaften zu beruhigen", wie ein Pfleger ihm einmal erklärt hatte.
Hier aber saßen elegant und bequem gekleidete, ältere Damen und Herren vereinzelt an den Tischen, unterhielten sich, lasen Zeitung oder blickten aus den Fenstern. Es hatte eher den Charakter eines noblen Kaffeehauses als den eines Altersheims.
„Nun, kein Wunder, dies ist ja auch die nobelste Seniorenresidenz, die wir in Kärnten haben", meinte der Anwalt bescheiden, „und natürlich auch die teuerste, immens teuer. Dafür gibt's aber auch einige Sonderregelungen",

er warf einen Blick auf die Mundschutzmaske in Heinz' Hand. „Herr Sablatnig, bevor wir mit Frau Doktor Moritsch sprechen, ein paar Anmerkungen vorweg."
Der ernste Ton in Werginz' Stimme zog Heinz' Konzentration auf sich.
„Frau Doktor Moritsch ist zweiundsiebzig Jahre alt, was heutzutage ja beileibe kein Alter mehr ist, nur leider hat es die Natur nicht gut mit ihr gemeint." Der Anwalt machte eine Pause, während der er seinen Händen dabei zusah, wie sie sich gegenseitig kneteten. „Ich weiß nicht, ob Sie sie kennen, sie war ja lange Jahre eine höchst erfolgreiche Kärntner Landesrätin mit mehrmals wechselnden Referaten."
Jetzt, da er es erwähnte, erinnerte Heinz sich tatsächlich. Liese Moritsch – den Namen hatte er in seiner Kindheit immer wieder in den Radionachrichten gehört, ohne dass er gewusst hatte, wer sie genau war oder was sie tat. Dennoch hatte er sich diesen Namen besser gemerkt, als er sich heute die der gegenwärtigen Landespolitiker merkte. Das mochte daran liegen, dass für ihn als Kind eine Amtszeit von mehreren Jahren unendlich lang erschienen war, während er heute oft glaubte, die Volksvertreter würden sich die Klinken zu den Büros der Macht im Wochentakt gegenseitig in die Hand drücken.
„Wie auch immer", fuhr Doktor Werginz fort, „seit sie in der Polit-Pension ist, haben ihre Geisteskräfte, sagen wir einmal, nachgelassen." Er sah Heinz an, als hoffte er, dieser würde ihn verstehen, ohne dass er deutlicher werden musste.
„Sie meinen, sie ist ..."
„Dement", zischte der Anwalt leise.
Heinz nickte.

Werginz blickte wieder auf seine Handbewegungen, als müsste er sich sammeln, ehe er fortfuhr: „Sie müssen wissen, dass ich seit vielen, vielen Jahren ihr Weggefährte bin. Ich habe schon in ihren politisch besten Zeiten ihre rechtlichen Agenden vertreten, und das war kein leichtes Brot, das dürfen Sie mir glauben.“ An dieser Stelle schlich sich ein lachender Unterton in seine Ausführungen, der aber sofort wieder verschwand. „Was ich sagen will, ist, dass mir ihr mittlerweile immens schlechter Zustand durchaus nahegeht. Und jetzt wird auch noch ihr Sohn ermordet, und sie versucht, diese Tatsache irgendwie in ihr Leben zu integrieren, zumindest in ihren hellen Momenten.“
Heinz fühlte sich wie vom Blitz getroffen. Moritsch ... es gab doch auch aktuell einen Landesrat dieses Namens ... meinte der Anwalt etwa ihn? Und wann war der ermordet worden?
Doktor Werginz sah Heinz mit einem Ausdruck völliger Fassungslosigkeit an. „Herr Sablatnig ... Sie wissen gar nichts davon, habe ich recht? Mein Gott!“
Für einen Moment schien es Heinz, als wollte der Rechtsanwalt aufstehen und schweigend davongehen. Stattdessen sank sein Kopf mit einem hoffnungslosen Schnauben zwischen seine Schultern. Als er sich wieder gefasst hatte, legte er den Kopf schief und blickte Heinz hart an. „Herr Sablatnig, ich habe Sie Frau Doktor Moritsch empfohlen, weil ich davon ausgegangen bin, dass Sie der beste Privatermittler sind, den wir in Kärnten haben. Sie haben die Frenzen befreit und ihren Kidnapper überführt, beides unter Lebensgefahr, wenn ich mich recht erinnere. Sollte ich mich in Ihnen getäuscht haben? Ich meine, Sie kennen ja nicht einmal die Schlagzeile des Tages, wie sollen

Sie da …" Als er bemerkte, dass er laut geworden war, ließ er den Satz unvollendet im Raum stehen. Sein harter Blick haftete weiterhin auf Heinz, offensichtlich wollte er eine Antwort hören.
Heinz konnte ihm keine geben. „Wissen Sie", seine Worte kamen zögerlich, vor allem, da er schon wieder den Namen seines Gegenübers vergessen hatte, „bis jetzt weiß ich ja noch nicht einmal, worum es überhaupt geht. Ich habe heute länger geschlafen, Ihr Anruf hat mich aufgeweckt. Ich habe geduscht und gefrühstückt, dann bin ich hierhergefahren. Wenn Sie von mir erwarten, dass ich schon mit der halben Lösung zu unserem ersten Treffen komme, dann, fürchte ich, erwarten Sie etwas zu viel."
Auch wenn Doktor Werginz es sich nicht anmerken lassen wollte, erschien ihm die Antwort schlüssig, Heinz konnte es in seinen Augen sehen. Dennoch behielt er seinen Blick noch mehrere Sekunden lang bei. Das mochte bei Befragungen vor Gericht durchaus Wirkung haben, Heinz ermüdete es nur.
„Gut", meinte der Rechtsanwalt schließlich spitz, „gut, wir werden sehen. Frau Doktor Moritsch erwartet uns im Garten. Bitte haben Sie so viel Respekt und üben Nachsicht, wenn sie plötzlich das Thema wechselt." Er stand abrupt auf und ging voraus.
Heinz spürte, wie die Kraft von ihm abfiel. Diese Schmähung und der Zweifel an seinem Taktgefühl machten ihm zu schaffen, ebenso die Weigerung, ihn ins Bild zu setzen. Warum, zum Teufel, sagte der Rechtsvertreter nicht einfach, was es mit der Ermordung von Frau Doktor Moritschs Sohn auf sich hatte, wenn er Heinz deswegen hergebeten hatte? Nein, Heinz hatte echt keinen Bock auf diesen Auftrag!

Die noble Ausstattung der Innenräume setzte sich auf der Gartenterrasse fort. Die Sitzbereiche aus Steinpflaster wurden von kleinen Grünflächen unterbrochen, auf denen weiße Pavillons inmitten von Blumen und kugelig geschnittenen Büschen standen. In der Mitte der Terrasse, die sich über die gesamte Breite des Gebäudes erstreckte, plätscherte ein dreistöckiger, etwa zweieinhalb Meter hoher Brunnen, dessen weißer Stein vollständig mit Zierreliefs bedeckt war. Die Sitzgarnituren aus schwerem, altweiß lackiertem Gusseisen bestanden aus großen Tischen und jeweils vier stabilen Stühlen. Die runden Tischplatten waren ein Stückwerk aus konzentrischen Blüten- und Streifenmotiven mit relativ großen Zwischenräumen, auf den Sitzflächen der Stühle lagen taubengraue Sitzpolster.
Liese Moritsch wirkte klein und gebückt, wie sie da auf ihrem Stuhl saß und aus einer Kaffeetasse trank, die Untertasse in der anderen Hand. Heinz erkannte in ihren Gesichtszügen jene der starken Politikerin wieder, die in seinen Kindestagen selbstbewusst von diversen Wahlplakaten herabgelächelt hatte, doch sie wirkten nicht mehr wie die körperliche Ausformung eines starken Charakters, sondern wie eine im Laufe der Jahre geformte Maske.
Neben ihr am Tisch saß ein alter Mann mit schütteren, grauen Haaren und abstehenden Ohren.
Doktor Werginz eilte zu Frau Moritsch und stellte sich so hin, dass sie auf ihn aufmerksam werden musste. „Frau Doktor“, sagte er laut, mit übertriebener Freude in der Stimme, „haben Sie schon auf uns gewartet?“
Die alte Frau hob langsam den Kopf und musterte den Anwalt. „Herbert“, sagte sie, „was gibt es Neues von der Causa Sankt Magdalen?“ Ihre Stimme klang fest aber brüchig.

Werginz ignorierte ihre Worte. „Darf ich Ihnen Herrn Sablatnig vorstellen?" Er deutete auf Heinz und gestikulierte diesem, er solle nähertreten.
Heinz gehorchte, und die ehemalige Politikerin musterte nun auch ihn. Ihr Blick war leer.
„Wir haben Herrn Sablatnig engagiert, um den Mord aufzuklären, erinnern Sie sich?", fuhr der Anwalt fort.
Heinz kam es etwas seltsam vor, dass er und Frau Moritsch offenbar noch immer per Sie waren, obwohl sie, wie er erzählt hatte, viele Jahre lang zusammengearbeitet hatten.
„Den Mord ...", wiederholte die alte Frau, und mit einem Mal füllte sich ihr Blick mit Leben – und mit tiefem Schmerz. Eine wellenartige Bewegung ging durch ihren hageren Körper, doch nur kurz, dann setzte sie Kaffee- und Untertasse am Tisch ab, richtete sich auf und sagte betont förmlich: „Doktor Werginz, ich möchte Ihnen meine Tischgesellschaft vorstellen, Herrn Diplomkaufmann Sorger, Gründer und Mehrheitseigentümer der Immobilien-Investmentgruppe *Immorsorg*."
Der Anwalt reichte dem alten Mann höflich die Hand.
„Herr Diplomkaufmann", fuhr die alte Dame mit der Vorstellung fort, „Herr Doktor Werginz, mein Rechtsvertreter und seine Begleitung, Herr ..." Sie sah Heinz auffordernd an, doch Doktor Werginz war schneller:
„Sablatnig, Heinz Sablatnig, Kärntens erfolgreichster privater Ermittler."
Frau Moritsch reichte Heinz die Hand, die sich anfühlte wie Knochen in warmem Zellophan. Anschließend wandte Heinz sich Herrn Sorger zu. Dieser streckte ihm einen seiner spindeldürren Arme entgegen, welche in starkem Kontrast zu seinem gesetzten Leib

standen. Für sein Alter – Heinz schätzte den Mann auf über achtzig – hatte er einen erstaunlich festen Händedruck.

„Es ist eine Tragödie! Eine Tragödie, was da passiert ist." Sorgers Stimme war dünn und heiser.

„Ja, das stimmt", pflichtete ihm Doktor Werginz bei und nickte dabei heftig.

„Die Dinge sind so, wie sie sind." Frau Moritschs Urteil klang fest und endgültig. „Aber das heißt nicht, dass wir sie hinnehmen müssen." Sie vollführte eine wegschleudernde Armbewegung. „Herr Sablatnig ist hier, um den Mörder meines Sohnes zu stellen und ihn seiner gerechten Bestrafung zuzuführen." Während sie redete, blickte sie geradeaus, als spräche sie über die Köpfe eines großen Publikums hinweg. „Auf die Polizei ist kein Verlass. Sie steht entweder im Dienst der herrschenden Partei, oder sie tut gar nichts. Das nehmen wir nicht hin." Sie blinzelte einige Male, dann sagte sie: „Con piacere, Signore, sí, prego", und nahm wieder ihre Kaffeetasse samt Unterteller vom Tisch.

„Dieser Fall", wandte sich nun Sorger an Heinz, „dieser Fall muss unbedingt aufgeklärt werden, hören Sie? Es hängt viel davon ab." Es klang, als hätte auch er ein persönliches Interesse daran, doch Heinz vermutete, er wollte als guter Freund von Frau Moritsch deren plötzlichen Wechsel in die geistige Umnachtung überspielen.

„Deshalb sind wir hier", beschwichtigte Doktor Werginz, der es plötzlich eilig zu haben schien. „Wenn Sie uns bitte entschuldigen, Herr Sablatnig und ich machen uns gleich an die Arbeit." Er wandte sich an die ehemalige Landesrätin: „Liebe Frau Doktor Moritsch, ich wünsche Ihnen noch einen schönen

Tag, ich melde mich bei Ihnen, sobald es etwas Neues gibt." Da er nicht einmal versuchte, ihr die Hand zu reichen, ging er offenbar davon aus, dass sie ihn nicht wahrgenommen hatte.

Heinz verabschiedete sich in gleicher Weise von ihr und reichte Diplomkaufmann Sorger die Hand. Als er sich zum Gehen wendete, sah Frau Moritsch ihn mit einem verschleierten Blick an und sagte: „Herbert, die Causa Sankt Magdalen! Vergessen Sie nicht die Causa Sankt Magdalen!"

War Heinz vorhin noch davon ausgegangen, Doktor Werginz heiße mit Vornamen Herbert, begriff er nun, dass sie jemanden meinte, der wohl nur noch in ihrer Erinnerung existierte.

Doktor Werginz hatte die Seniorenresidenz im Eilschritt und schweigend verlassen, der Dame am Rezeptionstisch hatte er nur ein Kopfnicken zukommen lassen. Heinz hatte zu tun gehabt, ihm hinterherzukommen, er hatte sich hilflos gefühlt, der Situation ausgeliefert.

Jetzt, als sie das Gebäude verlassen hatten, blieb der Anwalt abrupt stehen und wandte sich ihm zu. „Herr Sablatnig, ich habe mir schon im Vorfeld die Freiheit genommen, einen Termin bei Frau Magistra Mühlwirth für Sie zu vereinbaren, Rudis ... die Büroleiterin von Landesrat Moritsch. Bitte seien Sie pünktlich um 17 Uhr in der Landesregierung." Er kramte hektisch in der Innentasche seines Sakkos und zog, sehr zu Heinz' Erleichterung, eine Visitenkarte hervor, die er ihm reichte. „Bitte rufen Sie an, sobald Sie etwas herausgefunden haben, meine Sekretärin informiert mich und ich rufe schnellstmöglich zurück. Auf

Wiedersehen." Er gab Heinz die Hand und eilte davon. Während seines gesamten Monologs hatte er ihn nicht eines Blickes gewürdigt.
Heinz stand da und sah zu, wie der Anwalt auf einen schwarzen Mercedes zueilte, ein Modell der neuesten S-Klasse-Generation. Die Blinker des Wagens leuchteten kurz auf, als Zeichen, dass er das Öffnen-Signal von Werginz' Schlüssel erhalten hatte, und gleich darauf war der Anwalt eingestiegen und fuhr davon.
In Heinz' Kopf blitzten Versatzstücke der Informationen auf, die er in der vergangenen halben Stunde erhalten hatte, sein Gehirn fühlte sich an, als hätte es einen Muskelkater. Er senkte seinen Blick zu der Visitenkarte, die seine Hände wie einen Schatz hielten. In letzter Zeit konnte er sich Namen, Termine und andere Informationen kaum noch merken, da war dieser schriftliche Anhaltspunkt ein echter Segen. Den Namen von Landesrat Moritschs Büroleiterin hatte er schon wieder vergessen, den Termin um 17 Uhr wusste er noch. Schnell zog einen Kugelschreiber und notierte die Uhrzeit auf die Rückseite der Visitenkarte, nun konnte nicht mehr viel schiefgehen. Allerdings fragte er sich, wie er unter diesen Voraussetzungen einen Mordfall aufklären sollte. Er würde alles aufzuschreiben, was ihm unterkam – aber er würde Hilfe brauchen. Hier wurde es kompliziert, denn die beste Unterstützung, die er bekommen konnte, war die seiner Schwester Sabine, die Chefinspektorin bei der Kriminalpolizei war, und das würde sich schwierig gestalten. Nichtsdestotrotz musste er es versuchen. Er zog sein Handy, doch schon der erste Tastendruck machte ihm klar, dass der verdammte Akku wieder einmal seinen Geist aufgegeben hatte.

Seufzend ging er zu seinem Auto, setzte sich auf den Fahrersitz und steckte das Handy an das Ladegerät am Zigarettenanzünder. Es würde einige Zeit dauern, bis das Ding genug Saft hatte, um sich überhaupt einschalten zu lassen.

Heinz lehnte sich zurück und schloss die Augen. Irgendwie ging es ihm nicht anders als seinem Handy, sein Akku war leer, und er brauchte eine Pause. Seit Wochen hatte er keinen Auftrag mehr angenommen und auch davor nur solche, die sich leicht erledigen ließen und daher wenig Geld einbrachten. Das hatte dazu geführt, dass seine finanzielle Lage existenzbedrohend geworden war. Aber nicht nur von seinem Beruf, auch von seinen Freunden und seiner Familie hatte er sich zurückgezogen. Das lag daran, dass er den Umgang mit seinen Mitmenschen neuerdings als extrem anstrengend empfand, umso mehr, je näher sie ihm waren. Anfangs hatten ihn alle noch mit Anrufen bombardiert. Direktor Oberhofer von der *Fiducia* Versicherungsgesellschaft, sein bester Auftraggeber, hatte ihn mit zunehmender Ungeduld für diverse Nachforschungen engagieren wollen, ihn schließlich beschimpft und jede weitere Zusammenarbeit aufgekündigt. Verena, die Frau seiner Träume, die sich nicht dazu entschließen konnte, mit ihm zusammen zu sein, wollte ihn „aus seinem Schneckenhaus" herauslocken, wie sie sich ausdrückte, hatte es aber ebenfalls irgendwann aufgegeben. Seine Eltern und seine Schwester Sabine meldeten sich immer noch, doch meist ignorierte er ihre Anrufe. Er konnte ihnen nicht begreiflich machen, dass er niemanden sehen und nichts hören wollte und dass der einzige Ort, an dem er sich geborgen fühlte, seine Wohnung war – möglichst abgeschottet von der Außenwelt.

Und genau da schloss sich der Teufelskreis. Wenn es so weiterging, würde er sich seine Wohnung nicht mehr leisten können, ein Szenario, das ihn derart in Panik versetzte, dass er es lieber ignorierte. Er wusste nicht, wie das alles weitergehen sollte.
Nach geraumer Zeit öffnete er die Augen wieder und seufzte. Vielleicht brachte der aktuelle Auftrag so viel ein, dass er wieder einige Zeit über die Runden kam, das war immerhin Anreiz genug, es zu versuchen. Er würde Doktor Werginz erste Ergebnisse liefern und dann mit ihm über sein Honorar verhandeln. Dazu musste er aber wissen, worum es in dem Mordfall überhaupt ging. Ein Blick auf die Uhr zeigte ihm, dass in wenigen Minuten die Mittagsnachrichten im Radio kamen, da würde er wohl die Basisinformationen erhalten. Und danach war sein Handy vielleicht so weit aufgeladen, dass er Sabine anrufen konnte.

KAPITEL 3

Donnerstag, 12.30 Uhr

Heinz lenkte seinen *VW Corrado* auf das oberste Parkdeck der *City Arkaden* und wählte einen Stellplatz nahe einem der Eingänge. Er nahm immer das oberste Parkdeck, wenn er hierherkam. Einerseits fühlte er sich auf dem Dach des Einkaufszentrums unter freiem Himmel wohler als in den niedrigen unteren Decks, andererseits hatte er hier bisher noch immer einen Parkplatz gefunden, selbst an Samstag-Nachmittagen. Die *City Arkaden* waren nicht nur Klagenfurts größtes Einkaufszentrum, sondern wohl auch das am stärksten frequentierte. Zumindest hatte Heinz das Gefühl, hier immer im Gedränge zu sein – was aber auch an ihm liegen konnte. Er hatte sich in Menschenansammlungen noch nie wohlgefühlt, und neuerdings war dieses Unwohlsein extrem geworden und bekam immer wieder neue Schattierungen. Heute zum Beispiel hatte er das Gefühl, dass ihm ständig jemand vor die Füße lief. Er verließ die Rolltreppe – schon stürmte eine junge Frau wie aus dem Nichts so nahe an ihm vorbei, dass er abrupt stehen bleiben musste, um nicht in sie hineinzulaufen. Er ging an einem Geschäft vorbei – da trat eine ältere Dame, hochnäsig weder nach rechts noch nach links schauend, aus dem Eingang und wischte an Heinz vorbei, so dass der Ärmel ihrer umgehängten Sommerjacke seine Nase streifte und überdies noch das aufdringliche Bukett eines schweren Parfüms an ihn heftete. Dann rammte ihn fast ein Teenager, dessen Gesicht die Displaybeleuchtung eines großen Handys reflektierte, danach umrundete

ihn ein kleiner Hund, über dessen ausziehbare Leine Heinz beinahe stolperte, und so weiter und so weiter. Heinz war froh, als er das Speiselokal auf der obersten Geschäftsebene erreicht hatte, allerdings nur kurz, denn das Lokal war überfüllt, und die Aussicht, an einem kleinen Tisch eng an eng mit den nächsten Gästen zu sitzen, behagte ihm überhaupt nicht.
Sabine wartete schon. Sie war in ihre Einheitskluft gekleidet, Bluejeans, Cowboystiefel und Lederjacke, die ihrem athletischen Körperbau durchaus schmeichelte, und wie üblich trug sie eine für Polizisten typische Ausstrahlung zu Schau, dieses Offensive, Resolute, Bestimmende, keinen Widerspruch Duldende. Soweit Heinz sich zurückerinnerte, war Sabine schon immer so gewesen, sie war als Polizisten zur Welt gekommen. Sie stand neben dem Eingang, strategisch günstig, um sowohl den Innenbereich des Lokals als auch dessen Außenbereich inmitten der Bummelzone zu überblicken. Von dort bewegte sie sich auch nicht weg, als sie ihn sah, sie wartete, bis er zu ihr kam.
„Heinz, du schaust aus wie ein Asozialer“, begrüßte sie ihn mit der ihr eigenen Herzlichkeit und küsste ihn auf beide Wangen.
„Ich hab’ dich auch gern“, konterte er.
Ihr Gesicht wurde ernst. „Heinz, ich mache mir Sorgen um dich. Wir machen uns Sorgen um dich. Du schottest dich so ab ... wir wollen dir doch helfen.“
Heinz spürte seinen Fuß zucken, die körperliche Äußerung seines Wunsches, die Flucht zu ergreifen. Doch da musste er jetzt durch. „Ich weiß, Sabine, aber ihr könnt mir nicht helfen, bitte versteh das.“ Das stimmte nur zum Teil. Sie hätten ihm helfen können, wenn sie nur für ihn da gewesen wären, um ihm

zuzuhören und ihn in die Arme zu schließen. Aber sie wollten ihm Entscheidungen abnehmen, Dinge für ihn tun, die er nicht wollte, von denen sie aber glaubten, sie seien gut für ihn. Sie wollten ihn bevormunden. Sie hatten keine Ahnung.

Sabine zischte und wandte sich kopfschüttelnd von ihm ab. „Und was dann?“, fragte sie schließlich, „als du mich vorhin angerufen hast, hast du gesagt, du brauchst meine Hilfe und jetzt doch wieder nicht?“

„Du weißt schon, wie ich das meine.“

Sie stellte sich vor ihn hin, starrte ihn fast bedrohlich an und rief: „Ja, Heinz, ich weiß genau, wie du das meinst, ganz genau! Der liebe Bruder braucht die Hilfe seiner großen Schwester – aber immer nur dann, wenn er sich seine Arbeit leichtmachen will.“

Unangenehm berührt blickte Heinz um sich und sah eine Menge Augenpaare auf sich gerichtet. Sabine schien das egal zu sein, sie starrte ihn unverändert an. Beides blockierte ihn, er schwieg. Nach Sekunden, die sich endlos anfühlten, gab Sabine ihren psychischen Belagerungszustand auf, drehte sich zur Seite und verschränkte die Arme. Heinz wollte etwas sagen, mehrmals, doch ihm fehlten die passenden Worte.

„Da drüben wird was frei“, sagte sie schließlich und setzte sich rasch in Bewegung, um vor den anderen Wartenden bei jenem Tisch im Außenbereich zu sein, von dem gerade ein junges Paar aufstand.

Kurz darauf saßen sie und Heinz in einem Quasi-Sitzgarten inmitten der Bummelzone. Es war genauso, wie Heinz es befürchtet hatte: ein kleiner Zwei-Sessel-Tisch mit gerade einmal einem halben Meter Abstand rechts und links zu den nächsten Gästen. Schlimmer noch, direkt hinter ihm gingen die Einkaufswilligen

vorbei, immer wieder so nahe, dass ihre Kleidung Heinz' Hinterkopf streifte. Er fühlte einen Stress, der den Keim einer Panik in sich trug.
Sabine sah mit zusammengezogenen Augenbrauen die Speisekarte durch, die in einem Bierdeckelhalter in Tischmitte geklemmt war.
Auch das hatte Heinz befürchtet, dass sie sauer werden und ihm die kalte Schulter zeigen würde.
„Was nimmst du?", fragte sie betont kalt.
Er sah sie an. „Einmal ‚Heiße Liebe' wäre schön."
Es wirkte. Sabine blickte ihn überrascht an, hielt eine Sekunde lang inne und begann dann zu lachen, sichtlich wider Willen. „Du bist so ein ...!"
Die Kellnerin kam, räumte das gebrauchte Gedeck der letzten Gäste vom Tisch und säuberte diesen mit einem nassen Lappen. Sabine bestellte gespritzten Orangensaft, Heinz Mineralwasser.
Als sie wieder weg war, war Sabines Blick für Heinz schon um einiges freundlicher. „Also, kleiner Bruder, wo drückt der Schuh?"
Sie wusste, dass er es nicht mochte, wenn sie ihn so nannte, und er wusste, dass sie es genau deshalb tat. Er musste zum Punkt kommen, damit nicht wieder sein Zustand in den Mittelpunkt der Unterhaltung geriet. Allerdings hatte er keine Ahnung, wie er das bewerkstelligen sollte, ohne dass Sabine eine Mauer zwischen ihnen aufziehen würde.
Er fiel also mit der Tür ins Haus. „Landesrat Rudi Moritsch."
Erwartungsgemäß verhärtete sich ihr Gesicht sofort. „Was hast du damit schon wieder zu tun?"
„Ich habe den Auftrag bekommen, seinen Mörder zu finden."

Sabine überspielte ihre Überraschung sehr geschickt, niemand außer Heinz hätte das bemerkt. „Von wem?“ Sie war nun nicht mehr seine Schwester, sie verhörte ihn.
„Von jemandem, der kein Vertrauen in die Polizei hat.“
„Lass mich raten, die Frau Landesrätin a. D., seine Mutter.“
Heinz’ Hand imitierte eine Pistole, die auf Sabine abgefeuert wurde. „Ins Schwarze, Schwester.“
„Und ich soll dir jetzt helfen? Vielleicht soll ich, wenn wir den Mörder gefunden haben, noch ein bisschen warten, bevor wir damit an die Öffentlichkeit gehen? Damit du es ihr zuerst sagen kannst? Damit sich ihr Misstrauen gegenüber der Polizei bestätigt?“
Heinz seufzte. Ihm war klar, dass sein passives Auftreten der Grund dafür war, warum sie noch sarkastischer war als gewöhnlich. „Deine Hilfe wäre ganz anderer Art“, begann er. „Wie du weißt, bin ich finanziell ziemlich unter dem Hund, es dauert nicht mehr lange und ich werde meine Wohnung aufgeben müssen. Ich brauche diesen Auftrag, verstehst du?“
„Voll und ganz“, erwiderte Sabine heftig, „Mama und Papa haben dir mehrmals angeboten, dass du bei ihnen wohnen kannst, bis es dir besser geht, aber der Herr ist sich ja zu fein dafür.“
Heinz vergrub das Gesicht in seinen Händen. Da war er wieder, dieser panische Drang zu fliehen. „Bitte … nein! Ich will in meiner Wohnung bleiben, okay?“
Sabine lehnte sich zurück und verschränkte die Arme. „Du kannst tun, was immer du willst.“
„Ich brauche diesen Auftrag, und ich brauche deine Hilfe. Ohne dich schaffe ich es nicht.“
„Wie stellst du dir das vor?“ Sie wurde nun doch wieder laut. „Dass ich als Leiterin der Mordgruppe dir

Informationen aus erster Hand liefere? Nur weil du mein armer, bemitleidenswerter Bruder bist?"
Wie sehr ihn das traf, musste Sabine sehen, als er sie ansah. Er erkannte in ihrem Blick, wie sie sich bewusst wurde, dass sie zu weit gegangen war. „Ich wäre dankbar, wenn wir bei der Sache bleiben könnten", murmelte er.
Die Kellnerin brachte die Getränke und fragte nach ihren Essenswünschen. Sabine orderte einen Schinken-Käse-Toast, Heinz erkundigte sich, welche Suppen es gebe, und bestellte eine Frittatensuppe.
„Willst du nicht etwas Anständiges essen?", fragte Sabine besorgt, als die Kellnerin gegangen war, „du fällst ja völlig vom Fleisch."
Heinz blickte um sich, ihm war, als wären die Menschen um ihn herum viel zu groß und viel zu nahe. „Ich ... ich kann nichts essen, wenn so ein Trubel herrscht."
In Sabines Blick wuchs die Besorgnis. „Na schön, ich soll dir helfen. Zurück zu meiner Frage: Wie stellst du dir das vor?" Sie klang gesprächsbereit.
„Ich ... ich kann dir nur die Informationen anbieten, die ich herausfinden werde. Als privater Ermittler komme ich an andere Informationen als die Polizei. Wenn wir unsere Erkenntnisse zusammenwerfen, kommen wir schneller ans Ziel."
Heinz konnte sehen, wie Sabines Kaumuskeln pulsierten. „Und dann?", fragte sie, „geben wir es gemeinsam bekannt? Glaubst du, die alte Liese Moritsch wird dir auch nur einen Cent für deine Ermittlungsergebnisse bezahlen, wenn die ach so unfähige Polizei den Täter gleichzeitig geschnappt hat?"
Heinz spürte wieder dieses Abfließen seiner Kraft. Es war ein Gefühl, als müsste er in sich zusammensinken.

„Ich weiß es ja auch nicht", murmelte er, „ich versuche nur irgendwie, die Dinge auf die Reihe zu kriegen." Er atmete, nein, er schnaufte mehrere Male tief durch, bis sich das Schwindelgefühl ein wenig legte, dann fuhr er fort. „Ich kann dir nur meine Ermittlungsergebnisse anbieten, mehr nicht." Da sich sein Gesicht über die Tischplatte gesenkt hatte, konnte er Sabines Reaktion nicht sehen.

Erst nach einigen Sekunden hörte er sie seufzen. „Heinz, ich ... du bringst mich in eine unmögliche Lage." Sie schwieg wieder. Offensichtlich dachte sie nach, denn wieder einige Zeit später fuhr sie fort: „Wir machen es so: Als Gegenleistung für deine Erkenntnisse versorge ich dich mit Informationen, die du für den Fortschritt deiner Ermittlungen brauchst. Aber: Du sprichst jeden deiner Schritte mit mir ab, hast du verstanden? Ich will nicht, dass du mir oder meinen Kollegen ins Handwerk pfuschst und ich will nicht, dass du, solltest du zu Ergebnissen kommen, die aus ermittlungstaktischen Gründen noch unter Verschluss bleiben müssen, diese nach draußen trägst. Versprichst du mir das?"

Heinz sah auf und blickte in ein entschlossenes, aber freundliches Gesicht. Er nickte.

„Großes Indianer-Ehrenwort?" Sabine schmunzelte.

Heinz legte zwei Schwurfinger in seine Herzgrube und führte sie dann nach oben. „Alles, was du willst. Danke."

„Schön. Ach ja, und noch etwas. Lass diesmal nach Möglichkeit die Medien aus dem Spiel, hörst du? Ich habe nicht die geringste Lust, mich bei jeder Pressekonferenz mit dir vergleichen zu lassen und mich danach vor meinem Vorgesetzten rechtfertigen zu müssen."

Heinz lächelte müde. „Du weißt genau, dass das nicht in meiner Macht liegt. Aber ich verspreche dir, dass ich mich nicht aktiv an die Presse wenden werde. Habe ich übrigens nie getan."
„Ich wollte es nur gesagt haben. Also, was hast du schon herausgefunden?"
Heinz wusste, dass sie das nicht ernst meinte, also wiederholte er, was er in den Radionachrichten über den Mord gehört hatte.
Sabine lachte. „Ich sehe schon, die Kripo wird von deiner Hilfe echt profitieren. Hör zu. Ich komme gerade von der Obduktion, drüben, in der *Bestattung Klagenfurt*." Die *Bestattung Klagenfurt* befand sich gleich hinter den *City Arkaden*. Das erklärte, warum Sabine dieses Lokal als Treffpunkt vorgeschlagen hatte, obwohl sie eigentlich kleine, verschwiegene Lokale vorzog. „Die Untersuchung hat ergeben, dass unser Mordopfer mit einem breiten, harten Band erwürgt worden ist, vermutlich mit einem Gürtel. DNA-Spuren gibt es leider jede Menge, aber das war zu erwarten, immerhin war der sympathische Herr Landesrat gestern den ganzen Tag unterwegs und hat zigtausend Hände geschüttelt und einen oder zwei Schulterklopfer bekommen." Sie schmunzelte ironisch. „Auf diese Weise werden wir den Mörder also nicht ausfindig machen können."
„Aber immerhin", schaltete Heinz sich ein, „wenn ein Verdacht gegeben ist, lässt er sich damit bestätigen."
„Ja, aber das wird teuer. Ein DNA-Test kostet um die dreihundert Euro. Multipliziere das mit zwanzig oder dreißig verwertbaren Spuren, dann weißt du, was ich meine."
„Wer hat den Toten gefunden?"

„Ein junger Aussteller. Er sagt, er sei aufs Klo gegangen und habe einen Fuß durch den Spalt unter der Tür der hintersten Toilettenkabine herausragen sehen, wie von einem liegenden Mann. Er habe angenommen, der Mann sei kollabiert, und wollte ihm helfen. Die Kabinentür sei nicht verschlossen gewesen, er habe sie geöffnet und ... den Schock seines Lebens erlitten."
„Und weiter?"
„Dann hat er sich die Seele aus dem Leib gekotzt und Hilfe geholt. Ein anwesender Arzt hat die Leiche untersucht und den Tod festgestellt. Dann hat er die Polizei gerufen."
„Warum hat das nicht gleich jemand getan?"
Sabine seufzte. „Was weiß ich? Wahrscheinlich war es wichtiger, danebenzustehen und zu gaffen. Mich wundert eh, dass bis jetzt noch keine Fotos von der Leiche im Internet aufgetaucht sind."
„Und die anderen Anwesenden? Gibt's irgendwelche sachdienlichen Hinweise?"
„Du wirst lachen, die gibt es." Sabines Augen begannen zu leuchten. „Zuletzt gesehen worden ist der Landesrat von vier Betreuern eines Messestands von einem Bioenergie-Unternehmen."
„Was, Bioenergie?"
„Ja, eines seiner Referate als Landesrat war die Wirtschaft, und in dem Bereich wollte er mit dem ‚Grün'-Thema punkten. Deshalb wollte er sich bei dem *Go-Green*-Schwerpunkt auf der Herbstmesse einklinken. Jedenfalls haben die Standbetreuer, die ihn zuletzt gesehen haben, erzählt, dass es zu einem Eklat gekommen sei zwischen dem Landesrat und einem der Messeleute."
„Wegen was?", fragte Heinz.

„Ich habe die Aussagen noch nicht gelesen, aber Gruppeninspektor Roth hat mir eine Zusammenfassung gegeben. Anscheinend haben der Landesrat und ein gewisser Fritz Teppan in der Vergangenheit irgendein Problem miteinander gehabt. Die Rede war von Körperverletzung, Roth ermittelt noch dahingehend. Jedenfalls ist Teppan an dem Stand vorbeigekommen, wo der Landesrat mit den vier Männer geredet hat. Der Landesrat hat ihn gefragt, ob es ihm auf der Messe gefalle, und Teppan hat geantwortet, er solle das Maul halten."
Heinz verschluckte sich fast an seinem Mineralwasser. Sabine fuhr fort. „Daraufhin ist der Streit eskaliert und Teppan wollte ihm anscheinend eine reinhauen, jedenfalls hat der Landesrat gedroht, er werde ihn anzeigen und dass das nicht einmal seine Frau mehr verhindern könne."
„Seine Frau? Was hat die damit zu tun?"
„Der Landesrat hat es so dargestellt, dass Teppans Frau ihm sexuell gefällig war, damit er Teppan nicht anzeigt, wegen dieser Sache in der Vergangenheit."
„Ist ja interessant", entfuhr es Heinz, „und dann?"
„Dann ist Teppan wortlos gegangen, offenbar hat er kapiert, dass er den Kürzeren ziehen würde."
„Wie ist denn Teppans Version?"
„Das weiß ich noch nicht. Zum Zeitpunkt unserer Ermittlungen gestern war er nicht mehr auf der Messe."
„Das heißt, er kommt als Täter nicht infrage?"
„Nein, das heißt es nicht." Sabine seufzte. „Doktor Grabner, der Polizeiarzt, der den Landesrat obduziert hat, meint, von der Absenkung der Körpertemperatur her könnte der Tod bis zu vierzig Minuten vor seinem Eintreffen am Tatort eingetreten sein."
„Was, vierzig Minuten?"

„Näher kann er es nicht bestimmen. Es war warm, und der Landesrat hat einen Anzug getragen. Wenn er zum Todeszeitpunkt geschwitzt hat, erhöht das die Ausgangstemperatur ..." Sabine ließ den Satz unvollendet.
„Wann ist der Polizeiarzt denn am Tatort eingetroffen?"
„Um 19.10 Uhr."
„Das heißt, der Mord hat frühestens um 18.30 Uhr stattgefunden?"
„Ja, ungefähr."
Heinz dachte nach. „Das ist ein langer Zeitraum", sagte er schließlich.
„Viel zu lange", bestätigte seine Schwester. „Wir versuchen herauszufinden, wer in dieser Zeit alles die Messe verlassen hat, aber das ist, realistisch gesehen, ein unmögliches Unterfangen, immerhin haben wir die Messe erst um 19.20 Uhr vollständig abgeriegelt."
„Hast du mit diesem Teppan telefoniert?"
„Sein Telefon ist abgeschaltet. Aber seine Frau habe ich erreicht, und die hat gesagt, er schlafe noch seinen Rausch aus."
„Interessant", meinte Heinz erneut. „Was ist das eigentlich für einer? Du hast gesagt, er arbeitet für die Messe?"
„Nicht direkt, er ist bei der Grafikagentur angestellt, die ihre Geschäftsstelle auf der Messe hat. Die fertigen Werbematerialien, Aufschriften, Banner und so weiter an, die für die Messen gebraucht werden. Deshalb war er gestern Abend wohl auch auf dem Gelände unterwegs. Die vier Aussteller, die mit dem Landesrat geredet haben, haben ausgesagt, er habe einen Packen Schilder unter dem Arm gehabt."
„Und Landesrat Moritsch", fragte Heinz nun, „wann hat der die vier verlassen?"

„Bald nach diesem Eklat. Er hat gesagt, er müsse weiter."
„Schade."
Sabine sah ihn irritiert an. „Was meinst du?"
„Wenn er gesagt hätte: ‚Ich muss aufs Klo', hätten wir den genauen Todeszeitpunkt gewusst."
Heinz' Schwester schüttelte den Kopf. „Nicht einmal dann. Von den vier hat kein einziger auf die Uhr geschaut, als der Landesrat gegangen ist."
„Haben sie nicht gleich versucht, die Uhrzeit zu rekonstruieren?"
„Nein, weil zu dem Zeitpunkt, als die Nachricht vom Toten im Klo die Runde gemacht hat, noch niemand gewusst hat, wer der Tote eigentlich ist, und von Mord war sowieso nicht die Rede. Und danach ist alles drunter und drüber gegangen."
„Immerhin", meinte Heinz dumpf, „dieser Teppan scheint mir eine heiße Spur zu sein. Befragst du ihn heute noch?"
„Davon kannst du ausgehen. Ich habe mich seiner Frau schon angekündigt."
Das Essen wurde serviert. Während Heinz seine Suppe löffelte, erzählte er Sabine von seinem bevorstehenden Termin in Landesrat Moritschs Büro. Sie reagierte zunächst verhalten, begrüßte sein Vorhaben dann aber doch. Dieser Besuch stehe bei ihr für den nächsten Morgen auf dem Plan, sagte sie, da könne es von Vorteil sein, wenn Heinz sie schon heute mit etwas Vorwissen versorge.

Donnerstag, 13.30 Uhr

Als Heinz nachhause kam und die Tür hinter sich schloss, atmete er einmal tief durch. Am liebsten hätte er jetzt sein Schlafzimmer abgedunkelt, das Nachtlicht eingeschaltet und sich unter der Bettdecke verkrochen, doch das ging nicht. Er musste alle Informationen aufschreiben, solange sie ihm in Erinnerung waren. Dann, so versprach er sich selbst, würde er ein wenig schlafen, ehe er zu dem Termin in der Landesregierung ging.

Die Niederschrift gestaltete sich als schier unmöglich, weil er es nicht schaffte, Ordnung in seinen Kopf zu bekommen. Wann immer er an einem Thema dran war, lenkten ihn zig andere Details ab. So beschloss er, einfach alles zu notieren, was ihm in den Sinn kam, und dieses Durcheinander zu einem späteren Zeitpunkt zu ordnen. Doch auch das wollte ihm nicht gelingen, weil bei jedem Gedankenfetzen Fragen auf ihn einstürmten, die ihn so sehr beschäftigten, dass er schnell nicht mehr wusste, was ihr Ausgangspunkt gewesen war.

Irgendwann stellte er fest, dass er dasaß und an die Wand starrte. Wie lange, das konnte er nicht sagen, mindestens jedoch zehn Minuten, weil sich der Bildschirm seines Laptops deaktiviert hatte – und das tat er nach dieser Zeitspanne.

Heinz war verzweifelt. Dieses Phänomen war ihm nicht neu, ebenso wie jenes, dass er Informationen, Erlebnisse, ja teilweise sogar die Erinnerung an mehrere Stunden aus dem Gedächtnis verlor. Dabei war es nicht so, dass er sich mit dem richtigen Auslöser wieder daran erinnerte, sondern das Erlebte war schlicht und ergreifend gelöscht. Das war ihm das erste Mal aufgefallen, als er Bilder auf seinem Handy entdeckte, die er etwa zwanzig Minuten davor fotografiert haben musste, sich aber nicht daran erinnerte, dies getan zu haben. Die Vorstellung, dass es auf diese Weise Teile seines Lebens gab, von denen er nichts mehr wusste, war ihm unheimlich, ebenso wie das Unwissen darüber, wie oft ihm das passierte.

Er schüttelte den Kopf und bewegte die Maus, um den Bildschirm zu reaktivieren. Er musste etwas tun, musste sich ablenken und vor allem: Er musste diesen Fall lösen, egal, wie qualvoll das auch für ihn war.

Als Erstes gab er Landesrat Moritschs Namen in die Suchmaschine ein. Als er über den offiziellen Eintrag des Landes Kärnten stolperte, erinnerte er sich daran, dass er ja noch nachsehen wollte, wo genau sich das Büro des Ermordeten befand, damit er es später problemlos finden würde. Er klickte also den Treffer an und stutzte. Als Büroleiterin war hier eine *Mag.ª Waltraud Mühlwirth* eingetragen. Konnte das stimmen? Er erinnerte sich, dass ihm der Rechtsanwalt ihren Namen gesagt hatte, glaubte aber nicht, dass es dieser gewesen war. Er stand auf und holte die Visitenkarte, auf deren Rückseite er den Namen notiert hatte und staunte nicht schlecht, als er hier nur die Notiz *17 h* fand. Er schüttelte den Kopf, dann zuckte er mit den Schultern. Das mochte schon alles so stimmen, momentan vertraute er allem mehr als seinem Gedächtnis.

Mit einem Notizblock bewaffnet setzte er sich wieder an den Laptop und schrieb alle für den Termin relevanten Daten auf. Er riss den Zettel ab und steckte ihn in seine Brieftasche, hier würde er ihn finden. Dann wandte er sich den anderen Suchmaschinen-Treffern zu.

In der nun folgenden Stunde klickte sich Heinz mehr müßig als interessiert durch allerlei Pressemeldungen. Der Landesrat bei der Eröffnung der Ausstellung sowieso, der Landesrat beim Ball der Vereinigung sowieso, überall gab es Bilder über den feschen, jungen Kerl, es hatte den Anschein, als wäre er ein beliebter Mann. Einzig das Profil auf einer Social-Media-Plattform wurde von wütenden Kritikern gestürmt, die in teilweise erschreckend niveauloser Untergriffigkeit über den Politiker herzogen. Dabei ging es entweder um seine politischen Entscheidungen, oder darum, dass er sich entwaffnend arrogant benommen hätte, als der jeweilige Kritiker oder die jeweilige Kritikerin ihn persönlich bei irgendeinem Anlass angetroffen hatte.

Richtig interessant fand Heinz hingegen eine Reihe von Presseartikeln, die über die vergangenen Wochen und Monate hinweg erschienen waren und allesamt dasselbe Thema behandelten, nämlich den Verkauf mehrerer Grundstücke des Landes Kärnten an eine Immobilien-Investment-Gruppe namens *Immosorg*. Heinz glaubte, den Namen schon einmal gehört zu haben. Offenbar war Landesrat Moritsch hier federführend gewesen, gemeinsam mit Ines Malle, der Geschäftsführerin von *Immosorg*.

Heinz notierte sich diese Namen, ehe er weiterrecherchierte.

Natürlich gab es jede Menge Kritik an diesem „Ausverkauf des Familiensilbers“, wie es blumig hieß, doch die Argumentation von Moritsch und Malle schien die wesentlichen Stellen in der Landesregierung zu überzeugen. *Immosorg* verpflichtete sich nämlich, Wirtschaftsbetriebe auf den gekauften Liegenschaften an-

zusiedeln und damit eine vertraglich fixierte Anzahl von Arbeitsplätzen zu schaffen. Damit tauschte der Landesrat *Landeseigentum gegen Arbeitsplätze*, wie er es nannte – und der Verkaufserlös schönte das Landesbudget.
Das alleine hätte Heinz in die Kategorie „Politisches Hickhack" eingeordnet, wäre da nicht ein paar Wochen zuvor über einen Fall berichtet worden, der ihn stutzig machte. Konkret ging es um ein Seegrundstück am Wörthersee, für das sich *Immosorg* interessierte, das aber der katholischen Kirche gehörte. Nach anfänglicher Weigerung willigte die Kirche in den Verkauf ein, weil Landesrat Moritsch als Vermittler auftrat. Die anderthalb Hektar wechselten daraufhin für eine Summe von dreiundachtzig Komma fünf Millionen Euro den Besitzer, und Ines Malle ließ verlauten, die *Immosorg* werde dafür sorgen, dass auf dem Grundstück ein Altenpflegeheim für höchste Ansprüche errichtet werde, eine entsprechende Ausschreibung unter Pflegeheimbetreibern laufe bereits.
Altenpflegeheim – das erinnerte Heinz drückend an den Vormittag, an den Rechtsanwalt, dem er sich beweisen musste, und damit an seinen Auftrag. Er notierte die Eckdaten, damit er nichts vergaß, dann versuchte er nachzudenken. Das seltsame Gefühl, das ihn beim Lesen der Artikel beschlichen hatte, verstärkte sich beim Durchsehen seiner Notizen immer mehr.
Warum sollte Landesrat Moritsch zwischen der katholischen Kirche und einem privaten Immobilien-Investor vermitteln? Vermutlich hatte er dafür eine fette Provision kassiert, alles andere ergab für Heinz keinen Sinn. Gegenüber den Medien hatte der Landesrat zwar

argumentiert, das Projekt ergänze seine Arbeitsplatz-Offensive, doch das wäre für die Kirche als Eigentümerin kein Grund gewesen, einzulenken. Und das war der nächste Punkt, den Heinz nicht verstand: Warum änderte die Kirche ihren Standpunkt aufgrund der Einmischung des Landesrates?
Heinz überlegte weiter. Das Einzige, was er sich vorstellen konnte, war, dass der Verkauf finanziell besonders attraktiv gewesen war. Möglicherweise hatte also nicht die Kirche eingelenkt, sondern die *Immosorg* auf Moritschs Betreiben hin den Kaufpreis erhöht. Heinz suchte im Internet nach Immobilienmaklern, die mit Grundstücken am Wörthersee handelten.

Wenige Minuten später starrte er entgeistert abwechselnd auf den Bildschirm und auf seine Notizen und verstand die Welt nicht mehr. Er rechnete noch einmal nach, da er glaubte, wegen seiner mangelhaften Konzentration einen Fehler gemacht zu haben, doch es stimmte alles. Keines der Seegrundstücke, die die Makler im Angebot hatten, war günstiger zu haben als zu einem Quadratmeterpreis von fünftausendsechshundert Euro! Anderthalb Hektar, das waren fünfzehntausend Quadratmeter, multiplizierte er diese mit fünftausendsechshundert Euro, kam er auf einen Gesamtpreis von vierundachtzig Millionen Euro – und das war die Preisuntergrenze! Warum willigte die katholische Kirche nach anfänglicher Weigerung in einen Verkauf ein, der eine halbe Million unter Wert lag?
Die einzig logische Schlussfolgerung, auf die Heinz kam, war, dass Landesrat Moritsch der katholischen Kirche irgendein „Zuckerl“ angeboten hatte, ein Gegen-

geschäft, das den Grundstücksdeal attraktiv gemacht hatte. Das musste allerdings ein Zuckerl im Wert von zumindest fünfhunderttausend Euro gewesen sein – und das warf wiederum die Frage auf, welchen Nutzen das Land Kärnten davon hatte.

KAPITEL 4

Donnerstag, 15 Uhr

„Frau Chefinspektorin?“
Sabine, die gerade das Café betreten wollte, fuhr herum. An einem der Straßentische des Lokals saß eine schlanke Frau Anfang dreißig, die sie mit großen, dunklen, unsicheren Augen ansah.
Margot Teppan hatte Sabine angerufen und darum gebeten, sie in einem Kaffeehaus zu treffen, nicht, wie ursprünglich vereinbart, bei sich zuhause. Eine Zigarettenschachtel samt Feuerzeug machten Sabine klar, warum sie den Tisch im Freien gewählt hatte, das würde die Unterhaltung allerdings erschweren, denn die stark befahrene Sankt-Veiter-Straße war nur eine Gehsteig- und eine Parkstreifenbreite entfernt.
Die beiden Frauen begrüßten sich und Sabine nahm Platz. Frau Teppan trug ein leichtes, lilafarbenes Alltagskostüm, das billig wirkte. Ihre schimmernden, dunkelbraunen Haare breiteten sich über ihre Schultern, und ihre schmalen Lippen waren in einem rosaroten Farbton dezent geschminkt. Sie war attraktiv und wirkte gepflegt, doch alles an ihr – ihr Gesichtsausdruck, ihre Frisur, ihre Kleidung – wirkte irgendwie fahrig, hektisch. So auch die Bewegungen ihrer Hände, als sie eine Zigarette aus der Packung schüttelte, zum Mund führte und anzündete. Der erste, tiefe Zug schien sie etwas zu entspannen.
„Danke, dass wir uns hier treffen können“, begann sie, „mein Mann ist nicht gut beieinander. Der viele Alkohol gestern ... er ist das nicht gewöhnt.“
„Warum hat er sich betrunken?“

Margot Teppan zuckte so stark zusammen, dass ihr beinahe die Zigarette aus den schlanken Fingern fiel. Sie nahm einen Zug, streifte die nicht vorhandene Asche ab, blies den Rauch aus – spielte auf Zeit. „Er hat ...“, begann sie schließlich, „in den vergangenen Jahren schrecklich viele Rückschläge erlitten, beruflich. Alkohol war aber noch nie ein Thema.“

Sabine wollte fragen, was denn gestern anders gewesen sei als bisher, entschied sich dann aber für eine etwas weniger direkte Vorgehensweise, um Margot Teppan nicht vollends zu verschrecken. „Was waren das für Rückschläge?“

Die Gefragte zog wieder an der Zigarette, streifte die Asche ab, blies den Rauch aus. „Wir haben ... er hat eine Druckerei geführt, in Köttmannsdorf. Von seinem Papa geerbt. Die ist pleite gegangen.“

Die Chefinspektorin musterte die Frau. Offenbar traute sie sich noch nicht aus sich heraus, Sabine musste irgendwie ihren Redefluss in Gang bringen. „Haben Sie Landesrat Rudi Moritsch gekannt?“

Margot Teppan nickte.

„Seit wann?“

Sie vollzog wieder ihr Ritual, ehe sie begann. „Seit vielen Jahren. Rudi und ich sind damals der *Kärntner Jugend* beigetreten, da war ich siebzehn Jahre alt.“ Ein Lächeln flog wie ein Schatten über ihr Gesicht und verzauberte es für die Dauer eines Herzschlags. „Rudi war achtzehn.“

„Die *Kärntner Jugend*? Was ist das?“, unterbrach Sabine.

„Das ist ... die Jugendorganisation von Rudis Partei. Wir waren eine Menge junge Leute, damals. War eine schöne Zeit.“

„War Ihr Mann auch Mitglied?“

Frau Teppan blickte ihr kurz in die Augen. „Ja, Fritz war der Obmann. Damals. Er ist ja um einiges älter als ich, zwölf Jahre."
„Haben Sie sich gleich ineinander verliebt?"
„Nein, erst später, Jahre später. Damals war er für mich noch ein alter Mann." Ihr Grinsen wirkte unschuldig.
Sabine zwang sich zu einem Lächeln. „Sie haben sich noch die Hörner abstoßen müssen, stimmt's?"
Margot Teppan lachte wie ein kleines Mädchen. „Ja, stimmt. Wir alle haben das in dem Alter, nicht wahr?"
Sabine nickte. „Junge Leute müssen so sein."
„Ja, das müssen sie."
„Rudi auch?"
„Ja", lachte Frau Teppan, „mit Rudi war ich auch zusammen. Eigentlich öfters." Sie zog an der Zigarette, streifte die Asche ab, blies den Rauch aus. „Es war eine wilde Zeit."
„Und wie haben Sie sich in Ihren Mann verliebt?"
„Jahre später, da war ich schon vierundzwanzig. Ich habe meinen Beruf gehabt und alleine gelebt. Da waren plötzlich andere Dinge wichtig, wie ein regelmäßiges Einkommen und überhaupt Stabilität. Fritz war mein Vorbild, weil er so solide war. Auf den hat man sich verlassen können." Sie lächelte. „Und er war in mich verliebt."
„War er da noch immer Obmann der *Kärntner Jugend*?"
„Nein, da hat ihn Rudi schon abgelöst. Fritz hat mit der *Kärntner Jugend* nichts mehr zu tun gehabt, der war da schon Funktionär in der Landespartei."
„Haben er und Rudi sich gut verstanden?" Sabine beobachtete, wie Margot Teppans Augen dunkel wurden. Sie schüttelte heftig den Kopf. „Nein, die beiden haben sich nie ausstehen können."
„Wieso nicht?"

„Sie waren zu verschieden. Fritz war immer so gediegen, Rudi war mehr der Draufgängertyp. Außerdem hat Rudi alle geärgert. Er war ein schlimmer Finger." Diesmal war ihr Lächeln halbherzig.
„Haben Sie eine Ahnung warum?"
„Er war ein bisschen verzogen. Seine Mutter war ja die Landesrätin, eine echte Respektsperson in der Partei. Wenn die was gesagt hat, dann haben alle folgen müssen, ohne Widerrede."
„Und Rudi hat das ausgenützt?"
„Er hat es versucht. Aber Fritz hat ihm das nie durchgehen lassen."
„Wie kann ich mir das vorstellen?"
Margot Teppan drückte die Zigarette im Aschenbecher aus. „Er hat ihn behandelt wie ein Muttersöhnchen. Am Anfang, jedenfalls. Später dann sind sie regelmäßig zusammengekracht. Da sind die Fetzen geflogen!"
„Ist es da auch zu Handgreiflichkeiten gekommen?"
„Immer wieder, ja. Aber nichts Ernstes."
„Und als Rudi älter geworden ist, hat sich das nicht gebessert?"
„Nein. Rudi hat so eine Art gehabt ... sobald er herausgefunden hat, wo jemand seinen wunden Punkt hat, hat er mit Genuss genau dort hineingedrückt. Wissen Sie, was ich meine?"
„Sie haben ihn aber trotzdem gemocht?"
„Ja, bei den Mädels, da war er anders. Außer, wenn er eine nicht hat ausstehen können."
Eine ältere, verbraucht aussehende Kellnerin mit einem Outfit, für das sie um Jahrzehnte zu alt wirkte, kam und nahm die Bestellung auf. Beide Frauen orderten Kaffee.
„Wie ist es dann weitergegangen", nahm Sabine den Faden wieder auf, „Sie und Fritz haben geheiratet?"

„Ja, in unserem dritten Jahr. Rudi ist damals Parteichef geworden und hat politisch Karriere gemacht. Dank seiner Mama, natürlich."
„War die damals politisch noch aktiv?"
„Gerade noch. Sie hat Rudi als ihren Nachfolger aufgebaut und sich dann zurückgezogen. Nach der Landtagswahl vor zwei Jahren ist er Landesrat geworden. Wir waren alle ganz stolz."
Sabine sah Margot Teppan von unten her an. „Auch Ihr Mann?"
„Nein." Sie fingerte eine weitere Zigarette aus der Packung. „Er hat damals andere Sorgen gehabt. Unsere Druckerei ist nicht gut gegangen, er hat Konkurs anmelden müssen."
„Im selben Jahr?"
„Vor zwei Jahren, ja." Wieder ihr Ritual. „Es war absehbar. Die Druckerei ... die ist nie wirklich gut gelaufen. Und dann noch die Konkurrenz aus dem Osten ... Rudi hat da gar nichts dafürkönnen."
Sabine stutzte. „Hat ... hat Ihr Mann das behauptet?"
Margot Teppan nickte und sah die Chefinspektorin mit einem unbestimmbaren Blick an. „Rudi hat als Parteichef Einsparungen vornehmen müssen. Fritz hat das nicht verstehen wollen."
Sabine war verwirrt. „Was hat das eine mit dem anderen zu tun?"
„Unsere Druckerei hat die ganzen Drucksorten für die Partei gemacht", erklärte Margot Teppan, „und dann nicht mehr."
Sabine verstand. Fritz Teppan hatte von der Partei gelebt, und Landesrat Moritsch hatte ihm den Geldhahn zugedreht. Frau Teppan glaubte, der Grund seien notwendige Einsparungen der Partei gewesen,

ihr Ehemann hielt es für eine gegen ihn gerichtete Maßnahme. Sabine nahm sich vor herauszufinden, wer von den beiden recht hatte.

„Fritz ist ein guter Mann", fuhr Margot Teppan in einem klagenden Ton fort, „aber er ist sehr empfindlich. Er braust schnell auf und ist danach nur schwer zu versöhnen. Und Rudi ... der hat nie nachgegeben, keinen Millimeter. Da war klar, dass sie aneinandergeraten."

„Was meinen Sie damit?"

„Vergangenes Jahr, bei einer Parteisitzung ... da hat Fritz Rudi wieder einmal beschuldigt, dass er ihn in den Bankrott geschickt hat, und Rudi hat ihn provoziert und provoziert ... so lange, bis Fritz ihn geschlagen hat. Mit der Faust. Ins Gesicht." Sie widmete sich wieder ihrer Zigarette.

„Und dann?", hakte Sabine vorsichtig nach.

„Rudi hat ... er hat Fritz ... er hat veranlasst, dass Fritz aus der Partei ausgeschlossen wird."

Die Chefinspektorin sah Margot Teppan forschend an. Sie war sich sicher, dass noch mehr dahintersteckte, doch offensichtlich wollte die Frau nicht darüber reden. Sie beschloss, diese Information über einen Umweg aus ihr herauszubekommen, und zog ein paar Papierblätter aus der Umhängetasche, die sie mithatte.

„Nach den gestrigen Ereignissen auf der Messe", begann sie, „haben wir alle Anwesenden befragt, wer Landesrat Moritsch zuletzt gesehen hat. Dabei hat sich herausgestellt, dass er zuletzt mit einigen Ausstellern zusammengestanden ist. Diese haben ausgesagt, der Landesrat habe bei einem Streit mit Ihrem Mann, der zufällig vorbeigekommen ist, durchblicken lassen, er habe ein Verhältnis mit Ihnen."

Margot Teppan war mit einem Mal wie versteinert, der aufsteigende Rauch ihrer Zigarette schien das einzig Lebendige an ihr zu sein.
Sabine beschloss, sie mit den Tatsachen zu konfrontieren. „Ich lese Ihnen jetzt das Streitgespräch zwischen Landesrat Moritsch und Ihrem Mann vor, wie es einer der Augenzeugen zu Protokoll gegeben hat:
Landesrat Moritsch: ‚Und, Fritz, gefällt's dir auf der Messe?'
Fritz Teppan: ‚Halt's Maul!'
Landesrat Moritsch: ‚Beleidigend auch noch? Sag lieber danke, dass ich dich nicht anzeige, sonst überlege ich es mir noch einmal.'
Fritz Teppan kam näher und starrte Landesrat Moritsch aggressiv an.
Landesrat Moritsch: ‚Sind wir schon wieder soweit? Ist in Ordnung, schlag zu! Aber dann kann dir deine Frau auch nicht mehr helfen.'
Fritz Teppan: ‚Was meinst du damit?'
Landesrat Moritsch: ‚Es war ja ganz nett, was sie auf meinem zurückgeklappten Beifahrersitz so alles draufgehabt hat, aber so gut, dass ich auf zwei Anzeigen verzichte, ist sie dann auch wieder nicht.'
Fritz Teppan ging schweigend davon." Sabine ließ die Blätter sinken und sah Margot Teppan fragend an.
Diese erwachte mit einem kurzen Kopfschütteln aus ihrer Erstarrung und rückte auf dem Stuhl herum, während ihre Blicke in der Gegend umherzuckten.
„Das ist", sie räusperte sich, „das war typisch für Rudi. Er hat immer in den wunden Punkt hineingedrückt."
„Hat er die Wahrheit gesagt?"
Margot Teppan drehte für lange Sekunden die Spitze ihrer Zigarette im Aschenbecher herum, dann sagte sie kleinlaut: „Nein."

Donnerstag, 17 Uhr

Die große, schwere Holztür am Eingang zum Gebäude der Kärntner Landesregierung schwang mit einem Summen automatisch auf, so dass Heinz einen Schritt zurücktreten musste, um ihr auszuweichen. Er ging hinein und wandte sich an den Portier, der neugierig hinter einer großen Glasscheibe herausschaute, wer um diese Zeit noch kam. Als Heinz den Namen von Landesrat Moritschs Büroleiterin nannte, hellte sich sein Gesicht auf und er meinte, Frau Mühlwirth habe ihm den Besuch angekündigt. Er beschrieb den Weg, dann trat Heinz durch eine Glastür in das weitläufige Stiegenhaus. Jeder Schritt hallte, als er über die breite Treppe in den ersten Stock hinaufging. Auf halbem Weg blieb er stehen, hielt sich am Geländer fest und atmete einige Male schwer durch. Während er darauf wartete, dass sich sein Herzschlag verlangsamte, starrte er auf die breiten, flachen und tiefen Stufen vor sich. Er hatte einmal gelesen, dass man im 19. Jahrhundert, aus dem auch dieser Bau stammte, die Treppen öffentlicher Gebäude deshalb so gestaltet hatte, damit berittene Boten zu Pferd in die oberen Stockwerke gelangen konnten.

Der Bürotrakt des verstorbenen Landesrats nahm einen vollen Gebäudeflügel in Anspruch. Von einem L-förmigen Gang aus führten rechts und links Türen in Zimmer, deren Nummer und Funktion auf Tafeln vermerkt waren, die man neben dem Türstock an die Wand geschraubt hatte. Bei Büroräumen standen auch Namen, Titel und Funktionen der hier arbeitenden Personen darauf.

Heinz orientierte sich an den fortlaufenden Zimmernummern. Er fand die Tafel, nach der er Ausschau gehalten hatte, hinter dem Knick des Gang-Ls, klopfte an die Tür und trat ein. In einem erstaunlich kleinen und mit Akten- und Papierstapeln vollgestopften Büro saß an einem seitlich zum Eingang positionierten Schreibtisch eine Frau in einem mausgrauen Kostüm mit langem Rock, das, ebenso wie die farblich dazu passenden niederen Pumps, Heinz stark an die Mode der frühen Neunzehnhundertachtzigerjahre erinnerte. Ihre grauen Haare hatte die Frau zu einem Dutt zusammengebunden und knapp ober der Spitze ihrer Nase klammerte sich eine Brille mit kleinen runden Gläsern fest. Über diese hinweg blickten Heinz zwei müde, aber neugierige Augen an.

„Jaaa?"

„Grüß Gott, mein Name ist Sablatnig."

„Ah, Herr Sablatnig." Mit fast jugendlicher Leichtigkeit schwang die Frau auf ihrem Drehstuhl herum, sprang auf und kam ihm entgegen. „Angenehm, Mühlwirth, freut mich." Der Druck ihrer Hand war kräftig.

Heinz bemerkte, dass die Frau nicht so alt war, wie ihr Äußeres vermuten ließ, sie mochte Mitte oder Ende fünfzig sein, nicht mehr.

„Wie kommt es, dass Sie heute arbeiten? Ich meine, am Tag nach ..." Heinz ließ den Satz in der Luft hängen.

Ein Seufzen, das aus den Tiefen ihrer Seele zu kommen schien, entrang sich ihrer Kehle. „Jemand muss das Rad am Laufen halten, bis die Nachfolge geklärt ist." Die Büroleiterin zwang sich zu einem Lächeln, das jedoch traurig ausfiel. „Das Leben geht weiter, wissen Sie?"

Und wie Heinz das wusste!

„Bitte kommen Sie hier herein." Waltraud Mühlwirth trat zu einer Seitentür und ging voran in ein Büro, welches das krasse Gegenteil von jenem zu sein schien, aus dem sie kamen. Der Raum war geräumig und hell, ein großer Schreibtisch mit einem wuchtigen Lederstuhl stand am Fenster, die andere Raumhälfte wurde von einem Besuchertisch samt Sesseln dominiert. „Nehmen Sie Platz", sagte die Büroleiterin, während sie die Sitzgruppe umrundete und zu einem niederen Schrank ging, auf dem Kaltgetränke, eine Kaffeemaschine, ein Wasserkocher, Gläser und Kaffeegeschirr sowie Teebeutel und Zuckerpäckchen Platz fanden.
Heinz ließ sich nieder und sah sich um. Die Wände waren mit modernen, farbenfrohen Kunstwerken behängt, in den Ecken standen schmale Büroschränke. Waltraud Mühlwirth stellte ungefragt ein Wasserglas vor ihn hin sowie eine kleine Glasflasche mit stillem Wasser mit Apfel-Rosengeschmack, die sie sogleich öffnete. Es wirkte wie eine automatische Bewegung.
„Ist das hier ...?"
„Rudis Büro." Frau Mühlwirth nickte. „Das heißt, jetzt natürlich Ex-Büro." Sie griff hinter sich und zauberte eine Glasschüssel mit Gummibärchen auf den Tisch. „Die hat er so gerne gehabt." Ihre Stimme erstickte, aber nur kurz. Sie setzte sich Heinz gegenüber. „Sie müssen wissen, dass dies hier auch das Büro seiner Mutter gewesen ist, als sie Landesrätin war. Dazwischen waren freilich ein paar andere Landesräte hier, aber nach dem letzten Regierungswechsel habe ich mein Büro wieder gleich eingerichtet wie damals. Es kommt mir oft so vor, als wäre ich hier nie weggewesen."
„Sie waren auch die Büroleiterin von Frau Doktor Moritsch?"

„Ganz genau.“ Heinz vernahm den Stolz in ihrer Stimme. „Ich bin ein Teil dieser Kontinuität, wenn Sie so wollen.“
Heinz verstand nicht. „Welche Kontinuität meinen Sie?“
„Na, dass die Mutter dem Sohn den Stab weiterreicht, dass wir wieder in denselben Räumlichkeiten unterkommen, dass Rudi Maßnahmen wiederaufgenommen hat, die seine Mutter seinerzeit in die Wege geleitet hatte und so weiter.“
„Ach so?“ Heinz dachte an die herrische Liese Moritsch und fragte sich, inwieweit die Fortführung ihrer Maßnahmen die Idee ihres Sohnes gewesen sein mochte. „Welche Maßnahmen zum Beispiel?“
Waltraud Mühlwirth ließ sich nicht lange bitten. „Zum Beispiel das Programm *Landeseigentum gegen Arbeitsplätze*. Damit ist es seinerzeit schon ihr gelungen, aberhunderten Menschen Arbeit zu geben, und Rudi war auf dem besten Weg, sie noch zu übertrumpfen.“
„Davon habe ich gelesen“, hakte Heinz ein, „gibt es da eigentlich kein Problem, dass die Verkäufe immer über dieselbe Firma abgewickelt werden? Ich denke, Landesaufträge müssen immer ausgeschrieben werden.“
Die Büroleiterin schenkte Heinz einen vielsagenden Blick über die Ränder ihrer Brillengläser hinweg. „Offiziell schon. Aber wenn man so viele Jahre so gut mit einem Partner wie der *Immosorg* zusammenarbeitet, dann wäre es doch dumm, ihn zu wechseln. Und nachdem wir die Kriterien vorgeben, nach denen wir unsere Projektpartner suchen …“
Sie ließ den Satz offen, doch Heinz wusste, was sie meinte. Es war ein offenes Geheimnis, dass in der

öffentlichen Verwaltung die vom Gesetz verlangten Ausschreibungen so formuliert wurden, dass nur der Bewerber sie erfüllen konnte, für den man sich vorab schon entschieden hatte. Eines aber interessierte ihn. „Das heißt, *Immosorg* hat schon damals den Kauf und Weiterverkauf der Landesgrundstücke abgewickelt, als noch die Mutter von Herrn Moritsch Landesrätin war?“
„Ja, die hat das eingefädelt.“ Waltraud Mühlwirth nickte. „Sie hat ein ausgezeichnetes Verhältnis zum damaligen Chef Herrn Sorger gehabt. Er war auch der Gründer von *Immosorg*. Die jetzige Geschäftsführerin ist seine Nichte.“
Auch wenn er nicht sagen konnte warum, spürte Heinz, dass dies von großer Bedeutung für seine Ermittlungen war. Er hoffte inständig, dass er sich das alles merken würde, zumindest in den Grundzügen. „Sagen Sie, war da nicht auch die Rede von einem Kirchengrund und einem Altersheim?“
„Ja“, die Büroleiterin wurde schlagartig betont sachlich, „ja, ich weiß schon, was Sie irritiert, das ist auch den Medien so gegangen. Sie fragen sich, warum der Herr Landesrat zwischen der *Immosorg* und der Kirche vermittelt hat. Da waren die wildesten Spekulationen dabei, dass Rudi Schmiergelder kassiert hätte und so weiter, aber keiner hat das große Ganze gesehen, die Vision.“ Ihre Arme unterstrichen ihre Worte mit einer ausladenden Bewegung.
Heinz fühlte sich ertappt, denn auch er hatte angenommen, Landesrat Moritsch hätte eine Vermittlungsprovision kassiert – doch im nächsten Moment wurde ihm klar, dass diese Aussage von Frau Mühlwirth nichts weiter war, als ein rhetorischer Trick. Indem sie selbst den naheliegenden Verdacht aussprach, nahm

sie ihm die Glaubwürdigkeit. Heinz war gespannt, welche Begründung sie nun vorbringen würde. „Wenn man nämlich die Vision betrachtet", fuhr die Büroleiterin fort, „erkennt man, wie sehr dieses Geschäft mit der Kirche das Gesamtprojekt abrundet. Denn worum geht es bei diesem Projekt? Es geht um eine Gesamtlösung zum Wohle der Bürgerinnen und Bürger Kärntens. Grundstücke, die dem Land Kärnten gehören, und damit den Bürgerinnen und Bürgern, werden verkauft und das Geld in Arbeitsplätze investiert. Im ersten Schritt profitieren nur wenige davon, das ist klar, aber insgesamt gesehen steigt mit dieser Maßnahme, wenn man sie konsequent durchführt, die Kaufkraft und damit, über den Wirtschaftskreislauf, der Wohlstand für alle. Das ist die Vision, und deshalb brauchen wir den Schulterschluss möglichst vieler Institutionen im Land. Wenn jeder einen Beitrag leistet, profitieren alle davon und das war es, wovon der Herr Landesrat den Herrn Magister Weißhaupt von der katholischen Kirche überzeugt hat, das war seine Vermittlungsleistung."
„Aber was hat die Kirche davon?", fragte Heinz.
Waltraud Mühlwirths Miene war wie versteinert. „Da haben wir es schon wieder, Sie verstehen mich nicht. Genauso wie die Medienvertreter. Noch einmal: Es geht hier nicht um Profit, es geht hier um das Wohl für alle Kärntnerinnen und Kärntner. Der Herr Landesrat hat den Herrn Magister Weißhaupt davon überzeugt, dass dieses Geschäft einem guten Zweck dient. Junge Menschen bekommen Arbeit und können ihre Familien ernähren, alte Menschen werden versorgt – das deckt sich mit den Kircheninteressen. Der günstige Verkaufspreis ist folglich eine Art Investment in die eigene, in die gute Sache. Und nebenbei bemerkt", sie

senkte ihre Stimme verschwörerisch, „haben wir etwas Glück gehabt. Die katholische Kirche hat das fragliche Grundstück erst vor Kurzem geerbt. Es ist viele Jahre lang brach gelegen und hätte erst für eine Menge Geld erschlossen werden müssen. Diese Kosten hat sich die Kirche mit dem Verkauf erspart, das relativiert das finanzielle Opfer nicht unwesentlich."

Heinz war nicht hier, um über politische Vorgänge zu streiten, deshalb nickte er und lächelte, als würde er verstehen.

In Wahrheit glaubte er der Büroleiterin kein Wort. Die Erschließungskosten als Argument für einen Preisnachlass in Höhe von fünfhunderttausend Euro vorzubringen, das war, als würde man seinen Diskussionspartner für dumm verkaufen. In dieselbe Kategorie fiel die Mär von der Menschlichkeit in der Politik. Wann immer Heinz hörte, dass etwas „zum Wohle der Bürgerinnen und Bürger" geschah, wusste er, dass die damit gerechtfertigte Aktion in Wahrheit zum Wohle des jeweiligen Politikers oder dessen Partei in die Wege geleitet wurde. Und wenn es um Geld ging, dann war Menschlichkeit das Letzte, was eine Rolle spielte, egal, bei welcher Institution.

Dieses Wissen verdankte Heinz seinem Vater, der Zeit seines Lebens politisch tätig gewesen war, seit Jahrzehnten hauptberuflich. Allerdings hatte ihm sein Vater diese Dinge nicht beigebracht, sondern selbst immer wieder so argumentiert – Heinz hatte das im Laufe der Zeit durchschaut.

Aus diesem Grund klangen die Worte der Büroleiterin in Heinz' Ohren hohl. Sie hatte sich wohl eine Argumentationskette zurechtgelegt, um Handlungs-

weisen zu begründen, die logisch nicht begründbar waren. Denn der einzige offensichtliche Nutznießer dieser Aktion war die Firma *Immosorg*, die von dem günstigen Kaufpreis profitierte.
Heinz fragte sich einmal mehr, welchen Vorteil das Land Kärnten und die katholische Kirche aus der Aktion zogen.

„Eigentlich bin ich ja gekommen, um mit Ihnen über das persönliche Umfeld von Landesrat Moritsch zu sprechen“, wechselte Heinz nun das Thema.
„Ja, ich weiß“, Waltraud Mühlwirth seufzte, „für uns alle ist der Mord unfassbar – und für seine Mutter unvorstellbar schrecklich. Sie will den Täter schnellstmöglich der Justiz übergeben.“ Es klang, als wäre dies die Aufgabe von Liese Moritsch. „Leider werde ich Ihnen nicht viel dabei helfen können.“
„Mir ist schon geholfen, wenn ich weiß, in welchen Kreisen sich der Herr Landesrat bewegt hat, welche Freunde und welche Feinde er …“
„Sie haben mich falsch verstanden“, fiel die Büroleiterin Heinz ins Wort, „genau deswegen werde ich Ihnen nicht helfen können. Schauen Sie, Rudi war im Umgang mit Menschen nicht zimperlich. Oberflächlich war er lässig und mit allen gut Freund, aber sobald es nicht so gelaufen ist, wie er es wollte, war er der einzige Hecht im Teich. Mit anderen Worten, er hat gewusst, wie man sich Feinde, aber nicht, wie man sich Freunde macht. Soweit ich weiß, hat es in seinem Leben überhaupt nur einen Menschen gegeben, auf den die Bezeichnung Freund zutrifft.“
Sie stockte, so dass Heinz schließlich nachfragte: „Wen?“

Zum ersten Mal im Gespräch wirkte Waltraud Mühlwirth verunsichert. „Sie müssen mir versprechen, dass das, was ich Ihnen jetzt sage, unter uns bleibt. Ich meine natürlich, abseits Ihrer Ermittlungen."
„Versprochen."
„Kennen Sie das Lokal *Der Ständer*?"

KAPITEL 5
Freitag, 8 Uhr

Heinz' Erwachen an diesem Morgen war wie eine Wiederholung jenes des Vortags, nur mit dem Unterschied, dass heute Cat Stevens *Morning Has Broken* sang, Heinz' Weckton. Er lag in Fötushaltung unter der Bettdecke, und alles in ihm sträubte sich dagegen, auch nur einen Muskel zu bewegen. Die Abneigung gegen den Weckton war jedoch stärker. Er wälzte sich stöhnend herum und entfernte in einer automatischen Bewegung die Ohrenstöpsel. Ein Fehler, denn nun war die Musik unerträglich laut; kein Wunder, er musste sie auf maximale Lautstärke stellen, damit sie ihn trotz der Stöpsel weckte. Nachdem er den Ton abgestellt hatte, rollte er sich auf den Rücken und starrte an die von seinem Nachtlicht blass erhellte Decke. Für die meisten war es unbegreiflich, dass ein körperlich gesunder Mensch unfähig war, aufzustehen. Es war doch so einfach: aufrichten, an den Bettrand setzen und aufstehen. Heinz schmunzelte traurig. Umgekehrt war es genauso einfach: es-ging-einfach-nicht. Der Körper mochte dazu in der Lage sein, doch der Geist war unfähig, ihm die entsprechenden Befehle zu erteilen.

Der gestrige Tag hatte ihm mehr abverlangt, als er zu geben fähig war. Nach dem Termin mit Waltraud Mühlwirth hatte sich Heinz' Gehirn angefühlt, als liefe es nur noch auf Schwachstrom. Er hatte sich nachhause geschleppt und nicht einmal mehr die Kraft aufgebracht, etwas zu essen, geschweige, die wichtigsten Erkenntnisse niederzuschreiben. Er hatte sich aus seiner Kleidung geschält, den Pyjama übergestreift und war ins Bett gekrochen. Zumindest hatte er daran gedacht, die Weckfunktion seines Handys zu aktivieren und dieses anzustecken, damit sich der Akku nicht über Nacht entleerte.

Heute Abend würde er in dieses Lokal gehen, *Der Ständer*, eine stadtbekannte Schwulenbar, der nachgesagt wurde, sie sei ein geheimer, weil illegaler Treffpunkt für die Stricher der Stadt. Für den Tag hatte er sich vorgenommen, sich auszuruhen, Kraft zu sammeln. Leider hatte er um 9 Uhr einen Termin bei seinem Psychologen, den er am liebsten verschoben hätte. Doch dann hätte sich seine Behandlung hinausgezögert, denn die Krankenkasse hatte ihm zehn Einheiten bewilligt und der Psychologe schien entschlossen, für jede einzelne zu kassieren.

Irgendwann schaffte er es, sich aufzurichten. Gott sei Dank war seine Depression laut Doktor Leichtfried nur „mittelschwer", Heinz wusste von Fällen, in denen die Kranken den ganzen Tag lang nicht aufstehen konnten. Er tappte ins Badezimmer und betrachtete sich wie jeden Morgen im Spiegel. Sein Gesicht wirkte eingefallen, die Haut war grau. Ja, er musste etwas essen, doch er hatte keinen Appetit. Im Gegenteil, wenn er wusste, dass er unter Leute gehen würde, spürte er ein Unwohlsein, das ihn vom Essen abhielt, aus Angst, ihm könnte übel werden. Der fortwährende Nahrungsentzug wirkte sich auf seine Muskelleistung und den Kreislauf aus. Alltagsbewegungen wie einfaches Treppensteigen empfand er als anstrengend und ihm wurde rasch schwindlig. Die Langzeitwirkung dieses Phänomens war fatal, denn mittlerweile war Heinz auf ein Gewicht abgemagert, das er zuletzt in

der Pubertät gehabt hatte, im Wachstum. Und es war entsetzlich qualvoll, denn andauernder Hunger, der kaum oder gar nicht gestillt wurde, tat in einer Weise weh, die sich niemand vorstellen konnte, der ihn nicht selbst schon einmal erlebt hatte.
Heinz trank eine Tasse Kaffee und zwang sich, eine halbe Semmel zu essen. Dann machte er sich fertig, um die Wohnung zu verlassen.

Doktor Leichtfried war Mitte vierzig und damit in Heinz' Alter, hatte schütteres, hellbraunes Haar und ein Gesicht voller Lachfalten. Heute trug er blaue Segelschuhe, weiße Bermuda-Shorts und ein blau-weiß-gestreiftes Polo-Shirt, dazu eine leichte Kapitänsmütze, die gut zu seinem buschigen, hellbraunen Schnurrbart passte. Er lehnte am Heck seiner Segelyacht und hielt die Pinne des Steuerruders lässig unter die Achsel geklemmt. Dabei plauderte er vor sich hin, als befänden er und Heinz sich auf einem Segeltörn und nicht in einer therapeutischen Sitzung.
Die Sonne war noch nicht am Himmel zu sehen, sie erklomm noch hinter der Stadt den Himmel – mit zunehmender Mühe, immerhin war es schon Mitte September. Dank der für den Kärntner Herbst typischen Schönwetterperiode der vergangenen Wochen war der leichte Wind, der das Segel blähte, angenehm warm und versprach einen heißen Tag. Dennoch, das Tageslicht hatte eine andere Qualität als im Hochsommer, es wirkte irgendwie müde, und die Schatten waren in letzter Zeit merkbar länger geworden.

Vor einigen Monaten hatte der Hausarzt Heinz an einen Psychologen überwiesen. Was wie ein gewöhnlicher Vorgang klang, entpuppte sich als kaum zu bewältigendes Problem, denn die Anlaufstellen der Hilfsorganisationen waren bis auf Wochen hinaus ausgebucht. Besser, wenn auch nicht wesentlich, war es bei den selbständigen Psychologen, doch von denen hatte nicht jeder einen Vertrag mit der Krankenkasse. Ein solcher war aber die Voraussetzung, denn Heinz hatte zu diesem Zeitpunkt kaum genug Geld, um seinen Lebensunterhalt zu bestreiten.

Er telefonierte also die Klagenfurter Psychologen durch, die er im Internet fand, und das dauerte Wochen. Nicht, weil es so viele gab, sondern weil jedes einzelne Telefonat Heinz enorme Kraft kostete. Er musste ja jedem aufs Neue sein Leiden vorbeten und je mehr Absagen er bekam, umso frustrierter wurde er. Doktor Leichtfried war der Erste, der innerhalb einer Woche einen Termin frei hatte. Im Nachhinein verstand Heinz, warum, zu jenem Zeitpunkt war er jedoch unendlich erleichtert, die Tortur des Suchens hinter sich zu haben. Heinz hatte sich vorgestellt, dass er in den Sitzungen von seinen Problemen erzählen und der Psychologe ihn mit lenkenden Fragen zu deren Ursachen leiten und ihm Wege aufzeigen würde, wie er diese in den Griff bekommen konnte. Doch weit gefehlt. In der ersten Sitzung erzählte Heinz kurz, worum es ging, und von da an redete nur noch Doktor Leichtfried. Er dozierte über die Ursachen einer Depression, die Heinz kannte, und deren Auswirkungen, die Heinz in jeder wachen Sekunde am eigenen Leib erlebte. Dann schwadronierte er über Techniken, die Heinz helfen würden, die sich aber im Alltag als unwirksam erwiesen, weil Heinz nicht wusste, wie er die Theorie in die Praxis umsetzen sollte, denn das hatte Doktor

Leichtfried nicht erwähnt. Der ununterbrochene Vortrag des Psychologen war außerdem gespickt von humorvollen Anekdoten, die er mit anderen Patienten erlebt hatte, und thematischen Ausflügen in sein Privatleben. Auf diese Weise erfuhr Heinz, was die beiden erwachsenen Kinder des Doktors machten und wohin er mit seiner Frau auch heuer wieder auf Schiurlaub fahren würde. Einmal fragte er halb im Scherz – damit aber auch halb im Ernst –, ob Heinz ein Bett aus Zirbenholz brauche, denn solche zu schnitzen war Doktor Leichtfrieds Steckenpferd.
Anfangs hatte Heinz noch Fragen gestellt, doch die Antworten waren jeweils so kurz und unergiebig gewesen, dass er es rasch wieder aufgab und den Mann reden ließ.

Als sich das Knattern des Segels nach einer Halse wieder gelegt und Doktor Leichtfried sich auf die andere Seite des Ruders gesetzt hatte, sprach er weiter. Heute referierte er über die drei unterschiedlichen Ichs, denen man sich bewusst zu- und abwenden könne und damit in verschiedenen Lebenslagen flexibler handlungsfähig sei. Er zählte es, nun mit der anderen Achsel auf der Pinne lehnend, an seinen Fingern ab. „Wir haben das Kind-Ich, das Eltern-Ich und das Erwachsenen-Ich. Das Kind-Ich ist unser emotionaler, das Eltern-Ich unser fürsorglicher und das Erwachsenen-Ich unser rationaler Teil."
Heinz wusste, dass er hier falsch war und dass Doktor Leichtfried ihm nicht helfen würde, doch er hatte nicht die Kraft für einen Wechsel. Die Vorstellung, wieder wochenlang herumzutelefonieren und dann möglicherweise wieder an den Falschen zu geraten,

war um vieles schlimmer, als die restlichen Termine noch über sich ergehen zu lassen. Auf diese Weise kam er zumindest zu einer Schifffahrt, denn der Psychologe hatte bei der letzten Sitzung in seiner Praxis beschlossen, das schöne Wetter ausnützen zu wollen, und auf seine Frage, ob es Heinz etwas ausmache, den nächsten Termin auf seiner Privatyacht abzuhalten, hatte dieser den Kopf geschüttelt.

„Was Sie tun müssen, ist, Ihr Erwachsenen-Ich zu stärken."

Die Art, in der Doktor Leichtfried sprach, in Verbindung mit seinem ausgeprägten steirischen Dialekt, gab seinem Vortrag etwas Kabarettartiges. Dass er seine Kapitänsmütze schief am Kopf trug – er hielt das offenbar für cool –, unterstrich diesen Eindruck noch zusätzlich. Irgendwie wartete Heinz bei jedem Satz auf eine Pointe. Die immer wieder ausblieb.

„Wenn Sie spüren, dass Ihnen etwas zu schaffen macht, schalten Sie einfach auf Ihr Erwachsenen-Ich um. Das nimmt die Schwere aus der Situation."

Das milde Plätschern des Wörthersee-Wassers am Rumpf des dahingleitenden Bootes war wie Labsal für Heinz' wunde Seele. Er blickte die bewaldeten, wellenförmigen Hügelketten entlang, die die Längsufer des Wörthersees säumten, und wünschte, Doktor Leichtfried würde den Mund halten und nur das Boot steuern. Das würde ihm weit mehr helfen als alles psychologische Fachwissen der Welt.

Eine Stunde später saß Heinz an einer Bushaltestelle in Maria Wörth und fühlte sich gedemütigt.

Doktor Leichtfried hatte „plötzlich" festgestellt, dass ihre Stunde schon zu Ende sei und Heinz mit den bereits bekannten Worten „Macht's Ihnen was aus?" gefragt, ob er ihn hier in Maria Wörth absetzen könne. Heinz war empört gewesen. Einerseits wegen der Scheinheiligkeit des Psychologen, der vorhin erwähnt hatte, er habe am späten Vormittag noch einen Termin in Velden. Folglich war er auf dem Weg dorthin und als auf Höhe von Maria Wörth, der Hälfte der Wegstrecke, die Zeit mit Heinz um gewesen war, hatte er das nicht übersehen, sondern es von Anfang an so geplant gehabt. Andererseits stand Heinz' Wagen am Parkplatz der *Marina Loretto* in der Wörthersee-Ostbucht, zu der er nun mit dem Bus zurückfahren musste.

Heinz fragte sich, ob dem Psychologen bewusst war, was er mit so einem Verhalten in einem depressiven Menschen auslöste und wie es gekommen sein mochte, dass ein so wenig feinfühliger Mensch Psychologe geworden war.

Und er fragte sich, wie es so weit gekommen war, dass er auf psychologische Hilfe zurückgreifen musste. Der Auslöser des Ganzen stand freilich fest: Während seines Urlaubs in Kolumbien hatten ihm zwei korrupte Polizisten Drogen untergeschoben, um Schmiergeld von ihm zu erpressen. Sie hatten ihn in ein Loch von einer Zelle in einem aufgelassenen Gefängnistrakt gesperrt und dort vergessen. Oder sie waren selbst verhaftet worden, jedenfalls hatte man Heinz erst Wochen später per Zufall gefunden, mehr tot als lebendig. Das Ganze war für Heinz eine traumatische Sache gewesen, aber nachdem er die schlimmste Zeit danach überwunden hatte, hatte er geglaubt, er hätte die Angelegenheit verkraftet. Schließlich hatte er sich in jüngeren Jahren viel in Südamerika herumgetrieben und war mehrmals das Opfer von Korruption und Misshandlung

geworden, wenn auch nicht in diesem Ausmaß. Und als Berufsdetektiv geriet er mitunter auch in Lebensgefahr, folglich war ihm dieser Zustand nicht fremd.
Dennoch war diesmal aus dem Trauma Depression geworden, die sich mit der Zeit immer weiter verschlimmert hatte. Sein Hausarzt meinte, dies sei das Ergebnis einer ständigen Überforderung. Das mochte stimmen, denn er war noch nicht ganz auf dem Damm gewesen, als die Sache mit Saskia Frenzen passiert war. Seit er mit ihr entführt und einmal mehr in völliger Finsternis gefangen gewesen war, ertrug er keine Dunkelheit mehr. Danach wachte er mehrmals in der Nacht auf und geriet sofort in Panik, bald konnte er ohne Licht nicht mehr einschlafen. Er besorgte sich ein Nachtlicht, damit ging es einigermaßen, doch sein Schlaf war so seicht, dass ihn selbst normale Geräusche im Haus aufweckten, etwa wenn der Nachbar unter ihm nachts nachhause kam und die Wohnungstür aufsperrte. Deshalb schlief Heinz nun mit zugestöpselten Ohren. Und mit heruntergelassenem Rollo und geschlossener Schlafzimmertür, denn obwohl er ohne Nachtlicht nicht schlafen konnte, weckte ihn selbst die früheste Morgendämmerung.
Sein eigenes tiefes Seufzen riss Heinz aus seinen Gedanken. So weit war es mit ihm gekommen!

Freitag, 10 Uhr

Chefinspektorin Sabine Oleschko sah Fritz Teppan an, der ihr gegenübersaß, den Kopf gesenkt hatte und die Finger beider Hände auf der Platte ihres Schreibtischs ineinander krallte. Sie hatte ihm am Vortag über seine

Frau ausrichten lassen, er solle so bald wie möglich zu ihr ins Sicherheitszentrum kommen, wegen der längst überfälligen Befragung. Am Vormittag hatte er sie angerufen, und so war es zu diesem Treffen in ihrem Büro gekommen. Sie hatte ihm gerade die Aussage der vier Standbetreuer vorgelesen, die Landesrat Moritsch zuletzt lebend gesehen hatten, und wartete nun auf seine Reaktion.

„Es stimmt", sagte er nach geraumer Zeit mit nickendem, noch immer gesenktem Kopf, „genauso hat es sich abgespielt."

„Und dann", fragte die Chefinspektorin, „wohin sind Sie nach dem Streit mit Landesrat Moritsch gegangen?"

„Weg."

Sabine wartete und als nichts nachkam, fragte sie: „Was, weg? Wohin?"

Fritz Teppan seufzte schwer, rieb sich das Gesicht mit beiden Händen und sah die Chefinspektorin an. Für seine dreiundvierzig Jahre wirkte sein hageres Gesicht verbraucht. Seine schütteren, grauen Haare waren schlampig nach hinten gekämmt, und er hatte dunkle Ringe unter den Augen. „Hinaus aus der Halle", sagte er müde, „ich habe Abstand gebraucht von dem Dreckskerl."

„Und dann?"

„Dann habe ich Margot angerufen und sie gefragt, ob das stimmt."

„Ob was stimmt?"

Teppans Gesichtsausdruck wurde ungehalten. „Na, was wohl? Ob sie es mit ihm getrieben hat, natürlich."

„Und, hat sie?"

Ein leichtes Lächeln verformte seine Lippen. „Ich würde zu gerne wissen, wie Ihnen meine Frau diese Frage beantwortet hat, Frau Chefinspektor."

Sabine deutete auf den Voicerecorder, der zwischen ihnen stand, und sagt eisig: „Wir führen hier keinen Smalltalk. Machen Sie Ihre Aussage."
Teppan zuckte unter der Zurechtweisung zusammen und murmelte eine Entschuldigung, ehe er ihre Frage beantwortete. „Natürlich hat sie."
„Sie hat es Ihnen also gestanden?"
„Nein, hat sie nicht. Sie hat nicht ja und nicht nein gesagt. Herumgedruckst hat sie und blöd gekichert. Aber ich kenne sie lange und gut genug, um zu wissen, dass das ein Schuldeingeständnis war." Er klang bitter.
„Was haben Sie dann getan?"
„Dann ... dann bin ich abgehauen. Ich hätte ja noch arbeiten müssen, aber ich hab's auf der Messe nicht mehr ausgehalten. Ich wollte nur weg."
„Wohin weg?"
„Nach Köttmannsdorf."
„Wieso nach Köttmannsdorf?"
„Weil dort meine Druckerei steht. Ich meine natürlich meine ehemalige Druckerei, die ich habe aufgeben müssen wegen diesem ...", er rang mit seiner Selbstbeherrschung, „Landesrat."
„Was wollten Sie dort?"
„Über mich nachdenken. Über mein Leben. Über meine Vergangenheit und ... welche Zukunft ich noch habe. Dann bin ich in mein ehemaliges Stammlokal gegangen, wo ich früher immer Mittagessen war, als ich die Druckerei noch gehabt habe, und habe mich angesoffen. Wie ich gestern aufgewacht bin, hat Margot erzählt, dass der Wirt mich heimgebracht hat."
„Um wie viel Uhr war das?"
„Das müssen Sie sie fragen oder den Wirt. Ich weiß nicht einmal mehr, wann bei mir der Film gerissen ist."

„Betrinken Sie sich öfter?“ Margot Teppan hatte diese Frage verneint, Sabine wollte nun die Hintergründe erfahren.
„Nein, normalerweise nie.“
„Warum vorgestern?“
Fritz Teppan starrte die Polizistin an. Offenbar wurde ihm bewusst, dass ihr das verdächtig schien. „Hören Sie“, begann er heftig, „der saubere Herr Landesrat, dieser Dreckskerl, hat mich ruiniert, mich fertiggemacht und es zum Schluss auch noch mit meiner Frau getrieben. Ich glaube, das reicht als Grund für einen Vollrausch, oder?“
Die Chefinspektorin ging nicht auf seine Provokation ein. „Was meinen Sie damit, Landesrat Moritsch habe Sie ruiniert und fertiggemacht?“
Teppan fasste sich etwas, ehe er zu erzählen begann. „Der Rudi war immer schon eifersüchtig auf mich. Er war noch ein ganz junger Hüpfer, wie er der *Kärntner Jugend* beigetreten ist, genauso wie die Margot, und er ist von Anfang an auf sie gestanden. Ich glaube, sie haben auch kurz etwas miteinander gehabt, wie die jungen Leute halt so sind, aber sicher nicht lange, weil sich die Margot nämlich in mich verschaut hat. Das hat der Rudi nie ganz verkraftet. Mir war das egal, weil ich mir gedacht habe, das legt sich mit der Zeit schon. Ich hätte nie geglaubt, dass ein Mensch so nachtragend sein kann! Ich meine, dass er einen miesen Charakter gehabt hat, ist ja kein Geheimnis, aber dass sich das so ausartet! Sie müssen sich das einmal vorstellen: Kaum war er Obmann der Landespartei, hat er den Geldhahn für meine Druckerei zugedreht“, Teppan schnippte mit den Fingern, „einfach so. Von heute auf morgen war ich pleite.“

„Erklären Sie mir das", unterbrach Sabine, „wie kann er Ihnen den Geldhahn zudrehen, nur weil er Landesobmann einer Partei geworden ist? Ihre Druckerei war doch nicht Parteieigentum, oder?"
„Das ist schon richtig", Teppans Grinsen hatte etwas Diabolisches, „aber bis dahin hat mein Betrieb alle Drucksorten für die Landespartei und die *Kärntner Jugend* hergestellt, vom einfachen Handzettel über Werbefolder bis hin zu Wahlplakaten. Das alles war mit einem Mal", er unterstrich eine wegwerfende Handbewegung mit einem Pfiff, „weg."
„Moment einmal", warf Sabine ein, „ich kenne mich da ja nicht aus, aber ich kann mir nicht vorstellen, dass eine Druckerei nur von der Herstellung von Werbematerialien für eine Kärntner Partei leben kann."
„Das nicht, aber ohne diese Aufträge ist es nicht gegangen. Das Auftragsvolumen aller anderen Kunden zusammengerechnet hat nicht ausgereicht, um den Betrieb am Laufen zu halten. Außerdem waren die Aufträge der Partei für mich Fixposten, mit denen habe ich das Geschäftsjahr kalkulieren können. Ein Kartenhaus, bei dem Sie jede zweite Karte herausnehmen, fällt in sich zusammen." Seine Hände formten ein Dach und ließen es in sich zusammenklappen.
Die Chefinspektorin war skeptisch. „Und der Parteiobmann bestimmt alleine darüber, wer Aufträge bekommt und wer nicht?"
Fritz Teppan kicherte kindisch und schüttelte den Kopf. „Das hat er viiiel eleganter eingefädelt. Bei seinem Amtsantritt als Obmann hat gesagt, er wolle die Partei reformieren, konkurrenzfähig machen, zukunftsfit, blablabla. Dazu habe er sich natürlich auch die Parteifinanzen angesehen und festgestellt,

dass für manche Posten viel zu viel Geld ausgegeben werde, zum Beispiel für die Drucksorten. Er hat mir sogar großzügig angeboten, ich solle der Partei ein besseres Angebot machen. Toll, gell?“

„Was ist daran so verkehrt?“

Teppan ließ die Schultern sinken und schenkte der Polizistin einen entgeisterten Blick. „Das war die reine Verarschung! Er hat sich Kostenvoranschläge von einer polnischen Großdruckerei kommen lassen und dem Parteivorstand vorgelegt. Dann hat er von mir verlangt, ich solle zu denselben Konditionen liefern, dann würden wir im Geschäft bleiben. Für den Vorstand hat das plausibel geklungen, aber Rudi hat ganz genau gewusst, dass er damit etwas vollkommen Unmögliches von mir verlangt. Als kleine Druckerei in Österreich habe ich eine ganz andere Kostenstruktur als eine Großdruckerei in Polen. Bei den Preisen hätte ich dazuzahlen müssen.“

Sabine schüttelte unwillig den Kopf. „Herr Teppan, was Sie mir da erzählen, klingt für mich nicht wie eine Verschwörung gegen Sie, sondern wie das Handeln eines verantwortungsvollen Geschäftsführers.“ Sie wollte noch weitersprechen, doch Teppan fiel ihr ins Wort.

„Er war aber nicht Geschäftsführer, sondern Obmann. Der Geschäftsführer, seit Jahrzehnten ein guter Parteifreund von mir, hat sich in der Sache nobel zurückgehalten.“

„Na gut, von mir aus“, lenkte die Polizistin unwirsch ein, „aber wenn der neue Obmann die Partei reformieren will, dann sind die Finanzen doch ein wesentlicher Teil. Haben Sie denn gar nichts verändert, als Sie die Firma von Ihrem Vater übernommen haben?“

„Eine Partei ist keine Firma! Eine Partei muss nicht gewinnorientiert wirtschaften, sie muss nur darauf achten, dass sie nicht ins Minus rutscht und davon war sie meilenweit entfernt. Glauben Sie, Rudis Vorgänger hätte nicht gewusst, dass er die Drucksorten billiger kriegen kann als bei mir? Aber er hat trotzdem bei mir drucken lassen, aus Solidarität. Das macht eine Partei nämlich auch aus, dass sie auf ihre Mitglieder schaut."
Sabine verbiss sich einen gehässigen Seitenhieb auf das Thema Freunderlwirtschaft, denn ein solcher hatte bei einer polizeilichen Befragung nichts zu tun. Mehr noch, sie gestand sich ein, dass sie Teppans Argumentation schlüssig fand. „Wie ist es dann weitergegangen?", fragte sie.
„Na, wie wohl?" Der Befragte klang verzweifelt. „Die geforderten Konditionen waren für mich nicht machbar, die Partei hat mir keine weiteren Druckaufträge gegeben, und ich habe Konkurs angemeldet. Gott sei Dank hat die Grafikagentur auf der Messe bald darauf einen Drucktechniker gesucht, sonst weiß ich nicht, was aus mir geworden wäre." Er starrte vor sich hin und fuhr nach einigen Sekunden fort. „Man möchte meinen, dass Rudi damit seine Rache bekommen hätte. Ich meine, was kann man einem anderen Menschen Schlimmeres antun, als ihn zu ruinieren? Jetzt weiß ich es." Er schluchzte.

Nachdem Fritz Teppan gegangen war, dachte Sabine über das Gespräch nach. Unabhängig davon, ob Landesrat Moritsch Teppan tatsächlich mit Absicht gequält hatte oder ob dieser das nur so empfand, sie verstand dessen Verzweiflung. Vor allem der letzte Akt, die Verführung seiner Frau, war, in Anbetracht

der vorangegangenen Ereignisse, eine Demütigung sondergleichen.
Als sie ihr Handy nahm, um die Stummschaltung zu deaktivieren, sah sie, dass Heinz kurz zuvor angerufen hatte, und wählte seine Nummer.

* * *

Als Sabine anrief, fuhr Heinz gerade in einem spärlich besetzten Bus durch Reifnitz. Die Temperaturen stiegen nun merklich an, und im hiesigen Strandbad tummelten sich für einen Freitagvormittag erstaunlich viele Sonnenhungrige.
Er erzählte, was Landesrat Moritschs Büroleiterin gestern gesagt hatte und hörte von ihr, was sie von Fritz Teppan und dessen Frau erfahren hatte. Sie meinte, sie müsse Teppans Aussage, sein gestriges Bewegungsprofil betreffend, zwar noch überprüfen, glaube aber nicht, dass er diesbezüglich gelogen habe.
Nach dem Telefonat dachte Heinz die Sache durch. Fritz Teppans Geschichte hatte zweifellos das Potenzial für ein Mordmotiv, allerdings klang es schlüssig, dass er die Messe gleich nach dem Streit verlassen hatte. Ob er das Zeug zu einem spontanen Mord hatte, würde Heinz erst beurteilen können, wenn er ihn persönlich kennengelernt hatte. Einem spontanen Impuls folgend, beschloss er, auf der Messe vorbeizuschauen, gleich nachdem er sein Auto geholt hatte. Er wollte selbst mit dem Mann reden, dann hätte er immer noch genügend Zeit, um sich auszuruhen, ehe er die Schwulenbar besuchen würde.

KAPITEL 6

Freitag, 11 Uhr

Die Dame im Service-Center der Klagenfurter Messe war unerbittlich. Heinz hatte gehofft, sein Status als Ermittler würde ihm einen freien Eintritt ermöglichen, doch die Frau ließ durchblicken, dass sie im Laufe ihrer langjährigen Tätigkeit hier schon weitaus originellere Versuche erlebt habe, mit denen sich Menschen um den Eintrittspreis drücken wollten.
Heinz musste also in den sauren Apfel beißen, auch wenn ihn das finanziell schmerzte. „Können Sie mir wenigstens sagen, wo ich Herrn Teppan finde?“, fragte er klagend.
Trotz ihrer ablehnenden Haltung war die Dame ausgesprochen freundlich. Sie griff zu ihrem Handy und erfuhr mit ein paar kurzen Telefonaten, wo Fritz Teppan sich gerade aufhielt, er selbst war offenbar nicht erreichbar.
„Sie finden ihn im Versorgungstunnel unter der Halle 5“, sagte die Frau und legte in einer geübten Bewegung einen Hallenplan auf den Tresen vor sich. „Sie gehen am besten ins Lager und fragen sich dort durch, ich zeige Ihnen, wie Sie da hinkommen.“

Die Messe war gut besucht. Im Eingangsbereich stauten sich die Gäste an der Garderobe oder standen in Grüppchen zusammen. Heinz schlängelte sich zwischen ihnen durch, um zu dem gläsernen Durchgang zu kommen, der in die Halle 5 führte. Dort angekommen war es ein Leichtes, das Lager zu finden, zumal die Zugangstür ein Element eines breiten

Blechtors mit mehreren Flügeln war, durch das, wenn man es zur Gänze öffnete, wohl ein Lastwagen in die Halle fahren konnte.

Das Lager war ein System aus mehreren Räumen und wirkte auf Heinz verwinkelt und unübersichtlich. Geradeaus sah er durch eine Glastür ins Freie, doch der Raum dazwischen wurde durch deckenhohe Stellagen an den Wänden verengt, auf denen sich Bierkisten und zusammengeklappte Transportboxen stapelten. Dazwischen standen vergitterte Rollwagen, die innen mit großen Plastiksäcken ausgekleidet waren, mobile Müllbehälter, wie Heinz vermutete.

In einem der Nebenräume schichteten zwei junge Männer in grauen Arbeitsmonturen Paletten in eine Ecke, Heinz sprach sie an und fragte, wie er zum Versorgungstunnel komme. Einer der beiden begann zu erklären, unterbrach sich dann aber selbst und ging stattdessen voraus. Eine gute Entscheidung, wie Heinz fand, denn der Weg führte um mehrere Ecken. Schließlich blieb der junge Mann stehen und zeigte eine schmale Treppe hinab. „Da unten ist der Zugang."

Heinz bedankte sich und ging die Stufen nach unten. Die Treppe war nicht lang, sie machte bei der Hälfte einen Neunzig-Grad-Knick nach links und endete vor einer Blechtür. Heinz zögerte einzutreten. Es war finster hier und schmuddelig, das weckte böse Erinnerungen. Er spürte, wie sein Herz zu rasen begann, atmete einige Male tief durch und blickte nach oben. Das herabfallende Licht wirkte, als fiele es durch ein Gitterfenster in ein Kellerverließ. Das Angstgefühl steigerte sich zur Panik, Heinz drehte sich um und war im Begriff, die Treppe wieder hinaufzugehen, als

er Doktor Leichtfrieds Stimme in seinem Kopf sagen hörte: „Sie müssen Ihr Erwachsenen-Ich stärken."
„Es ist die Messe", raunte Heinz sich selbst zu, „nichts hier ist dafür gedacht, um jemanden festzuhalten, im Gegenteil: In einem Alarmfall müssen möglichst viele Menschen möglichst schnell hinauskönnen." So absurd dieser Gedanke an diesem Ort auch war – er wirkte. Heinz spürte seinen Herzschlag zwar immer noch an den Innenseiten der Rippen, zumindest wurde dieser aber langsamer.
Kurzentschlossen wandte er sich der Tür zu, zog sie auf – und betrat einen Raum, den er aus einem Alptraum zu kennen glaubte. Es war ein enger, niedriger Gang, der rechts nach ein paar Metern in einem finsteren Eck endete und sich links in der Ferne verlor. Die Wände, die Decke und der Boden waren aus grauem Beton und stellenweise mit einer schwarzen Staubschicht bedeckt. Die rechte Wand war, soweit Heinz sehen konnte, mit einem Netzwerk aus Rohren unterschiedlicher Dicke und Farbe bedeckt, mit Messuhren, Ventilen, Druckbehältern, Kompressoren und großen und kleinen Schraubrädern, mit denen man wohl den Durchfluss steuern konnte. An der linken Wand waren übereinander zwei breite Schienen angebracht, die ein Gewühl aus Kabeln führten. Auch diese waren unterschiedlich dick und gefärbt, es wirkte, als schlängelten sich zwei Packen Würmer an der Wand entlang. Parallel zu den Schienen führten auch hier Rohre, die offenbar weitere Kabelstränge beinhalteten. Selbst an der Decke waren Rohre verlegt, die Heinz an Lüftungs- und Abwasserrohre erinnerten. All diese Einbauten verengten den Tunnel noch zusätzlich und machten das Licht der in mehre-

ren Metern Abstand montierten, verschmutzten Neonröhren noch diffuser, es war eine Atmosphäre wie in einem Bunker.

Heinz hatte aufgehört zu atmen und jetzt, da ihm das auffiel, tat er sich schwer, wieder damit zu beginnen. Er empfand diesen Raum als menschenfeindlich, nichts war hier angenehm. Die Luft war stickig und schwül und mehrere der Neonröhren surrten in einem aufreibend schrillen Ton. Mehr automatisch als willentlich setzte sich Heinz in Bewegung und folgte dem Gang. Weiter hinten hörte er Stimmen, er ging davon aus, Fritz Teppan dort anzutreffen, es schien aber eine Ewigkeit zu dauern, bis er endlich zwei menschliche Gestalten wahrnahm. „Herr Teppan?“, rief er und erreichte damit, dass die beiden sich zu ihm umdrehten. „Mein Name ist Sablatnig“, Heinz zwängte sich an einem roten Druckbehälter vorbei, der ihm bis an die Rippen reichte, „ich müsste Sie sprechen, bitte.“

„Ich komme gleich“, kam die Antwort, gefolgt von einem Murmeln, welches wohl das Gespräch beendete, das Teppan mit dem anderen Mann führte. Dann kam er auf Heinz zu.

Fritz Teppan wirkte, soweit Heinz es bei dem spärlichen Licht sehen konnte, müde und geschafft. Er reichte ihm stumm die Hand und blickte ihm dabei ernst in die Augen. Dann deutete er in die Richtung, aus der Heinz gekommen war. „Gehen wir hinaus.“

„Gerne“, entfuhr es Heinz, er wandte sich um und ging voraus. Um zu vermeiden, dass Teppan ihn fragte, was er von ihm wolle und damit ein über die Schulter geführtes Gespräch beginnen würde, fragte Heinz mit einer kreisförmigen Geste, die den ganzen Tunnel umfasste: „Sagen Sie, was ist das hier?“

„Der Versorgungstunnel von Halle 5“, kam es von hinten. „Wir befinden uns direkt unter der Halle, von hier aus führen Strom-, Telefon-, Wasser- und Abwasserleitungen zu den Messeständen hinauf. Sehen Sie da vorne“, Teppan zeigte über Heinz' Schulter zu einem der großen Stromverteilerkästen, die etwa alle zwanzig Meter an die Wand montierten waren. Unter diesem lag ein Lattenrost am Boden, wohl um einen Elektriker, der daran arbeitete, vor eventueller Bodennässe zu schützen und über dem Kasten verschwanden Kabel- und Rohrabzweigungen in der Decke. „Dort geht quer ein Versorgungsschacht weg, durch den die Leitungen geführt werden. So hat man oben Zugang zu ihnen.“
Heinz verstand das System, auf diese Weise konnte man die gesamte Ausstellungsfläche versorgen und war mit der Anordnung der Stände flexibel. Er wechselte das Thema. „Was führt einen Drucktechniker in diesen Untergrund, wenn ich fragen darf?“
„Beschilderungen. Der Platzmeister – das ist der Herr, mit dem ich gerade gesprochen habe – will, dass alle Warnschilder im Versorgungstunnel erneuert werden. Wahrscheinlich eh das erste Mal, seit die Halle gebaut worden ist. Aber wie haben Sie mich eigentlich gefunden? Hier unten gibt's keinen Handy-Empfang.“
Während Heinz die Tür zur Stiege öffnete und voraus hinaufging, erzählte er seine Geschichte mit der Dame im Service-Center. Oben angekommen atmete er tief durch und fühlte sich erleichtert, unversehrt dieser Hölle entkommen zu sein.
Teppan sah ihm gerade in die Augen. „Was kann ich für Sie tun?“
Bei Licht sah Heinz den schlawutzigen Zustand des Mannes. Dass seine schwarzen Schuhe voller Staub

waren, mochte an seinem Aufenthalt im Versorgungstunnel liegen, aber seine hellbraune Cordhose war ihm zu kurz, und ein Flügel seines karierten Hemdes hing ihm aus der Hose. Der Gürtel in weißer Farbe war außerdem nicht sehr stilsicher gewählt und seine Haare hatten heute ganz sicher noch keinen Kamm gesehen.

Heinz empfand Mitleid mit ihm, auch wenn er nicht sagen konnte, warum eigentlich. Ihm war überhaupt aufgefallen, dass sein depressiver Zustand zu einer erhöhten Empathie geführt hatte, er schien das Leid, das er an anderen Menschen zu sehen glaubte, selbst zu spüren.

„Mein Name ist Heinz Sablatnig. Ich bin Berufsdetektiv und komme im Auftrag von Frau Doktor Moritsch. Ich soll den Mörder ihres Sohnes finden."

Hatte sich Fritz Teppans Gesicht aufgehellt, als Heinz seinen Namen genannt hatte – offenbar kannte er ihn aus den Medien – bekam es bei den weiteren Worten einen eigenartigen, unbestimmten Ausdruck.

„Was wollen Sie dann von mir? Ich habe ihn nicht umgebracht." Seine Stimme klang ungehalten, fast ein wenig verletzt.

„Es ist ja kein Geheimnis, dass Sie und der Herr Landesrat nicht die besten Freunde waren", begann Heinz vorsichtig, doch Teppan unterbrach ihn heftig:

„Das trifft auf ungefähr die Hälfte der Kärntner Bevölkerung zu. Und das auch nur, weil die andere Hälfte nichts mit ihm zu tun gehabt hat. Wenn das Ihre einzigen Indizien sind, wünsche ich viel Spaß beim Ermitteln." Er lachte, doch es klang nicht echt.

Heinz versuchte es noch einmal, noch vorsichtiger: „Ihre Frau ..."

Teppan raufte sich die Haare, während er sich wegdrehte. „Meine Frau“, rief er, „meine Frau! Jetzt geht das wieder los. Hören Sie“, er kam unangenehm nahe an Heinz heran, „ich habe der Polizei alles erzählt, was passiert ist, das war für mich schmerzhaft genug. Wenden Sie sich an die, wenn Sie was wissen wollen, ich kann nicht mehr. Ich will nicht mehr.“ Er stapfte mit hastigen Schritten davon und rief, ohne sich noch einmal umzudrehen: „Wiederschau'n!“

Freitag, 19.30 Uhr

Aus dem Wohnzimmer drang gedämpfte Soft-Jazz-Musik, während Heinz vor dem Spiegel in seinem Badezimmer stand und abwägte, ob das beigefarbene Sakko zum anthrazitfarbenen Seidenhemd passte. Es war die dritte Kombination, die er ausprobierte, doch die Notwendigkeit, sich zu entscheiden, strengte ihn so an, als wäre es die zehnte. Außerdem wurde er andauernd von seinem eigenen Blick im Spiegel abgelenkt, den er aus unerfindlichen Gründen als unangenehm empfand. Irgendwann reichte es ihm und er sah sich gerade in die Augen – und wusste, was nicht passte. Das alles hier war nicht er, der Kleidungsstil, die Musik, die Stimmung, nichts davon war echt.

Er bereitete sich auf den Besuch einer Schwulenbar vor und sollte entsprechend gekleidet sein. Sein Ziel war nicht, für homosexuell gehalten zu werden, sondern homosexuellen Männern einen angenehmen Anblick zu bieten. Immerhin ging es darum, Informationen zu bekommen. Die Musik sollte ihn in eine beschwingte Stimmung versetzen, sein Wesen weicher werden lassen.

Doch es klappte nicht. Nicht, weil es nicht echt war, denn genau darauf kam es ja an. In der Vergangenheit war er immer wieder in andere Rollen geschlüpft, wenn es seine Ermittlungen erforderten, und es war nie ein Problem für ihn gewesen. Es klappte diesmal nicht, weil er selbst nicht er selbst war. Er war eine depressive Version des Berufsdetektivs Heinz Sablatnig, ein Widerspruch in sich. Denn wie sollte jemand anscheinend zufällige Zusammenhänge miteinander kombinieren, der sich kaum konzentrieren und quasi nichts in Erinnerung behalten konnte? Wie sollte jemand eine andere Person darstellen, dessen eigene Persönlichkeit, so schien es, auf Verletzlichkeit und daraus folgende Ausweichreaktionen zusammengeschrumpft war? Und wie sollte jemand eine Ermittlungsstrategie entwickeln, der nahezu unfähig war, Entscheidungen zu treffen? Heinz wusste im Moment ja nicht einmal, ob sich helle und dunkle Pastellfarben miteinander kombinieren ließen.

Eine aufkommende Verzweiflung nahm Heinz die Kraft, er tappte ins Schlafzimmer und ließ sich auf der Bettkante nieder, sein Kopf sank nach unten. Wie sollte das alles weitergehen?

Am späten Nachmittag hatte ihn Doktor Werginz angerufen, mit einer reservierten, um nicht zu sagen eisigen Stimme. Dass Heinz mit keinen echten Ermittlungsergebnissen hatte aufwarten können, hatte seine Laune nicht verbessert. Heinz hatte versucht zu erklären, dass er ja erst dabei sei, Informationen zu sammeln und dass das eben seine Zeit brauche, doch der Rechtsanwalt hatte das nicht gelten lassen. Er hatte ihn für den nächsten Tag um 11 Uhr in die Seniorenresidenz *Seemoos* bestellt, ja eigentlich befohlen, um „unsere gemeinsame Strategie" weiterzuentwickeln, wie er sich ausdrückte.

Nach dem Telefonat war Heinz in eine tiefe Traurigkeit abgerutscht. Ihm war bewusst, dass Doktor Werginz ihn nur deshalb so behandeln konnte, als wäre er der Herr und Heinz der Knecht, weil Letzterer unfähig war, sich zur Wehr zu setzen. Unter normalen Umständen hätte Heinz einer solchen Zitierung zu einem Termin entgegengesetzt, dass er bisher weder von Werginz noch von Frau Doktor Moritsch engagiert worden sei, von einer Honorarabsprache oder gar -vorauszahlung ganz zu schweigen. Dann hätte er noch behauptet, zu der genannten Uhrzeit unabkömmlich zu sein – und dieser Rechtsverdreher wäre klein wie eine Maus gewesen!

Heinz seufzte tief. Es war eine erniedrigende, eine der schlimmsten Erkenntnisse, die die Depression mit sich gebracht hatte, dass die Menschen – selbst die mildesten und wohlmeinendsten – mit einem machten, was sie wollten, nur weil man unfähig war, sich zu wehren, und sie empfanden das noch dazu als ganz natürlich. Mühsam erhob er sich von der Bettkante und wankte zurück ins Bad, wo er sich einen Schwall kaltes Wasser ins Gesicht warf, dieses beidhändig rieb und es danach – rot und triefend – im Spiegel betrachtete.

„Komm heraus aus deinem Schneckenhaus", zitierte er Verena und dann auch noch Doktor Leichtfried: „Sie müssen Ihr Erwachsenen-Ich stärken." Damit gelang es ihm, seine Augen ein wenig zum Lächeln zu bringen.

Die Bar *Der Ständer* befand sich in einer Seitengasse der Klagenfurter Innenstadt. Als Wahrzeichen stand unschuldig ein Kleiderständer neben der Tür, eine senkrechte Stange mit drei Beinen und mehreren geschwungenen Haken am oberen Ende. Dieser Ständer bildete in stilisierter Form auch das Logo der Bar. Mehrere junge Männer lehnten an den Stehtischen vor dem Lokal und rauchten, einige von ihnen schwenkten kleine, grüne Bierflaschen, wohl um Schaum zu erzeugen.

Als Heinz sich näherte, begegneten ihm unverhohlen anzügliche Blicke. Er ignorierte sie und betrat die Bar, doch sie waren ihm unangenehm. Einen Augenblick lang fragte er sich, ob es Frauen auch so ging, wenn Männer sie lustvoll betrachteten – doch dann machte er sich klar, dass der Vergleich hinkte. Klar waren ihm als heterosexuellen Mann homosexuelle Avancen unangenehm, völlig anders wäre es jedoch, würde ihm ein Rudel junger Frauen solche Blicke schenken.

Die Bar war ein schmaler, länglicher Raum, quer zum mittigen Eingang gelegen. Rechts und links des Eingangs reihten sich Sitzgruppen an der Wand entlang, die aus einem kleinen, rechteckigen Tisch und zwei einander gegenüberliegenden Zwei-Personen-Sitzbänken bestanden. Die jenseitige Raumlänge war zu zwei Dritteln von der Theke belegt, im verbliebenen Teil befanden sich der Zugang zu den Toiletten, sowie eine freie Fläche mit Barhocker, Mikrofon Mischpult und mehreren Lautsprecherboxen. Die Wand dahinter war mit einer Leinwand behängt. Heinz vermutete, dass diese kleine Bühne für Karaoke-Aufführungen gedacht war, und hoffte, dass heute keine solche stattfinden würde. Es fiel ihm so schon schwer genug, sich zu konzentrieren, wenn rundherum Trubel herrschte, aber Lärm konnte er in seinem derzeitigen Zustand überhaupt nicht ertragen.

Allerdings stellte er fest, dass es ihm momentan richtig gut ging. Auch wenn die Innenarchitektur, die Dekoration und das schummrige Licht für seinen Geschmack zu weich, zu warm waren, genoss er das Ambiente, das sie erzeugten. Auch die Geräuschkulisse, bestehend aus der Hintergrundmusik und den Gesprächen einer gut gefüllten Bar, empfand er als anregend. Das lag sicher daran, dass er sich am Nachmittag mehrere Stunden lang eine Auszeit von der Welt genommen hatte. Er hatte sich in sein abgedunkeltes Schlafzimmer zurückgezogen, etwas geschlafen und war dann, unter der Bettdecke eingeringelt, wach gelegen. Dabei hatte er an nichts gedacht, war einfach nur da gewesen. Auf diese Weise konnte er seine Batterien aufladen, ein wenig zumindest, denn diese „Batterien" waren derzeit nur wenig leistungsfähig. Was das betraf, ähnelte er seinem Mobiltelefon, auch das brachte nur noch wenig Leistung, egal, wie lange man den Akku lud.

Heinz orderte an der Theke ein Bier, sah sich um und erkannte, dass er etwas anderes erwartet hatte. *Der Ständer* hatte den Ruf, eine Drehscheibe für illegale Sexgeschäfte zwischen Homosexuellen zu sein, vor allem minderjährige Stricher, so hieß es, könne man hier finden. Er stellte zwar fest, dass ausschließlich Männer unterschiedlichen Alters hier waren, viele von ihnen feminin gekleidet und zum Teil auch geschminkt, aber weder sah er Minderjährige, noch hatte er den Eindruck, hier auf einer Art Markt zu sein. Etwas klischeehaft empfand er allerdings die Playlist der Hintergrundmusik. Gerade noch hatte er das Fade-out der Pet-Shop-Boys-Nummer *Go West* gehört und jetzt begann *Do You Really Want to Hurt Me* von Culture Club. Als der Kellner das Bier brachte, fiel Heinz auf, dass der Mann um einiges älter war, als er ihn zunächst geschätzt hatte. Heinz hatte ihn für Ende zwanzig gehalten und war damit vermutlich um zehn Jahre daneben gelegen. Sein junges Aussehen hing mit seinem gepflegten Äußeren zusammen. Er war elegant, aber trotzdem flott gekleidet und sein volles Haar glänzte schwarz. Ob er Make-up trug, konnte Heinz im schummrigen Licht nicht erkennen, doch Lippenstift und Lidschatten trug er, so viel stand fest. Er wollte sich wieder wegdrehen, da rief Heinz ihm zu:

„Einen Moment, bitte."

Der Kellner sah ihn mit einem affektierten Augenaufschlag an, wohl ein Signal der Aufmerksamkeit. In der Mitte der Theke war eine Lichtleiste installiert, die ein leichtes, violettes Licht aussandte, das offenbar auch eine ultraviolette Komponente hatte, denn als sich der Kellner zu Heinz beugte, begannen seine Zähne, das Weiße in seinen Augen und sein Hemdkragen zu fluoreszieren.

„Kannst du mir sagen, ob Rudi heute hier ist?", fragte Heinz.

„Wer?" Der Kellner drehte etwas den Kopf, um sein Ohr Heinz zuzuwenden.

„Rudi Moritsch, ich bin mit ihm verabredet."

Die Gesichtszüge der Thekenkraft erstarrten sichtlich. „Und wer bist du, wenn ich fragen darf?"

„Ich heiße Hans", erwiderte Heinz, „ich bin ein alter Freund von Rudi. Ich war lange Zeit im Ausland und bin erst seit heute wieder hier. Rudi hat gesagt, ich würde ihn heute Abend hier antreffen."

Die Augen des Kellners weiteten sich, sein Blick wurde alarmiert. „Einen Augenblick bitte“, sagte er und verschwand in einer Tür, die zu einem Raum hinter dem Thekenbereich führte. Es vergingen nur wenige Sekunden, bis er wiedererschien, in Begleitung eines Mannes, der für Heinz eindeutig der Chef des *Ständers* war; der Mann, den er gesucht hatte. Er war Anfang dreißig, groß und muskulös, hatte ein kantiges Kinn und einen bestimmten, offensiven Blick. Das Einzige an ihm, das homosexuell wirkte, war die Art, wie er seine ölige Kurzhaarfrisur trug.
„Worum geht’s?“, fuhr er Heinz an. Seine über der Theke fluoreszierenden Augen hatten etwas Unheimliches.
Heinz gab sich irritiert und wiederholte die Geschichte, die er schon dem Kellner erzählt hatte.
Der Mann dachte kurz nach, ohne seinen starren Blick von Heinz zu nehmen. „Du sagst, du bist ein alter Freund von Rudi“, fragte er dann, „wo habt ihr euch kennengelernt?“
„Bei der *Kärntner Jugend*“, erwiderte Heinz so unschuldig wie möglich, und als sein Gegenüber noch immer zögernd in seiner Haltung verharrte, fragte er: „Gibt es irgendein Problem?“
Der Mann richtete sich auf und bedeutete Heinz mit einer knappen Handbewegung, er solle mit ihm kommen, dann ging er zu der Tür, aus der er gekommen war, und wartete. Heinz umrundete die Theke und ging hinter diesem Kerl, der, aus der Nähe betrachtet, um einen halben Kopf größer war als er, durch die Tür. Der Mann durchquerte einen kleinen, eng mit Getränkekisten vollgestellten Raum und betrat den nächsten. Während auch Heinz hier eintrat, flackerten

müde alte Neonröhren auf, die Stroboskopblicke auf eine Kammer freigaben, deren Kacheln früher einmal weiß gewesen waren. Selbst die Spinnweben in den Ecken des Plafonds waren verstaubt. Als sich das Licht etwas beruhigt hatte, sah Heinz einen großen, alten Kühlschrank, der mit einer danebenstehenden Gefriertruhe ähnlich frühen Baujahrs um die Wette brummte. In einer Ecke war ein Rudel schlanker Edelstahlfässer mit Fuß- und Kopfteilen aus schwarzem Plastik versammelt, in einer anderen standen Putzutensilien. An der Wand dazwischen lagerten Vorratsgüter wie Milch, Kaffee, Spirituosen, Toastbrot und vieles andere mehr, daneben leere Tragekisten in unterschiedlichen Farben nachlässig aufeinander geworfen.

Der Kerl schloss die Tür und baute sich mit vor der Brust verschränkten Armen davor auf. „So, du heißt also Hans?“, fragte er mit einer Stimme, die dieselbe Frequenz wie die Kühlaggregate zu haben schien.

Heinz nickte.

„Wie noch?“

„Egger“, log Heinz und tarnte seine, auf der Suche nach einem gängigen Nachnamen hin- und herschnellenden Blicke als Verwirrung, indem er fragte: „Kannst du mir bitte verraten, was los ist? Und wer bist du eigentlich?“

Das Einzige, was an dem Hünen zuckte, war das Licht der altersschwachen Neonröhre. Das und die ganze Atmosphäre hier, der Gestank nach Ozon und ausgeronnener Kühlflüssigkeit, wirkten außerordentlich bedrohlich auf Heinz. Er erwartete, der Kerl würde gleich auf ihn losgehen, warum auch immer.

„Seit wann bist du hier?“, fragte der Große kehlig.

„In Kärnten? Seit heute.“

„Du hast ... du hast wirklich keine Ahnung, was passiert ist?“
Heinz schüttelte den Kopf. Bis er wusste, was dieses Spiel sollte, würde er das seine weiterspielen.
„Ich bin Lorenz, *Der Ständer* gehört mir“, dröhnte der Mann, „außerdem bin ich der Wirt.“ Er streckte den Arm zum Gruß aus.
Heinz witterte in dieser Geste eine Falle. Wenn er die Hand ergriff, konnte Lorenz ihn mittels eines Judo-Griffs in die Mangel nehmen. Klopfenden Herzens griff er zu – immerhin hatte er keine Wahl. Lorenz packte zu und zog Heinz zu sich.

KAPITEL 7

Im nächsten Moment spürte Heinz die zweite Pranke auf seiner Schulter – und war baff vor Erstaunen, als er erkannte, dass dies kein Würgegriff, sondern eine Umarmung war. Mehr noch, Lorenz' Oberkörper begann zu zucken und im nächsten Moment hörte Heinz den Wirt schluchzen. Höchst verwirrt klopfte er dem Hünen tröstend auf den Rücken.

„Er ist tot", wisperte Lorenz zwischen Tränen, „man hat ihn umgebracht."

„Was?" Heinz war von der Wendung der Dinge so überrascht, dass er nicht wusste, wie er auf Lorenz' Offenbarung reagieren sollte.

Aber diesem fiel das nicht auf, offenbar war er zu sehr in seinem Schmerz gefangen. „Ich weiß, ich weiß", schluchzte er, klopfte nun seinerseits Heinz tröstend auf den Rücken und wiegte ihn leicht hin und her.

Heinz verharrte in seiner Position, bis er wieder klar denken konnte, dann löste er sich sanft von dem Riesen und starrte ihn mit scheinbar schreckensgeweiteten Augen an. „Was ist passiert?", flüsterte er.

Lorenz trat einen Schritt zurück und erzählte, immer wieder von Schluchzern unterbrochen, was die Medien berichtet und Bekannte ihm erzählt hatten. Dabei vollführten seine Hände fahrige Bewegungen, fuhren seine zitternden Finger durch seine Haare und wankte sein Körper hin und her.

Heinz lehnte sich scheinbar haltsuchend mit einer Hand an die Wand und hörte den Ausführungen mit aufgesetzt entsetzter Miene zu. Er fühlte sich ausgesprochen unwohl in dieser Rolle, denn er spürte

das Leid des Mannes, doch musste er ihn belügen, um in seinen Ermittlungen voranzukommen. „Mein Gott“, heuchelte er, als Lorenz fertig war, „ermordet! Wer kann ihn so gehasst haben?“
Lorenz zuckte mit den Schultern und ließ sich auf der Gefriertruhe nieder. „Wir haben nie über seine Arbeit gesprochen. Wenn er hergekommen ist, wollte er abschalten.“
Eine Zeitlang nahm Heinz nur das Brummen der Kühlgeräte und das Flackern der Neonröhre wahr. „Es ... es tut mir leid, wenn ich das frage“, begann er, „aber ich habe nicht gewusst, dass Rudi ... ich meine, war Rudi ...“
„... schwul?“, beendete Lorenz den Satz und schüttelte den Kopf. „Nein, war er nicht. Weißt du, Rudi und ich sind gemeinsam in die Mittelschule gegangen. Ach was, Mittelschule – durch dick und dünn sind wir in unserer Jugend gemeinsam gegangen. Das war die beste Zeit unseres Lebens. Ich bin sehr spät erst draufgekommen, dass ich von der anderen Seite bin“, er machte eine wegwerfende Handbewegung, „und habe es dann auch noch lange Zeit verheimlicht. Rudi war der Erste, dem ich mich geöffnet habe.“
Heinz sah ihn mit ehrlichem Erstaunen an. „Und wie hat er reagiert?“
„Wie ein echter Freund. Er hat gesagt, er habe es immer schon geahnt und dass ihm das egal sei, solange ich ihn nicht angrabsche.“ Lorenz lachte leise, doch gleich darauf zog sich sein Gesicht wieder im Schmerz zusammen.
„Und ihr seid all die Jahre Freunde geblieben?“
Lorenz nickte und schluchzte. „Ja. Rudi hat mich immer unterstützt. Auch als ich den *Ständer* aufgemacht

habe, ist er gekommen. Regelmäßig. Und das, obwohl hier nicht gerade sein Zielpublikum verkehrt, wenn du verstehst, was ich meine." Es dauerte, ehe der Weinkrampf abebbte, dann erzählte der Wirt weiter. „Er hat sich hier echt wohlgefühlt. Auch die anderen Gäste haben ihn gerngehabt, obwohl sie gewusst haben, dass mit ihm nichts laufen würde. Für sie war er der Promi. Und er hat hier einen Zufluchtsort gehabt. Er hat immer gesagt: ‚Renze', das war sein Spitzname für mich, ‚*der Ständer* ist der einzige Ort auf der Welt, an dem ich so sein kann, wie ich wirklich bin.'"

Für Heinz ergab das durchaus Sinn. Es passte zu dem, was Waltraud Mühlwirth gesagt hatte, nämlich, dass der Chef des *Ständers* der einzige Mensch im Leben des Landesrats gewesen sei, auf den die Bezeichnung Freund zutreffe.

Dieser seufzte nun, schüttelte kurz den Kopf und stand auf. „Es ist so, wie es ist." Er kam mit erhobenen Armen wie ein Bär auf Heinz zu und umarmte ihn wieder. „Jedenfalls freue ich mich sehr, dass du gekommen bist. Komm mit hinaus, ich stelle dich ein paar Freunden von Rudi vor. Was du heute Abend hier trinkst oder isst, geht auf mich."

Heinz bedankte sich, indem er die Umarmung erwiderte. Er wusste, eine Ablehnung würde Lorenz beleidigen – und er war dankbar für diese finanzielle Entlastung.

Kurz darauf saß er mit zwei jungen Kerlen zusammen, die sich Johnny und Gérard nannten. Johnny mochte achtzehn Jahre alt sein, er trug einen Jeans-Overall mit Cowboystiefeln und eine Schmalztolle, die Heinz an die Neunzehnhundertsechzigerjahre erinnerte.

Gérard war nur wenige Jahre älter, er hatte einen Hosenanzug aus roséfarbenem Satin an, der aus vielen kleinen Falten zu bestehen schien und an Schultern und Hüften gepolstert war. Er hatte ein pickeliges Gesicht und schiefe Zähne, die er in einem unablässigen lasziven Lächeln zur Schau stellte. Seine Haare waren schulterlang und in Föhnwellen gestylt, eine Locke fiel ihm immer wieder ins Gesicht, so dass er sie immer wieder mit einer betont weiblichen Handbewegung wegwischen konnte. Lorenz hatte die beiden mit Heinz bekanntgemacht und erklärt, sie hätten in Rudi einen gemeinsamen Freund verloren. Dann hatte er sich entschuldigt und war wieder seiner Arbeit nachgegangen.
Heinz hatte in seinem Leben nur selten mit Homosexuellen zu tun gehabt und schon gar nicht in einer einschlägigen Bar, folglich war er nun unsicher, wie er sich verhalten sollte. Auch die Rolle der beiden war ihm nicht klar: Waren sie ein Pärchen? Oder Stricher? Konnte er sie das einfach fragen oder würde sie das beleidigen? Heinz beschloss, das Thema gar nicht erst anzuschneiden, schließlich hatte es für seine Ermittlungen keine Bedeutung. Und diese musste er nun schleunigst vorantreiben, denn auf der Bühnenfläche waren zwei Männer mit Kabeln und an dem Mischpult zugange, woraus Heinz schloss, dass demnächst eine Gesangs- oder Karaoke-Darbietung begann, die eine Unterhaltung akustisch unmöglich machen würde.
Er erzählte den beiden also in knappen Worten seine erfundene Geschichte und fragte sie dann, woher sie Rudi gekannt hätten. Auch deren Geschichte war kurz: Lorenz habe sie miteinander bekanntgemacht und sie hätten sich von Anfang an gut verstanden.

„Er war so ein lieber Kerl", schwärmte Gérard, während seine Finger einander betasteten, als spürten sie sich zum ersten Mal, „und nicht nur das, er hat mich als die Frau akzeptiert, die ich bin." Er schenkte Heinz einen träumerischen Blick.

„Nicht so wie andere hohe Tiere", fiel Johnny heftig ein, „die nicht zu ihrer Homosexualität stehen, weil sie zu feig dazu sind."

„Der Rudi war nicht schwul", entgegnete Gérard.

„Ja, ich weiß, ich meine nur, weil ich von hohen Tieren geredet habe", stolperte Johnny vor sich hin, „und Rudi war ja Landeshauptmann oder sowas."

„Landesrat", korrigierte Gérard.

„Was auch immer." Johnny machte eine wegwischende Handbewegung und fuhr dann, an Heinz gerichtet, heftig fort: „Die kommen daher, bieten dir Geld, und wenn sie fertig sind, gehen sie wieder, ohne Muh oder Mah. Für die bist du kein Mensch, sondern ein Sklave oder ein Stück Fleisch. Dabei behandeln sie dich nur so, weil es ihnen peinlich ist, dass sie selbst so veranlagt sind. Es ekelt sie vor sich selbst, und damit sie es nicht zugeben müssen, ekeln sie sich vor dir."

Gérard blickte gelangweilt in der Bar umher und meinte unvermittelt: „Aber das war mit dem Rudi schon oft lustig. Erinnerst du dich an die Gesichter von gewissen hohen Herren, wenn der Rudi da war? Peinlich war ihnen das, peinlich!"

Beide lachten, dann fuhr Johnny fort: „Und dann die kurze Hoffnung im Blick, dass auch Rudi schwul sein könnte. War er aber nicht."

Gérard wandte sich an Heinz. „Manche haben so getan, als hätten sie ihn nicht gesehen und haben sich – husch, husch – weggedreht." Er unterstrich seine

Worte mit fächelnden Händen. „Die Mutigeren sind hergekommen und haben ihn gegrüßt. Und dann haben sie ein paar Worte mit ihm gewechselt und so getan, als wäre ihnen das nicht fuurchtbar peinlich." Er hielt sich affektiert den Handrücken an die Stirn.
Heinz fragte sich, was er hier sollte. Er ermittelte nach dem Mörder des Landesrats, und den würde er hier wohl kaum finden. Zumindest hielt er es nicht für denkbar, dass jemand ihn ermordet hatte, nur um seine eigene homosexuelle Neigung zu vertuschen. Um sein Spiel am Laufen zu halten, aber ohne echtes Interesse fragte er: „Gibt es wirklich so viele Homosexuelle in der Politik?"
„Nicht nur in der Politik, überall." Johnny klang begeistert. „Bei der Polizei, beim Bundesheer, bei der Feuerwehr – überall!"
„Du vergisst die Kirche", schaltete sich Gérard ein. „In der Kirche sitzt überhaupt der prominenteste aller Kärntner Schwulen, auch wenn er noch nie im *Ständer* war."
„Wie, was, in der Kirche?", Heinz war alarmiert, „warum der prominenteste?"
„Weil er ein Filmstar ist", rief Johnny und begann so unbändig zu lachen, wie es nur ein Teenager kann.
„Schau 'mal auf gayster.com bei den Vintage-Videos", Gérard lächelte und strich sich die Strähne aus dem Gesicht, „vielleicht erkennst du wen in *Alain* oder in *Heiße Schwänze*."
Mit einem Mal ertönte so laute Musik von der Bühne her, dass eine weitere Unterhaltung unmöglich wurde.

Freitag, 21.15 Uhr

Zurück in seiner Wohnung versperrte Heinz die Tür hinter sich, streifte die Schuhe ab, ging in den Wohn-Essraum und ließ sich auf die Couch fallen. Er war ausgelaugt und frustriert. Der Besuch im *Ständer* war ein Schuss in den Ofen gewesen, denn bis auf die Tatsache, dass die Bar anscheinend Landesrat Moritschs privater Rückzugsort gewesen war, hatte er nichts erfahren, was ihm weiterhelfen konnte. Wo sollte er nun nach Todfeinden des Mordopfers suchen? In der Politik? Wenn er den Leuten glaubte, die ihn gekannt hatten, dann war das eine Sisyphos-Arbeit, die er alleine unmöglich bewältigen konnte, da hatte ihn die Polizei wohl jetzt schon abgehängt.
Zumindest eine Information hatte er bekommen, die er interessant fand. Er fischte das Stück Papier aus seiner Brusttasche, auf das er die Namen dieser Webseite und der zwei Filme geschrieben hatte, die Gérard ihm genannt hatte. Heinz zog sein Sakko aus und warf es über die Lehne eines Esstisch-Sessels, dann schaltete er den Laptop ein.

Wenige Minuten später wand er sich vor Unbehagen auf seiner Sitzfläche. Gayster.com war eine Schwulenporno-Seite, die Kategorie Vintage hatte er schnell gefunden, ebenso die dort bereitgestellten Kurzvideos aus den Filmen *Alain* und *Heiße Schwänze*. Dann hatte er den Fehler begangen, eine der Filmsequenzen anzuklicken. Was hier zu sehen war, war für ihn als heterosexuellen Mann kaum zu verkraften. Die sexuellen Handlungen waren ihm zwar nicht neu, sowas kannte er aus Hetero-Pornos oder aus eigener Erfahrung, nur – hier fehlte die Frau. Und dabei zuzusehen, wie zwei Männer miteinander Sex hatten, war für ihn in einem Ausmaß abstoßend, das sich kaum in Worte fassen ließ. Er behalf sich damit, dass er den Film abstoppte, wenn die Gesichter der Darsteller gut zu sehen waren und an diese heranzoomte. Wenn er meinte, keine Ähnlichkeit mit irgendjemandem zu entdecken, den er kannte, zog er den Knopf auf der Videoleiste so lange nach rechts, bis ein neuer Schauspieler auftauchte, und wiederholte das Ganze.

So verfuhr er mit den Ausschnitten beider Filme, doch er erkannte niemanden, nicht einmal ansatzweise. Erschwerend kam hinzu, dass die Filme aus den Neunzehnhundertsiebzigerjahren stammten. Das bedeutete einerseits, dass die Schauspieler damals noch erheblich jünger waren und nicht zwangsläufig ihrer heutigen Ausgabe ähnlich sahen. Andererseits verfremdete auch die Haar- und Bartmode der damaligen Zeit ihr Aussehen. Heinz fragte sich, ob er seinen eigenen Vater wiedererkennen würde, wenn er diesen mit Anfang zwanzig, einem Schnauzbart und einem wuscheligen Lockenkopf sehen würde, noch dazu in der ursprünglichen Haarfarbe und nicht in Grau.

Er seufzte und versuchte es anders. Jemanden zu kennen, bedeutete ja nicht zwangsläufig, ihn zu *er*-kennen, vielleicht sagte ihm ja einer der Namen etwas. Er sah sich die *Cast-&-Crew*-Eintragungen der beiden Filmausschnitte an, doch wieder Fehlanzeige. Da es sich um zwei deutsche Produktionen handelte, kamen ihm die Namen aller Schauspieler gleichermaßen bekannt wie unbekannt vor und die Kombinationen der

Vor- und Nachnamen sagten ihm nichts. In einem letzten Versuch verglich er die Darstellerlisten beider Filme miteinander und stellte fest, dass nur ein Schauspieler in beiden Streifen mitgewirkt hatte: Konrad Weißhaupt.

„Weißhaupt“, sagte Heinz zu sich selbst und lehnte sich zurück. Hatte er den Namen nicht schon einmal gehört? Aber wo? Oder bildete er sich das nur ein, weil er etwas suchte? Kurzentschlossen markierte er den Namen mit dem Cursor und kopierte ihn in eine Suchmaschinenmaske. *Konrad Weißhaupt* war eine ungewöhnliche Vorname-Nachname-Kombination, da sollte doch etwas zu finden sein.

„O ja, o ja, o ja“, flüsterte Heinz, ähnlich erregt, wie die jungen Männer in den Pornos vorhin, nur aus einem anderen Grund: Konrad Weißhaupt war der Name des Mannes, der für die Grundstücksangelegenheiten des Bischöflichen Ordinariats der Diözese Gurk zuständig war, die die Anliegen der katholischen Kirche in Kärnten verwaltete. Heinz recherchierte weiter und fand einen Steckbrief, laut dem Weißhaupt dreiundsechzig Jahre alt war, verheiratet und mit seiner Frau und zwei Söhnen in Klagenfurt lebte. Auch Fotos gab es, wenn auch nicht viele. Auf diesen zeigte sich Weißhaupt als beleibter Mann mit Doppelkinn, einer dickrandigen Brille und einer Glatze, die von einem schmalen, weißen Haarkranz umrahmt war.

Heinz prägte sich das Gesicht ein und wechselte zurück zu der Schwulenporno-Seite. Selbst jetzt, da er es wusste, fiel es ihm schwer, in dem jungen, hageren Schauspieler mit Bart und Haaren Konrad Weißhaupt zu erkennen, dennoch bestand kein Zweifel, dass es ein und dieselbe Person war.

Jetzt wusste Heinz auch wieder, warum ihm der Name bekannt vorgekommen war. Waltraud Mühlwirth hatte ihn gestern erwähnt, er war Landesrat Moritschs Ansprechpartner in der Kirche.

Heinz warf sich im Sessel zurück, verschränkte die Hände hinter dem Kopf, blickte zur Decke und blies die Luft aus. Konrad Weißhaupt, ein Mann der Kirche, verheiratet mit zwei Kindern, hatte in den Neunzehnhundertsiebzigerjahren in Schwulenpornos mitgewirkt. Johnny und Gérard hatten Heinz auf diese Spur gebracht, und wenn zwei so junge Kerle davon wussten, dann war davon auszugehen, dass dieser Umstand unter den Homosexuellen in Kärnten mehr oder weniger allgemein bekannt war. Damit wusste es sicher auch Lorenz und damit auch dessen bester Freund Landesrat Moritsch. – Landesrat Moritsch, der Weißhaupt dazu gebracht hatte, ein attraktives Seegrundstück der Kirche für einen Apfel und ein Ei an *Immosorg* abzutreten, nachdem Weißhaupt dies zuerst abgelehnt hatte. Lag da nicht der Verdacht nahe, dass der Landesrat den Kirchenmann erpresst hatte – mit dem Wissen um dessen Vergangenheit?

Heinz spürte, wie ihm abwechselnd heiß und kalt wurde. Ja, das war ein nachvollziehbares Mordmotiv. Denn auch wenn Weißhaupt sich der möglichen Erpressung gebeugt hatte, konnte er in Zukunft nie mehr sicher sein, dass nicht weitere Erpressungen folgen würden, Landesrat Moritsch galt immerhin als skrupellos.

Heinz war euphorisiert, jedoch nur bis zu seinem nächsten gedanklichen Schritt. Denn auch wenn dieser Sachverhalt den Mord erklären konnte, erklärte er nicht das Warum. Motivlage hin oder her, Landesrat Moritsch hatte keinen erkennbaren Grund, sich bei der Kirche für *Immosorg* starkzumachen. Das bedeutete,

Heinz musste hier weiterforschen, bei *Immosorg* und bei der Art der Zusammenarbeit dieser Firma mit Landesrat Moritschs Referat.
Aber heute nicht mehr, für heute hatte Heinz genug getan. Er gähnte und freute sich auf sein Bett und darauf, dass er bei der morgigen Besprechung in der Seniorenresidenz tatsächlich mit neuen Erkenntnissen aufwarten konnte. Schnell kritzelte er die wichtigsten Gedanken auf ein Blatt Papier und legte dieses auf den Esstisch. Dazu noch ein zweites Blatt, auf dem er die nächsten Schritte vermerkte, die er morgen machen würde: Sabine in seine Ermittlungsergebnisse einweihen und *Immosorg* durchleuchten.

Samstag, 11 Uhr

Heinz hatte erwartet, Doktor Werginz wieder im Foyer der Seniorenresidenz *Seemoos* anzutreffen, doch das war nicht der Fall. Allerdings wusste die Dame an der Rezeption, diesmal eine junge Frau mit einem runden, naiven Gesicht, Bescheid und verwies Heinz auf den Aufenthaltsraum.
Auf dem Weg dorthin bewegten Heinz gemischte Gefühle. Doktor Werginz war nicht gut auf ihn zu sprechen, und er selbst war unentschlossen, wie er sich ihm gegenüber verhalten sollte. Ein starkes Auftreten wäre nun gefragt gewesen, doch dazu war Heinz viel zu unsicher. Was blieb ihm anderes übrig, als darauf zu warten, was kommen würde? Zumindest Sabine hatte er begeistern können, sie hatte versprochen, ihre Ermittlungen auf Konrad Weißhaupt auszuweiten.

Der Aufenthaltsraum war gut belegt, der Rechtsanwalt saß mit Frau Moritsch und zwei alten Männern an einem Tisch. Den einen kannte Heinz vom letzten Mal, er konnte sich aber nicht mehr an seinen Namen erinnern. Als Doktor Werginz ihn kommen sah, sprang er auf und schüttelte Heinz eifrig die Hand, sein Gesichtsausdruck gab dabei keine Auskunft über seine Stimmung. Heinz hielt Frau Moritsch die Hand hin, die ihn mehrere Sekunden lang musterte, ehe sie einschlug.

„Doktor Moritsch, angenehm", sagte sie dabei.

„Der Privatdetektiv", erinnerte sie der Anwalt von hinten.

„Ein Detektiv?", rief der alte Mann, den Heinz noch nicht kannte, so laut, dass die Leute an den benachbarten Tischen aufsahen.

Heinz reichte ihm die Hand und stellte sich vor.

„Starmann", antwortete der Alte mit einer glasklaren Stimme, „aber sag Berti zu mir, dann fühle ich mich nicht so alt, wie ich aussehe." Sein lautes Lachen klang wie ein Wiehern und zog die Aufmerksamkeit der anderen Tische erneut auf sich.

Berti Starmann hatte volles, graues Haar, einen klaren Blick und selbst im Sitzen eine aufrechte Haltung. Heinz schätzte, dass er um die achtzig war, doch er wirkte viel agiler als die beiden anderen Alten.

„Herr Starmann war in seiner aktiven Zeit Filmregisseur", soufflierte Werginz.

„Und wie ich das war", rief dieser, „*Der Nelkenkavalier* war mein größter Erfolg, kennst du den?" Er wartete Heinz' bedauerndes Kopfschütteln nicht ab. „Oder *Der Schuft*. *Kung Kong* war auch von mir." Er wieherte wieder.

„Berti hat eine eigene Art von Humor", Doktor Werginz klang fast, als entschuldigte er sich für den ehemaligen Regisseur, „immens eigenartig, muss ich sagen."
„Herbert", rief Frau Moritsch fast flehend, „Sankt Magdalen, die Causa Sankt Magdalen!"
„Herrn Diplomkaufmann Sorger kennen Sie ja bereits", vollendete Doktor Werginz die Vorstellungsrunde.
Sorger ... Heinz versuchte sich zu erinnern, welchem Beruf der Mann nachgegangen war. Hatte er nicht irgendeine große Firma gegründet? Irgendwas im Baugewerbe?
„Freut mich", sagte dieser und streckte Heinz seinen dürren Arm entgegen, „freut mich sehr. Ich habe mich über Sie erkundigt, Herr ... Balatnig, nicht wahr?"
„Sablatnig", korrigierte Heinz.
„Sablatnig. Bitte entschuldigen Sie, Herr ... Sablatnig. Ich habe mich über Sie erkundigt, wissen Sie? Respekt, muss ich sagen, Respekt! Ihre Arbeit bei der Entführung von dieser ... dieser Sängerin, Respekt!" Durch seine ausladenden Armbewegungen wirkte er wie ein dicker Käfer, der auf dem Rücken lag und nur die Beine bewegte.
Heinz bedankte sich mit einem Nicken und einem Lächeln – und mit einem Mal traf ihn eine Erkenntnis wie ein Blitz. „Sind Sie nicht der ehemalige Eigentümer von *Immosorg*?", platzte es aus ihm heraus.
„Nein", erwiderte Sorger mit einem schiefen Lächeln, „der Eigentümer bin ich noch immer. Mehrheitseigentümer, genau genommen. Abgegeben habe ich nur die Geschäftsführung, nicht meine Anteile. Sonst hätte ich ja gar nichts mehr mitzureden. Gar nichts." Er lachte heiser.
Während Doktor Werginz Heinz zu einem freien Sessel rechts neben Frau Moritsch führte und auch

selbst Platz nahm, rotierten Heinz' Gedanken. Hatte Herr Sorger nicht angeblich gut mit der damaligen Landesrätin Moritsch zusammengearbeitet? Und jetzt waren beide im selben Altersheim, war das Zufall? Und hatte es nicht geheißen, Sorgers Tochter würde nun die Geschäfte führen? Heinz verfluchte sein schlechtes Gedächtnis, aber er musste jetzt Sicherheit haben. „An wen, darf ich fragen, haben Sie die Geschäftsleitung abgegeben?"
„An meine Nichte Ines. Ines Malle", erklärte Herr Sorger, „eine engagierte junge Frau."
„Herr Sablatnig." Frau Moritsch hatte sich aufgerichtet, ihre Finger ineinander verschränkt und blickte nun geradeaus in eine nicht vorhandene Ferne. „Ich habe Sie beauftragt, den Mörder meines Sohnes Rudolf zu finden, da der Polizei ja nicht zu trauen ist. Berichten Sie: Was gibt es Neues?"
Heinz räusperte sich und begann zu erzählen, wobei er darauf achtete, sich kurz zu halten. Er berichtete vom Gespräch mit Waltraud Mühlwirth, deren Fingerzeig in die Bar *Der Ständer* und dessen Inhaber.
„Lorenz", hakte Frau Moritsch ein. Es klang wie eine Feststellung, so wie sie den Namen aussprach. „Das war doch dieser Nichtsnutz aus der Schule, der immer von Rudolf abgeschrieben hat, weil er selbst zu dumm war."
„Er ist jetzt Inhaber einer Bar", versuchte Heinz aus unerfindlichen Gründen, Lorenz vor der ehemaligen Landesrätin zu rehabilitieren.
„*Der Ständer*. Ich kann mir schon vorstellen, was für eine Art Bar das ist." Ihre Mundwinkel krümmten sich kaum merklich nach oben, doch ihre Tischgenossen schienen sie gut zu kennen, denn Starmann wieherte auf, und Sorger lachte heiser.

Heinz fuhr mit der Spur zum Kirchenmann Konrad Weißhaupt fort und wollte gerade von dessen Vergangenheit erzählen, als ihm Frau Moritsch ärgerlich ins Wort fiel.

„Das ist ja alles Kinderkram. Lorenz – die katholische Kirche – irgendwelche Funktionäre – Herr Sablatnig, ich habe Ihnen eine einfache Aufgabe gestellt, eine Aufgabe, die sogar ich zu erfüllen imstande wäre, würde mich meine Erkrankung nicht derart behindern. Deshalb sage ich Ihnen Folgendes. Die Art, wie der Mord begangen worden ist, zeigt uns ganz deutlich, dass der Mörder ein rücksichtsloser, primitiver Mensch ist. Noch dazu mit mehr Glück als Verstand gesegnet, so dass niemand die Toilette betreten hat, während er meinen Sohn hinterrücks erwürgt hat. Was schließen wir daraus? Wir schließen daraus, dass es das Attentat eines unterprivilegierten Menschen war, der der Politik meines Sohnes die Schuld an seinem eigenen Versagen gibt. Nach so jemandem müssen Sie suchen, Herr Sablatnig, und nicht meine Zeit mit Ihren Hirngespinsten verplempern. Addesso, con piacere. Eriberto, la causa Sankt Magdalen, subito! Prego."

KAPITEL 8

Heinz verharrte ein paar Sekunden, für den Fall, dass Frau Moritschs Geist sich wieder klärte, doch sie redete weiter italienisch, mit irgendjemandem aus ihrer Vergangenheit. Er blickte zu Doktor Werginz, der ihm mit den Augen bedeutete, ihn draußen sprechen zu wollen.

„Bitte entschuldigen Sie, meine Herren, Frau Doktor", sagte er in die Runde, stand auf und ging voraus in Richtung Ausgang.

Heinz nickte den beiden Männern zu und folgte Werginz.

Der Anwalt blieb erst draußen vor dem Eingang zur Residenz stehen und richtete das Wort an ihn. „Herr Sablatnig, Sie haben gesehen, wie es um Frau Doktor Moritsch steht. Selbst in ihren klaren Momenten hat sie eine immens eigene Vorstellung von der Welt, geprägt, zweifellos, von ihrer politischen Vergangenheit." Er stand breitbeinig vor Heinz und hatte die Finger vor seinem Bauch verschränkt. „Ich möchte Ihnen sagen, dass ich, im Gegensatz zu Frau Doktor Moritsch, die Art Ihres Vorgehens immens interessant finde. Ich muss gestehen, ich hätte mich nicht aufgrund eines so schwachen Hinweises auf Spurensuche in eine Schwulenbar begeben, geschweige eine Spur weiterverfolgt, auf die man mich dort gebracht hätte." Er lachte, während er sprach.

Heinz fragte sich, ob er gerade zum Narren gehalten wurde.

„Nun ja, was ich sagen wollte", fuhr Doktor Werginz fort, „machen Sie weiter so. Schauen wir einmal, was

dabei herauskommt.“ Er tätschelte Heinz den Oberarm, dann wandte er sich wieder in Richtung Eingang. Heinz blieb verdattert stehen und wusste nicht, wie er das Verhalten des Rechtsanwalts deuten sollte. War das gerade eine Verabschiedung gewesen oder nur ein Zwischenabgleich und Doktor Werginz erwartete, dass Heinz ihm wieder zurück hinein folgte? Zum Glück drehte sich Werginz noch einmal zu ihm um.
„Ach ja, wegen Ihres Honorars setzen Sie sich bitte mit meiner Sekretärin in Verbindung, ja? Die Nummer haben Sie?“
Heinz, noch immer von der Situation überfordert, stammelte ein paar sinnlose Silben.
„Steht auf der Visitenkarte“, half ihm der Anwalt und grinste. „Auf Wiedersehen!“ Dann war er weg.

Auf der Fahrt zurück nach Klagenfurt war Heinz in seine Gedanken vertieft. Doktor Werginz’ Verhalten war ihm ein Rätsel – hatte er ihn gestern nicht noch wie einen Lakaien behandelt? Irgendwie hatte Heinz das Gefühl, dass er hier vorgeführt wurde, auch wenn er sich nicht vorstellen konnte, zu welchem Zweck. Er hätte ja alles für einen bösen Scherz gehalten, hätte ihm der Anwalt nicht ein Honorar in Aussicht gestellt. Was also ging da vor?
Überhaupt wurde ihm diese Seniorenresidenz von Mal zu Mal suspekter. Eine ehemalige Landesrätin wohnte hier gemeinsam mit einem erfolgreichen Immobilienmakler und einem alternden Filmregisseur … wie hieß der, Berti Starmann? Den Namen hatte Heinz sich sogar gemerkt. Aber Frau Moritsch und dieser Sorger: Hatte die beiden früher einmal mehr verbunden als nur das Geschäft?

Er wollte Sabine anrufen, doch sein Handy war wieder einmal entladen, er steckte es an das Ladegerät im Zigarettenanzünder. Es war wirklich an der Zeit, sich ein neues Mobiltelefon zuzulegen, aber ihm fehlte das Geld. Vielleicht tat es ja auch ein gebrauchtes Gerät? Aber er hatte keine Ahnung, welche Spezifika momentan wichtig waren, das bedeutete, er müsste nach Qualitätsmerkmalen recherchieren, Chats mit Erfahrungsberichten durchlesen, akzeptable Kosten herausfinden. Heinz erinnerte sich an die wochenlang andauernde Qual, die notwendig gewesen war, um einen Psychologen zu finden – und an die Verzweiflung, als sich herausstellte, dass er an den falschen geraten war. Um nichts in der Welt würde er eine solche Tortur im Moment durchstehen wollen.

Samstag, 12.30 Uhr

Sabine fuhr stadtauswärts und war guter Dinge. Heinz' Hinweis auf Konrad Weißhaupts Vergangenheit als Schwulenporno-Darsteller hatte den Charakter einer einschlagenden Bombe gehabt. Stellte man dieser Vergangenheit nämlich die gegenwärtige Position des Mannes in der katholischen Kirche Kärntens gegenüber, brauchte man nicht die Phantasie eines Krimiautors, um sich auszumalen, dass Konrad Weißhaupt bereit war, einiges zu riskieren, um diese beiden Lebensabschnitte voneinander getrennt zu halten.

Nach der Ortstafel, die das Ende der Stadt Klagenfurt kennzeichnete, begann die Rosentaler Straße in

einer langen Geraden anzusteigen, die Chefinspektorin beschleunigte, ohne es bewusst wahrzunehmen. Gleich nachdem Heinz sie angerufen hatte, hatte sie Gruppeninspektor Roth beauftragt, die Namensliste der Messebesucher am Ausstellerabend durchzusehen, denn sie wollte wissen, ob Konrad Weißhaupt auch dort gewesen war. Und wieder hatte Roth sie beeindruckt. Zwar gab es keine Personenfeststellung mit diesem Namen, doch anstatt die Flinte ins Korn zu werfen, hatte er weitergesucht und einige Befragungsprotokolle gefunden, in denen der Name Konrad Weißhaupt auftauchte, mehrere Befragte hatten mit ihm geredet. Das bedeutete, Weißhaupt war am Tatort gewesen, hatte diesen aber bereits verlassen, als die Polizei die Messe abgeriegelt hatte. Aus den Aussagen der Menschen, die mit ihm gesprochen hatten, ging zwar nicht hervor, wann genau Weißhaupt gegangen war, jedoch nicht lange, bevor die Nachricht vom Toten in der Toilette die Runde gemacht hatte. Er konnte also noch auf der Messe gewesen sein, als Landesrat Rudi Moritsch sein Leben ausgehaucht hatte.
Sabine erreichte die Anhöhe und den Ort Lambichl, ging vom Gas und sah aus dem Beifahrerfenster. Apropos das Leben aushauchen: An dieser Stelle war im Jahr 2008 der damalige Landeshauptmann Jörg Haider mit dem Auto tödlich verunglückt. Die Gedenkstätte hier wurde noch heute von vielen Menschen regelmäßig mit Kerzen und Blumen versorgt. Wie jedes Mal, wenn sie sich die Jahreszahl des Unfalls vergegenwärtigte, schüttelte Sabine den Kopf darüber, wie schnell die Zeit verging – und wie schnell es mit einem vorbei sein konnte.
Sie setzte den Blinker und bog in Richtung Köttmannsdorf ab. Beim Durchleuchten von Konrad Weißhaupts

Hintergrund hatte sie erstaunt festgestellt, dass er verheiratet war und Kinder hatte. Sie hatte immer geglaubt, die Inhaber von katholischen Ämtern seien ausschließlich Geistliche.
Während sie die Aussichtsstraße entlangfuhr, legte sie sich in Gedanken die Strategie für das bevorstehende Gespräch zurecht: Sie würde ihn direkt mit der Wahrheit konfrontieren und dann schauen, wie er darauf reagierte. Konrad Weißhaupt war nicht sehr erbaut gewesen, als sie ihn vorhin angerufen und ein Gespräch verlangt hatte. Er hatte ihr entgegengehalten, es sei Wochenende und Mittagszeit und beides sei ihm und seiner Familie heilig. Für die Chefinspektorin waren das freilich keine Argumente, sie hatte ihn gefragt, wo er sei, und dann angekündigt, sie werde ihn dort aufsuchen, denn es sei dringend. Widerwillig hatte er zugestimmt.
Heilig, ha! Scheinheilig war das Wort, das ihr einfiel, wenn sie an die Vergangenheit dieses ach so frommen Mannes dachte. Sie war schon gespannt, wie er ihr seinen plötzlichen Meinungsumschwung beim Verkauf des Kirchengrundstücks am Wörthersee erklären würde.

Sie stellte ihren Wagen am gut gefüllten Parkplatz des Ausflugsgasthofs ab und zückte ihr Handy. Weißhaupt und seine Familie aßen hier zu Mittag, er hatte sich ausbedungen, dass ihn die Chefinspektorin anrufen solle, wenn sie hier sei, er werde zu ihr auf den Parkplatz kommen. Dafür hatte sie sogar Verständnis.
Während sie wartete, stieg sie aus, sog tief die warme Luft in ihre Lungen und ließ das atemberaubende Panorama auf sich wirken. Die Herbstsonne brachte die

Gebirgskette der Karawanken vor ihr und die Drau im Tal unter ihr zum Leuchten, eine große Wasserfläche, denn hier wurde Kärntens größter Fluss zum Ferlacher Stausee verbreitert.
Eine Minute später kam Konrad Weißhaupt zwischen den geparkten Autos auf sie zu, in Bewegungen, die Sabine an die eines Walrosses erinnerten. Weißhaupt hatte eine solche Körperfülle, dass es bei jedem Schritt so wirkte, als müsste er sein Gewicht verlagern, um den jeweils nächsten Fuß vom Boden hochzubekommen. Sie fragte sich, ob es überhaupt denkbar war, dass ein so konstituierter Dreiundsechzigjähriger einen Zweiunddreißigjährigen erwürgte. Andererseits musste es ihm ja nur irgendwie gelungen sein, dem Landesrat einen Gürtel um den Hals zu legen und zuzuziehen, beim anschließenden Todeskampf war seine enorme Körpermasse vielleicht sogar hilfreich gewesen, um sein Opfer am Boden zu halten.
Die Chefinspektorin ging ihm entgegen und wies sich aus.
Weißhaupt nickte und grummelte schnaufend einen Gruß oder seinen Namen, Schweißperlen glitzerten auf seiner Glatze. Er kämpfte sich an ihr vorbei und ging zu einem der kniehoch montierten Baumstämme, die den Parkplatz abgrenzten. Grunzend ließ er sich darauf nieder, zog ein quadratisch zusammengefaltetes Stofftaschentuch und wischte sich damit, ohne es zu entfalten, Stirn und Glatze ab. „Also“, keuchte er, „was ist so dringend?“
Ohne Umschweife zur Sache, so war es der Chefinspektorin recht. „Sie waren am vergangenen Donnerstag beim Ausstellerabend der Klagenfurter Herbstmesse“, begann sie, „warum?“

Weißhaupts Augen zuckten hinter den Gläsern seiner Brille umher, ohne dass sie seine Gesprächspartnerin auch nur streiften. „Warum, warum“, wiederholte er, „ist das ein Verbrechen?“
„Beantworten Sie meine Frage“, fuhr die Polizistin ihn an.
Weißhaupt schüttelte leicht den Kopf, was sich auf sein Doppelkinn übertrug. „Meine Frau ist Inhaberin eines Trachtenmodengeschäfts und hat einen Stand auf der Messe gebucht. Sie war als Ausstellerin dort und ich als ihr Begleiter.“
„Interessant“, bekundete die Chefinspektorin, „und wieso ist Sie dann hier und nicht auf der Messe? Soweit ich weiß, dauert die noch bis morgen Abend.“
„Glauben Sie, die steht sich fünf Tage lang von früh bis spät die Beine in den Bauch? Sie hat natürlich Angestellte, mit denen sie sich abwechselt. Aber wieso ist das wichtig?“ Seine Stimme klang mit jedem Satz ungehaltener.
„Weil an diesem Abend Herr Landesrat Rudi Moritsch ermordet worden ist.“ Sie konnte nicht sagen warum, doch in Gegenwart dieses Mannes kam es ihr zum ersten Mal seltsam vor, den Vornamen des Landesrates in verniedlichter Form auszusprechen. Doch sie kannte niemanden, der „Rudolf“ gesagt hätte, wenn von ihm die Rede war.
Konrad Weißhaupt starrte ihr zum ersten Mal direkt in die Augen und verharrte für einen Moment reglos. „Und?“, sagte er dann, wobei ein Zucken, das durch seinen ganzen Körper ging, die Aussage bekräftigte.
Sabine leckte sich langsam über die Lippen, es war Zeit, die schweren Geschütze aufzufahren. Sie bemühte sich um einen möglichst amtlich-neutralen

Tonfall. „Sie haben im Namen der katholischen Kirche Verkaufsverhandlungen mit der Firma *Immosorg* geführt. Dabei ist es um ein Grundstück am Wörthersee gegangen, für das sich die Firma *Immosorg* interessiert hat, dessen Verkauf Sie jedoch abgelehnt haben. Erst auf Vermittlung von Herrn Landesrat Moritsch haben Sie Ihre Meinung geändert." Sie legte eine künstlerische Pause ein, um die Wirkung der folgenden Sätze noch zu verstärken. Dabei blickte sie in das unverändert herausfordernde Gesicht des Kirchenmannes. „Sie haben in Ihrer Jugend in Kinofilmen mit homosexuell-pornografischen Inhalten mitgewirkt, Herr Landesrat Moritsch hat davon gewusst. Der Verdacht liegt somit nahe, dass er dieses Wissen dazu verwendet hat, Sie zu veranlassen, Ihre Meinung bezüglich des Grundstücksverkaufs zu ändern."

Das wirkte, und wie es wirkte! Konrad Weißhaupt reagierte zunächst gar nicht, dann wurde sein Gesicht weiß wie eine Wand. Er hob die Hand mit dem Taschentuch, doch diese zitterte so, dass das Tuch zu Boden fiel. Die Hand senkte er ruckartig wieder auf den Baumstamm, auf dem er saß. Er begann zu schwanken und drohte, in jedem Augenblick das Gleichgewicht zu verlieren. Sabine trat einen Schritt auf ihn zu, um ihm zu helfen, doch da war es schon zu spät. Weißhaupt rutschte nach hinten und kippte auf die leicht abschüssige Wiese, wo er, die Waden noch auf dem Baumstamm, rücklings liegen blieb.

Die anfänglich hämische Genugtuung der Kriminalpolizistin über die Wirkung ihrer Worte wich erschütterter Besorgnis. „Soll ich einen Arzt rufen?", fragte sie, während sie über die Abgrenzung stieg und sich zu Weißhaupt hockte.

Seine Hände machten diffuse Bewegungen, eine davon war aber ein klar erkennbares Abwinken. „Es geht schon“, sagte er mit dünner Stimme, „ich muss nur ... mein Kreislauf ... wenn ich ein paar Minuten so liegen bleibe, dann geht’s schon wieder.“

Sabine zog dennoch ihr Mobiltelefon und wählte die eingespeicherte Nummer des Notrufs an. Während die Verbindung hergestellt wurde, suchten ihre Augen den Parkplatz ab und blieben an einem Pärchen hängen, das, mit einem kleinen Kind zwischen sich, offenbar gerade zu seinem Auto schlenderte. „He“, schrie sie und winkte mit dem freien Arm, „wir brauchen Ihre Hilfe!“ Da meldete sich eine männliche Stimme am anderen Ende der Leitung, der sie in knappen Worten die wichtigsten Daten durchgab: ihren Namen, das Geschehnis, den Ort. Der Mann versprach mit einer professionell ruhigen Stimme, Hilfe werde in Kürze eintreffen.

Währenddessen kam der Mann des Pärchens zögernd näher, während die Frau stehen blieb, das Kind mit beiden Händen vor sich haltend. „Was gibt’s?“, fragte er. Die Polizistin hielt ihren Dienstausweis hoch. „Chefinspektorin Oleschko, Kriminalpolizei Klagenfurt. Dem Mann hier geht’s nicht gut, bitte holen Sie ihm ein Glas Wasser, ich kann ihn nicht alleine lassen.“ Ohne sich weiter um ihn zu kümmern, wandte sie sich Weißhaupt zu. Erfahrungsgemäß brauchte die Rettung auch außerhalb der Ballungszentren nicht lange, sie hatte für ihre Befragung also nur wenig Zeit. Und sie musste ihn jetzt befragen, denn später, nach der Schockbehandlung und im Krankenhaus, würde er genügend Zeit gehabt haben, sich alles gründlich zu überlegen, und das war, ebenfalls erfahrungsgemäß, der Wahrheit nicht zuträglich.

„Woher ... woher wissen Sie es?“, fragte Konrad Weißhaupt schwach.
„Wir haben unsere Quellen“, erwidert sie knapp. „Hören Sie, es ist von höchster Wichtigkeit, dass Sie mir wahrheitsgemäß sagen, ob Herr Landesrat Moritsch Sie erpresst hat.“
Weißhaupt rollte mit glasigem Blick den Kopf hin und her, was wohl nein bedeuten sollte, dazu keuchte er mit offenem, kaum bewegtem Mund: „Nein ... der Landesrat ... hat mich nicht erpresst.“
„Aber warum dann Ihr Meinungsumschwung in der Immobiliensache? Und warum der geringe Verkaufsaufpreis?“
„Es ... es war ein Signal in die richtige Richtung. Dass wir alle zusammen ... ein besseres Kärnten schaffen.“
In Sabines Innerem flammte Zorn auf. „Das glauben Sie doch selbst nicht“, fuhr sie ihn an, „da steckt doch was anderes dahinter.“
Er rollte wieder den Kopf und dann auch noch die Augen. Seine Lider begannen zu flattern und dann verschwanden die Pupillen nach oben.
Als der junge Mann endlich mit dem Glas Wasser aus dem Gasthof kam, hatte Weißhaupt das Bewusstsein verloren. Der junge Mann half Sabine, den Kirchenmann aufzurichten, um ihm das Wasser einflößen zu können, doch es war vergebens. Sie brachten ihn in eine stabile Seitenlage und die Polizistin vergewisserte sich, dass Puls und Atmung einigermaßen regelmäßig waren. Mittlerweile war auch die Frau mit dem Kind nähergekommen, sie mit erschrockenen Augen, das Kind zunehmend gelangweilt. Gemeinsam warteten sie auf das Eintreffen der Rettungskräfte.

Keine fünfzehn Minuten nach der Alarmierung landete mit lautem Getöse der Rettungshubschrauber auf dem Parkplatz. Der Wind seiner Rotoren verwandelte die Steinchen und den Staub am Asphalt in eine auseinanderstiebende Wolke, die in den Gesichtern der Anwesenden nesselte, so dass diese sich abwandten. Zwei junge Sanitäter sprangen heraus und zogen eine Rettungsliege aus dem Helikopter. Nach ein paar routinierten Griffen klappte das Gestänge an der Unterseite auf, und aus der Liege wurde ein fahrbares Behelfsbett. So ausgerüstet kamen sie unter den kreisenden Rotorblättern hervor, stellten das Bett an die Absperrung und wandten sich Weißhaupt zu.
In dem Moment hörte Sabine ein gellendes Geschrei, das durch den Lärm des Hubschraubers vom Gasthof her kam. Sie sah in die Richtung und erblickte eine dürre, ältere Frau, die auf sie zugelaufen kam und etwas Weißes in ihrer hoch erhobenen Hand schwenkte. Ihr folgten zwei Buben in jugendlichem Alter. Erst als sie nahe herangekommen war, verstand die Chefinspektorin, was sie rief.
„Die Tabletten, er braucht seine Tabletten." Der Gegenstand in der Hand der Frau war eine Plastikdose.
Die Polizistin ging ihr entgegen. „Sie sind Frau Weißhaupt, nehme ich an?"
Die Frau hatte ein faltiges, ungewöhnlich dunkel geschminktes Gesicht, das von schulterlangen struppigen Haaren in einem undefinierbaren Grau-braun-Ton umrahmt war. Sie schien nicht zu hören, was Sabine gesagt hatte, sie schrie nur immer wieder panisch: „Er braucht seine Tabletten."
„Beruhigen Sie sich erst einmal", Sabine hob die Hände und Frau Weißhaupt fiel ihr in die Arme.

„Er braucht seine Tabletten, er hat es mit dem Herz", schluchzte sie.
Inzwischen waren auch die beiden Jungs herangekommen, der kleinere mochte vierzehn, der größere siebzehn Jahre alt sein, offenbar die Söhne. Die beiden schlossen ihre Mutter in die Arme, so dass die Chefinspektorin sich aus deren Umklammerung befreien konnte.
Sie wandte sich wieder den Sanitätern zu, die Weißhaupt mittlerweile auf ein Leintuch gerollt hatten. Einer der beiden kommandierte gerade: „Bereit? Auf drei: eins, zwei, drei", woraufhin die beiden gemeinsam mit dem jungen Familienvater das Leintuch anhoben und Konrad Weißhaupt mit kleinen Schritten, immer mit dem Gleichgewicht kämpfend, zur Absperrung schleppten und ihn über diese auf das Behelfsbett wuchteten. Die Sanitäter klopften ihrem Helfer dankend auf die Schultern.
Frau Weißhaupt stürzte an Sabine vorbei und auf ihren Mann zu. „Konrad", kreischte sie und für einen Augenblick schien es, als wollte sie sich auf ihn werfen. Den beiden Sanitätern und der Chefinspektorin gelang es, sie auf Distanz zu halten, bis ihre Söhne da waren und sie sanft zurückzogen. Der jüngere der beiden übergab die Tablettendose einem der Sanitäter.
Dieser und sein Kollege fixierten Weißhaupt nun auf der Trage und pumpten die Liegefläche mittels einer hydraulischen Hebevorrichtung nach oben.
„In welches Krankenhaus bringen Sie ihn?", fragte Sabine, während die beiden das Behelfsbett zum Helikopter schoben.
„Ins Klinikum Klagenfurt", rief der eine gegen den Motorenlärm an. Als Weißhaupts Trage im Rettungs-

hubschrauber fixiert war, sprangen auch die Sanitäter hinein und schlossen die Türen, dann hob das Fluggerät ab, keine fünf Minuten nachdem es angekommen war. Als der Lärm etwas nachließ, bedankte sich die Chefinspektorin bei dem jungen Mann für seine Hilfe und wandte sich an die Schar der Schaulustigen, die, wohl vom Lärm des Hubschraubers neugierig geworden, aus dem Gasthof gekommen waren und den Rettungseinsatz gaffend oder mit ihren Handys filmend verfolgt hatten. „Die Show ist zu Ende, bitte gehen Sie weiter", rief sie.

Frau Weißhaupt war mittlerweile in den Armen ihrer Söhne zusammengesunken.

Sabine wusste, dass ihr Talent, Menschen zu beruhigen, nicht sehr ausgeprägt war. Sie behalf sich in der Regel damit, die Dinge auf ihre Fakten zu reduzieren, so versuchte sie es auch diesmal. „Frau Weißhaupt, Ihrem Mann geht es gut, er ist in ärztlicher Behandlung."

Die Frau schluchzte, fuhr aber im nächsten Moment hoch und schrie in einer Mischung aus Verzweiflung und Wut: „Die Arbeit, immer seine Arbeit! Er macht mich noch verrückt mit seiner Arbeit. ‚Heute ist Samstag', habe ich gesagt, aber nein, ohne Grundstücksbesichtigung gibt's bei uns ja keinen Ausflug. Mein Gott." Sie ließ sich wieder fallen.

„Danke, dass Sie meinem Papa geholfen haben", sagte der jüngere der beiden Söhne erstaunlich gefasst zur Chefinspektorin. „Wo wird er denn hingebracht?"

„Ins Klinikum nach Klagenfurt. Kommt ihr mit eurer Mutter zurecht?"

Der Junge zuckte mit den Schultern. „Ja. Sie regt sich immer sehr leicht auf. Vor allem, weil Papa auch am Wochenende immer was zu arbeiten hat."

„Ach ja? Aber heute war er doch mit euch unterwegs, oder?“

„Wie man’s nimmt. Mama wollte nach Italien fahren, aber Papa hat gesagt, er muss eine aufgelassene Druckerei besichtigten. Deshalb sind wir hierhergefahren.“

In Sabines Kopf schrillte eine Alarmglocke. Eine aufgelassene Druckerei in Köttmannsdorf? Das musste die von Fritz Teppan sein, denn wie viele aufgelassene Druckereien sollte es in einer Dreitausend-Einwohner-Gemeinde geben? Was hatte die Kirche nun damit zu tun?

Die beiden Jungs verabschiedeten sich höflich und brachten ihre Mutter weg, vermutlich zum Gasthof.

Sabine wollte gerade noch einmal den Notruf wählen, als ein Krankenwagen mit Blaulicht dahergeprescht kam. Offenbar funktionierte die Abstimmung zwischen den Rettungsfahrzeugen nicht so gut wie die Alarmkette. Der Chefinspektorin war das sehr recht, und sie setzte sich in Bewegung, um den neu ankommenden Sanitätern zu sagen, dass es mit Frau Weißhaupt möglicherweise eine Schockpatientin zu versorgen gab.

KAPITEL 9

Samstag, 14 Uhr

Am Westende der Stadt Klagenfurt erhob sich am Südhang des Falkenbergs das Schloss Freyenthurn. Es war ein weißer, burgartiger Bau, der ursprünglich im Renaissance-Stil errichtet und im neunzehnten Jahrhundert im Tudor-Stil umgebaut worden war. So war es gekommen, dass die zahlreichen Türmchen nun nicht so recht zum wuchtigen Grundbau passen wollten. In den vergangenen Jahrzehnten hatten die Klagenfurter gemunkelt, auf dem Schloss liege ein Fluch, weil alle seit dem Zweiten Weltkrieg angestrengten Versuche, es gewinnbringend zu vermarkten, fehlgeschlagen waren. Ein hier eingerichtetes Schlosshotel ging pleite, ein geplantes Sanatorium kam nicht über die Planungsphase hinaus, und eine Investorengesellschaft, die den Bau schließlich erwarb, musste Konkurs anmelden. Bei Licht betrachtet war jedoch nichts Mystischeres an der Sache dran als die hohen Erhaltungskosten, die betriebswirtschaftlich kaum zu erbringen waren. Nicht einmal das Nobelbordell, das zu Beginn des einundzwanzigsten Jahrhunderts hier eingerichtet wurde, warf genug ab, um sich auf Dauer zu halten.

Abgesehen von seiner wechselvollen Geschichte war das Schloss Freyenthurn ein nicht wegzudenkender Blickfang in der Ostbucht des Wörthersees – und bot umgekehrt einen atemberaubenden Ausblick auf Kärntens größte Badewanne. Auch wenn das Schlossgelände für Spaziergänger gesperrt war, befand sich zwei Kurven darunter eine öffentliche Aussichtswiese,

auf der Tische und Sitzgelegenheiten aus mittlerweile verwitterten Baumstämmen errichtet waren, sowie große Holzliegen mit schrägen, anatomisch geformten Liegeflächen.
Heinz Sablatnig war hierhergefahren, um nachzudenken. Er hatte sich auf eine der Liegen gelegt, seine Sonnenbrille aufgesetzt und ließ nun den Blick über die direkt an die Wiese grenzenden Weingärten hinweg auf den Friedelstrand, das Strandbad, den in der Sonne glitzernden Wörthersee sowie das Schloss Reifnitz und den Pyramidenkogel am Südufer gleiten. Er wusste diesen Ausblick und die Herbstsonne durchaus zu schätzen, doch war es nicht mehr als eine Wahrnehmung, die kein Gefühl in ihm auslöste. Die Depression erzeugte einen immerwährenden Druck in seiner Brust, gegen den nichts half.
Sabine lenkte ihn ab. Sie hatte angerufen und gefragt, wo sie ihn treffen könne, sie wolle sich mit ihm abgleichen. Sie kam zu ihm auf die Aufsichtswiese, legte sich neben ihn auf die geschwungene Holzliege und kontrollierte die Umgebung nach etwaigen unfreiwilligen Zuhörern. Doch außer einem Jugendlichen, der mit wuchtigen Kopfhörern bewaffnet regungslos auf einer zwanzig Meter entfernten Liege vor sich hindöste, schlenderten nur ein paar Spaziergänger umher. Sabine sah Heinz an, und er erkannte an ihrem forschenden Blick, dass sie es sich verkneifen musste, nach seinem Befinden zu fragen. Er war dankbar dafür.
„Ich komme gerade aus Köttmannsdorf", begann sie, „wo ich mich mit unserem neuen Freund Konrad Weißhaupt getroffen habe." Sie erzählte die ganze Geschichte, bis zu dem Hinweis, den Weißhaupts Sohn ihr gegeben

hatte. „Danach bin ich in den Ort gefahren, um mir diese Druckerei anzusehen, und – Bingo! – natürlich war es die ehemalige *Druckerei Teppan*, wie sie geheißen hat. Ich habe einen Einheimischen gefragt, ob es noch andere Druckereien hier gebe, und er hat verneint."

Heinz versuchte, darüber nachzudenken, doch es gelang nicht. Er versuchte nachzudenken, seit er hier angekommen war, doch ohne Erfolg. Die Zeit verging einfach, und er saß da und fühlte sich hohl. „Hast du eigentlich nachgeprüft, ob Teppans Aussagen gestimmt haben?", fragte er stattdessen. „Ich meine, bezüglich seiner abendlichen Fahrt nach Köttmannsdorf vorgestern?"

„Ja, habe ich", erwiderte Sabine in Gedanken versunken, „der Wirt hat alle seine Angaben bestätigt und auch die seiner Frau. Aber zurück zum Thema: Findest du es nicht merkwürdig, dass Weißhaupt diese Konkurs-Druckerei besichtigt? Ich meine, was hat die katholische Kirche mit Teppan zu tun?"

„Und mit *Immosorg*", hakte Heinz ein, froh über diesen Anknüpfungspunkt, „und mit dem ermordeten Landesrat."

Sabine sah ihn von der Seite her an. „Du weißt etwas, das ich noch nicht weiß, hab' ich recht?"

„Nicht wirklich." Heinz schnaubte und wiegte den Kopf hin und her. Dann erzählte er, was in der Seniorenresidenz vorgefallen war, und verschwieg auch seine Verwirrung darüber nicht.

„Merkwürdig", pflichtete ihm Sabine nach einiger Zeit bei, „die alte Moritsch und der alte Sorger kleben auch in der Pension aneinander und die beiden Jungen – Ines Malle und Rudi Moritsch – führen ihre Geschäfte fort."

„Und mich haben sie engagiert, damit ich ... was tue?", fragte Heinz. „Den Direktiven der weltfremden Mutter

nachgehen oder Spuren, die ihr Anwalt für bestenfalls interessant hält? Ergibt das für dich einen Sinn?"
Sabine schüttelte den Kopf. „Nein, es sei denn, deine Ermittlungen sind irgendwie ein Ablenkungsmanöver."
„Aber für wen? Und wovor?"
Die Chefinspektorin machte eine hilflose Geste, dann fragte sie: „Hast du mit Doktor Werginz' Sekretärin gesprochen?"
„Ja, alles in Ordnung mit dem Honorar, ihr Chef hat ihr sogar gesagt, wie viel ich zu bekommen habe."
„Und?"
Heinz schnaufte tief durch. „Großzügig, durchaus. Allerdings kriege ich den Schotter erst, wenn ich liefere. Den Mörder, nämlich."
Eine Pause entstand, die Sabine schließlich beendete. „Glaubst du, Weißhaupt war es?"
„Du hast mit ihm geredet", entgegnete ihr Bruder, „was ist denn dein Eindruck?"
Sie zuckte mit den Schultern. „Könnte schon sein. Andererseits, wenn er so herzschwach ist, stellt sich die Frage, ob er einen Mord rein nervlich durchstehen würde. Gerade mit seinem Glaubenshintergrund."
„Momentan ist alles Spekulation." Heinz seufzte tief. Er setzte sich auf, nahm die Sonnenbrille ab und massierte sein Gesicht. „Wenn ich doch nur in Zusammenhängen denken könnte! Aber momentan habe ich das Gefühl, jedes Problem besteht aus einer Punktwolke von Teilproblemen, die ich nicht als Ganzes sehen kann. Es macht mich irre, wenn ich von einem Pünktchen zum nächsten laufe und das letzte schon wieder vergessen habe, wenn ich beim nächsten ankomme."
„Hast du irgendeinen Verdacht?"

Sabine hatte es offenbar aufgegeben, ihn verstehen zu wollen, auch dafür war Heinz ihr dankbar. Denn so musste er sich nicht andauernd ihre gutgemeinten Ratschläge anhören, die ihm ohnehin nur helfen würden, wenn er gesund wäre. „Alles läuft bei dieser Immobiliensache zusammen", sagte er, „bei dem Grundstücksdeal mit der Kirche. Hier haben alle ihre Finger mit drin: Weißhaupt von der katholischen Kirche, Landesrat Moritsch vom Land Kärnten, Ines Malle von *Immosorg*. Und die ältere Generation, nämlich Herr Sorger, der noch immer Mehrheitseigentümer und damit bei allen wichtigen Entscheidungen unumgänglich ist, und Frau Moritsch senior, die seinerzeit gemeinsam mit Sorger die Grundstücksverkäufe des Landes auf die Welt gebracht hat und noch heute mit ihm jeden Tag am selben Tisch sitzt."
„Und die wahrscheinlich der einzige Mensch ist, vor dem ihr Sohn Rudi je Respekt gehabt hat", warf Sabine ein, ehe Heinz fortfuhr:
„Und Fritz Teppan, dessen ehemalige Druckerei für Weißhaupt interessant ist, schließt den illustren Kreis."
Sabine hob den Zeigefinger. „Das allerdings glaube ich nicht."
„Was meinst du?"
„Ich sehe Teppan hier eher als Opfer der Immobilien-Maschinerie. Denk einmal nach. Er behauptet, Landesrat Rudi Moritsch habe ihn in den Ruin getrieben, und heute besichtigt Weißhaupt die aufgelassene Druckerei. Klingt für mich eher wie ein abgekartetes Spiel mit dem Landesrat, findest du nicht? Der eine treibt den anderen in den Konkurs und der dritte kauft die Immobilie für ein Schnäppchen aus der Insolvenzmasse."

„Du meinst ...“, Heinz versuchte wieder nachzudenken und kam immerhin auf einen logischen Schluss: „Du meinst, die *Druckerei Teppan* war das Dankeschön des Landesrats für den billigen Verkauf der See-Immobilie? Wozu dann die Erpressung?“
„Zuckerbrot und Peitsche.“ Sabine zuckte einmal mehr mit den Schultern. „Oder vielleicht hat Weißhaupt ja auch etwas gebraucht, um seine Kollegen bei der Kirche zu überzeugen, dem Verlustgeschäft mit dem Wörthersee-Grundstück zuzustimmen?“
„Ja, aber warum?“ Heinz war verzweifelt. „Das klingt alles ganz logisch, aber es bleibt immer die Frage übrig, warum Landesrat Moritsch das getan hat. Was die Kirche mit ihren Grundstücken macht, kann ihm doch herzlich egal sein.“
„Du hast recht“, meinte Sabine, nach einigem Nachdenken. „Die Dinge müssen irgendwie anders gelagert sein. Oder es steckt noch etwas anderes dahinter, von dem wir noch nichts wissen.“
„Und das schwerwiegend genug ist, um einen Kärntner Landesrat auf einer Messetoilette zu erwürgen“, führte Heinz den Gedanken zu Ende.
„Wie finden wir das heraus?“
Heinz dachte lange nach, dann meinte er, „ich werde einmal mit der Geschäftsführerin von *Immosorg* reden, dieser Ines Malle.“
„Gute Idee“, Sabine nickte, „und ich werde Weißhaupt gründlicher auf den Zahn fühlen, sobald er wieder auf den Beinen ist.“

Samstag, 15 Uhr

Heinz passierte das Nord-Tor des Messegeländes, welches gleichzeitig auch die Einfahrt zum Messe-Parkhaus war. Er hatte Ines Malle angerufen, und sie hatte ihm kurzfristig einen Termin für 17 Uhr gegeben. Das gab ihm Zeit, vorher noch einer anderen Spur nachzugehen.

Am Ende des Parkhauses versperrte ein Bauzaun den freien Zugang zum Messegelände, an einem Durchgang standen sich eine junge Frau und ein junger Kerl in Uniformen der Security die Beine in den Bauch.

„Guten Tag, Ihre Karte, bitteschön", sagte die Frau in einem fröhlichen Singsang.

„Ich habe einen Termin bei Herrn Magister Zöcherer."

„Wie bitte, bei wem?"

„Jürgen Zöcherer, der Geschäftsführer der Kärntner Messen."

„Sagen Sie mir Ihren Namen, bitte." Heinz nannte ihn und die junge Frau suchte ihn auf einer Liste am Klemmbrett, das sie im Arm hielt. Im Nullkommanichts hatte sie ihn gefunden und gewährte Heinz freien Zutritt.

Heinz ging auf das Verwaltungsgebäude der Messe zu. Es half schon etwas, wenn man die richtigen Leute kannte, und Jürgen Zöcherer kannte er seit vielen Jahren. Damals hatte Heinz geholfen, eine Bande auszuheben, die sich auf Diebstähle an Messeständen spezialisiert hatte. Er war verschiedenen Hinweisen nachgegangen, die ihn auf die Spur eines der Diebe gebracht hatten, und dieser hatte ihn, ohne es zu wissen, zum Treffpunkt der Bande geführt, der Rest war Polizeiarbeit gewesen.

Kurz zuvor, gleich nach dem Gespräch mit seiner Schwester, hatte sich Heinz überlegt, dass er, bei aller Konzentration auf Konrad Weißhaupt, seinen anderen Verdächtigen Fritz Teppan nicht aus den Augen verlieren durfte. Und da er Zöcherer kannte, hatte beschlossen, ihn zu fragen, welche Erfahrungen er mit dem Drucktechniker gemacht habe. Zöcherer war gerade in einer Messehalle unterwegs und deshalb schwer zu verstehen gewesen, aber er hatte Heinz eingeladen, er solle doch in sein Büro im Verwaltungsgebäude kommen, er werde ihn auf die Besucherliste setzen lassen. Heinz hatte sein Auto bei sich zuhause abgestellt und war zu Fuß zur Messe gegangen. Aus der Innenstadt war das eine Strecke von nicht einmal zehn Minuten, abgesehen davon hätte er hier heute sowieso keinen Parkplatz bekommen.

Gott sei Dank war es nicht weit bis zum Verwaltungsgebäude, so dass Heinz sich nur kurz durch die Besuchermasse kämpfen musste. Im zweiten Stock des Gebäudes war es erstaunlich ruhig. In Anbetracht der vielen Menschen draußen hatte Heinz hier Hektik und durcheinanderlaufende Menschen erwartet, immerhin war am Wochenende auf der Messe am meisten los.

Jürgen Zöcherers Sekretärin lächelte Heinz freundlich entgegen und winkte ihn durch in das angrenzende Büro ihres Chefs. Dieses war, wie das gesamte Gebäude, hell und freundlich eingerichtet, mit großen Fenstern und hellbraunen Holzmöbeln. Als Heinz eintrat, kam der Geschäftsführer hinter seinem Schreibtisch hervor, begrüßte ihn herzlich und bot ihm einen Kaffee an, den dieser gerne annahm. Während Heinz an einem Besuchertischchen Platz nahm, ging der Chef höchstpersönlich in die Kaffeeküche und servierte gleich darauf eine wunderbar duftende Tasse.

kannst du dich stärker auf die anderen Verdächtigen konzentrieren. Damit gewinnst du auch Argumente, die gegen den Fritzi sprechen."

„Kann sein", entgegnete Heinz, „aber eine Erfolgsgarantie kann ich dir trotzdem nicht geben, wenn ich nicht weiß, was du weißt. Das wäre unseriös."

Die übergroßen Augen des Grafikagenturchefs zuckten hinter den Brillengläsern hin und her. „Ist gut", begann er schließlich, und es klang, als müsste er sich selbst überzeugen, während er sprach, „ich habe keine andere Wahl, ich muss es dir sagen. Wem sonst? Es wird schon alles gut werden." Er nahm noch einen tiefen Zug und dämpfte dann die erst halb gerauchte Zigarette im Ascher ab. „Okay. Wann ist der Landesrat ermordet worden?"

„Das wissen wir nicht so genau", erklärte Heinz, „die Polizei ist so gegen 18.50 Uhr alarmiert worden, zu dem Zeitpunkt hat das Gerede über den Toten in der Toilette von Halle 3 aber schon eine Zeitlang seine Runde gemacht, ein zufällig anwesender Arzt hat ihn untersucht und so weiter, und so weiter – sagen wir zehn Minuten. Das bedeutet, die Leiche von Landesrat Moritsch ist um zirka 18.40 Uhr entdeckt worden. Wie lange sie zu dem Zeitpunkt schon dort gelegen ist, ist ungewiss, immerhin war die Tür zur Toilettenkabine geschlossen und nur ein Fuß hat darunter hervorgeragt. Schätzen wir grob noch einmal zehn Minuten, dann sind wir bei 18.30 Uhr."

„Das ist die Tatzeit", fragte Klausi Meier mit schlauem Gesicht „18.30 Uhr?"

„Grob geschätzt!"

Klausi klopfte sich die nächste Zigarette aus der Packung, entzündete sie und blies einen langen

Rauchfaden aus, dann sagte er: „Was, wenn ich beweisen kann, dass der Fritzi Teppan spätestens um 18.12 Uhr nicht mehr am Messegelände war?“

KAPITEL 10

Heinz spürte, wie sein Herzschlag Fahrt aufnahm. „Bist du dir sicher? Ich meine, dass du das beweisen kannst? Ohne Zweifel?"
„Ohne Zweifel", bestätigte Klausi, „aber nur dir."
„Wie, nur mir?"
„Du bist der Einzige, dem ich je erzählt habe oder erzählen werde, was ich dir jetzt gleich erzähle. Das heißt, es muss unbedingt unter uns bleiben, klar? Wenn ich irgendwen darüber reden höre, dann weiß ich, dass er es von dir hat, und wenn du irgendwem davon erzählst, habe ich einen riesigen Sack voller Probleme."

Heinz spürte, wie ihm mulmig wurde. „In was ziehst du mich da hinein?"
„Nichts Grobes, keine Sorge", Klausi lachte, „kein Kapitalverbrechen oder sowas."
„Na gut", Heinz schluckte, „wir haben eine Vereinbarung. Leg los."
Klausi nahm einen langen, bedächtigen Zug von seiner Zigarette und ließ sich auch beim Ausblasen jede Menge Zeit. Es schien, als überlegte er noch einmal gründlich, ob er das, was er zu sagen hatte, auch wirklich erzählen wollte. Schließlich begann er. „Sagt dir der Begriff RFID irgendetwas?"
Heinz horchte kurz in sich hinein, konnte sich aber nicht daran erinnern, jemals davon gehört zu haben. Er schüttelte den Kopf.
„RFID", erläuterte Klausi Meier, „ist eine Technologie zum Aufspüren von Objekten mithilfe von

Radiowellen. Stell dir das so vor wie ein Radarsystem, das aber nur Objekte aufspürt, die du suchst."
„Wie soll das gehen?"
„Ganz einfach gesagt, besteht das System aus einem Sender und einem Empfänger. Der Sender schickt ein elektromagnetisches Signal aus, das der Empfänger reflektiert."
„Das heißt, der Empfänger besteht aus einem speziellen Material?"
Klausi seufzte und kratzte sich am Kopf, wobei die Zigarettenglut gefährlich nahe an seine fettigen Haaren geriet. „Der Empfänger ist eigentlich ein sogenannter Transponder, also ein Medium, das Signale aufnimmt und beantwortet. Früher hat man auch Funketikett dazu gesagt."
„Du meinst eine Art Mikrochip?"
Klausi legte die Zigarette ab, setzte beide Füße auf den Boden und machte eine Geste, als würde er beidhändig eine große, unsichtbare Kugel halten. „Du kennst die Sicherheitsetiketten, die einen Alarm auslösen, wenn eine Ware unbezahlt das Geschäft verlässt?"
Heinz nickte.
„Genau das ist es. Das Lesegerät sendet einen elektromagnetischen Impuls auf einer bestimmten Frequenz aus. Der Transponder, der an der Ware angebracht ist, nimmt den Impuls auf, verändert ihn und reflektiert ihn. Der veränderte Impuls trifft wieder beim Lesegerät ein, dieses registriert die Anwesenheit des Transponders und gibt Alarm."
Heinz zog die Augenbrauen zusammen. „Das heißt, der Transponder ist ... doch ein Mikrochip?"
„Kann sein, muss aber nicht sein, das hängt davon ab, was er leisten soll. Dieselbe Technologie wird

etwa auch bei den Scannerkassen im Supermarkt eingesetzt und da fließen jede Menge Informationen vom Transponder zurück. Die Transponder, die ich verwende, sind weitaus primitiver, ich will nämlich nicht mehr wissen als: ‚Bist du da?'" Sein Grinsen war wie eine Aufforderung an Heinz, ihm die Frage zu stellen, die sich hier aufdrängte.
Heinz ahnte zwar schon, worauf das hier hinauslaufen könnte, tat ihm aber den Gefallen. „Von wem willst du wissen, ob er da ist?"
Klausi nahm die Zigarette wieder auf. „Genau da wird es jetzt haarig." Er nahm einen Zug, legte die Zigarette zurück und wirbelte auf seinem Drehstuhl herum zu einem Kasten. Er öffnete dessen Tür, wodurch ein heilloses Durcheinander von Papierstapeln, alten Ordnern und Einlagefächern in mehreren Regalen sichtbar wurde. Der untere Regalbereich war mit einer Schiebetür verschlossen, die an einer Seite mit einem Vorhängeschloss gesichert war. Klausi kramte einen hoffnungslos überfüllten Schlüsselbund aus seiner Hosentasche, suchte mit spitzen Fingern den richtigen Schlüssel aus dem klirrenden Bündel und öffnete das Schloss. Als er die Tür aufschob, kam ein alter, massiver Blechkasten zum Vorschein, dessen dunkelgrüner Lack an mehreren Stellen abgeplatzt war und einen rostigen Untergrund freigab. An seiner Front war ein Drehschalter aus Bakelit angebracht, daneben zwei beschriftete Skalen, unter denen sich je ein Drehknopf befand, und daneben ein kleiner, zylinderförmiger Druckknopf sowie eine rote Lampe. Aus einem Schlitz unten an der Front ergoss sich bedrucktes Endlospapier in eine Lade unter dem Fach, auf dem das Gerät stand. „Was ist denn das?", fragte er.

Klausi Meier grinste über das ganze Gesicht. „Mein persönliches RFID-Lesegerät. Obwohl es dieser Bezeichnung nicht ganz gerecht wird.“
„Das sieht ja aus, als stammte es aus den Vierzigerjahren.“
„Siebzigerjahre“, korrigierte Klausi, „aber es kommt aus Russland, das erklärt das grobe Äußere.“ Er drehte den Bakelit-Drehschalter nach rechts, was ein sattes Klacken zur Folge hatte. Daraufhin ertönte ein Summen und die Skalen wurden von innen beleuchtet. „Jetzt schau her.“ Mit dem Zeigefinger drückte Klausi den Druckknopf bis zum Anschlag hinein, und mit einem Mal leuchtete die rote Lampe auf. Gleichzeitig setzte ein rasselndes Klopfen ein, das Heinz an ein Maschinengewehr erinnerte, und das Endlospapier rückte um eine Zeilenbreite weiter aus dem Gerät heraus. „Hast du gesehen? Der Fritzi Teppan ist auf dem Gelände unterwegs.“ Die Lampe erlosch wieder.
Heinz starrte wechselweise den Kasten und Klausi an. Dann fragte er: „Was soll der Scheiß?“
„Geil, oder?“ Klausis Lachen hatte etwas Kindliches. „Damit überwache ich meine Mitarbeiter. Hier“, er zeigte auf eine der Skalen mit Drehknopf, „kann ich die Reichweite des RFID-Empfängers einstellen und da“, er deutete auf das zweite Skala-Drehknopf-Paar, „die verschiedenen Frequenzen, auf die meine Transponder reagieren. Momentan arbeitet nur der Fritzi Teppan für mich, deshalb ist immer diese Frequenz hier eingestellt. Aber wenn ich im Sommer einen Ferialpraktikanten habe, muss ich hier hin- und herdrehen, je nachdem, wen ich anvisieren will.“
Heinz’ leise Ahnung wurde nur zögerlich zur Gewissheit. „Und der Transponder, wie …“

„Das Handy." Klausi griff nach hinten, öffnete eine Schreibtischschublade und zog ein Handy daraus hervor. Er hielt Heinz die Rückseite hin, auf der ein Aufkleber mit dem Logo von Klausis Grafikagentur zu sehen war.
„Und in dem Aufkleber ist ein Transponder versteckt?", mutmaßte Heinz.
Klausi nickte. „Der Transponder ist eine ganz primitive Leiterplatte mit ein paar Bahnen. Den Aufkleber habe ich einfach drüber geklebt. Das fällt niemandem auf, weil der Transponder so flach ist." Er reichte Heinz das Handy.
Dieser sah sich den Aufkleber genau an und betastete ihn. Er war in der Mitte ein wenig aufgewölbt, jedoch in so geringem Maß, dass es wirkte, als wäre der Aufkleber in der Mitte dicker als am Rand. Heinz gab das Handy zurück. „Aber wozu ist das gut?", fragte er.
Klausi räusperte sich. „Das ist eine Marotte, die ich mir vor langer Zeit angewöhnt habe. Ich war damals viel im Osten unterwegs, noch in der kommunistischen Zeit, hinter dem Eisernen Vorhang. Die ganze Geschichte würde jetzt zu lange dauern, aber nur so viel: Ich war bei einer westlichen Firma beschäftigt, die bei Bauprojekten mitgeholfen hat. Sehr abenteuerlich, vor allem die Auflagen, die wir haben einhalten müssen. Einmal waren wir beim Bau einer kompletten Wohnsiedlung im heutigen Bosnien dabei, für die Arbeiter einer Fabrik, die man dort mitten in die Gegend gesetzt hat. Es war also eine riesige, kaum überschaubare Baustelle, bei der nie alle Arbeiter gleichzeitig hätten überwacht werden können. Das haben die Kerle – alles Einheimische – natürlich schnell überrissen und sind gerne vorübergehend

verschwunden. Da habe ich diesen RFID-Kasten zum ersten Mal im Einsatz gesehen, bei dem Polier dort, ein schlauer Fuchs. Was ich so lässig gefunden habe, war, dass die Arbeiter schon nach wenigen Tagen gespurt haben. Die haben sich nicht erklären können, woher der Polier gewusst hat, dass sie für zwei, drei Stunden nachhause gehen oder in die nächste Kneipe, und das war ihnen unheimlich. Nach ein paar Wochen hat der Polier den Kasten nur noch stichprobenartig eingeschaltet, aber es waren immer alle da." Klausi lachte.

„Okay, das war Jugoslawien in den Neunzehnhundertsiebzigern", entgegnete Heinz, „aber welchen Sinn hat das Gerät in Österreich in den Zweitausendzwanzigern?"

„Wie gesagt, es ist eine Marotte", erwiderte Klausi. „Nachdem das damals so gut funktioniert hat, habe ich mir auch so ein Gerät zugelegt und bei künftigen Baustellen eingesetzt, wenn es nötig war. Dass die Technologie RFID genannt wird, habe ich erst viel später erfahren."

„Was bedeutet RFID überhaupt?"

Klausi blies die Backen auf. „Radio ... frequenzy ... schlagmichtot ... irgendwas. Hab ich vergessen, ist aber auch vollkommen schnurz. Jedenfalls ist dieses Vorgehen zu einer Gewohnheit geworden. Wann immer ich einen neuen Mitarbeiter habe, schaue ich mir in der ersten Zeit an, ob ich mich auf ihn verlassen kann. Ich gebe ihm ein Firmenhandy, auf dessen Rückseite schon der Transponder klebt, und keiner merkt was."

„Ich will dich jetzt zu nichts ermutigen, aber warum installierst du nicht eine Tracking-App?", fragte Heinz. „Das wäre viel einfacher und du hättest viel mehr Informationen."

Klausi winkte ab. „Erstens liebe ich meinen RFID-Kasten, und zweitens kennt sich jeder auf Handys besser aus als ich. Die deinstallieren mir so eine Software ja sofort, oder noch schlimmer, sie zeigen mich an. Denn was ich da tue, verstößt auf jeden Fall gegen die Datenschutz-Grundverordnung und wahrscheinlich auch gegen ein Dutzend anderer Gesetze zum Schutz der Privatsphäre von Personen im Allgemeinen und Angestellten im Besonderen. Das ist auch der Grund, warum ich nicht zur Polizei gegangen bin. Und warum du den Mund halten musst, verstehst du?"
„Schon klar, aber was hast du nun herausgefunden – das, was ich glaube?"
Ungeachtet der fast vollständigen Zigarette, die im Aschenbecher mittlerweile ausgegangen war, klopfte Klausi sich die nächste aus der Packung und zündete sie an. „Der Fritzi Teppan arbeitet erst seit ein paar Monaten für mich, deshalb schau ich noch ab und zu nach, wo er unterwegs ist. Vor allem rund um eine Messe kann ich gut kontrollieren, wie ehrlich er ist, denn da haben wir viel zu tun und jeder von uns ist woanders auf dem Gelände unterwegs. Wenn er da zum Beispiel sagt: ‚Ich liefere noch die Tafeln für die Stände sowieso und sowieso aus, dann gehe ich nachhause', kann das zehn oder zwanzig Minuten dauern. Das heißt, da kann er zehn Minuten brauchen, aber zwanzig Minuten Arbeitszeit schreiben. Am vergangenen Donnerstag war genau so ein Fall. Ich habe die Zeit abgewartet, die er mindestens brauchen würde, und dann auf den Knopf von meinem RFID-Kasten gedrückt. Und siehe da: Es war 18.12 Uhr und kein Fritzi Teppan mehr auf der Messe." Klausi grinste und zog an seiner Zigarette.

„Was meinst du mit nicht auf der Messe? Wie weit reicht denn dein Kasten?“
„Ich habe ihn so eingestellt, dass seine Reichweite ziemlich genau dem Messe-Areal entspricht – mehr oder weniger, der Impuls geht ja in alle Richtungen gleich weit hinaus.“
„Und wenn der Transponder diese Reichweite verlässt?“
„Leuchtet das rote Lämpchen nicht, wenn ich auf den Knopf drücke.“
Heinz starrte Klausi an, dann meinte er langsam: „Das kann ich dir jetzt glauben oder nicht glauben. Was, wenn du nur deinen Mitarbeiter in Schutz nehmen willst?“
„Komm her“, Klausi winkte ihn zum RFID-Kasten und zeigte auf das Endlospapier. „Das kluge Gerät protokolliert jede Anfrage in einer Zeile. Hier links Datum und Uhrzeit, in der Mitte der eingestellte Frequenzbereich und die eingestellte Reichweite und hier, ganz rechts, das Ergebnis der Anfrage: Kontakt ja oder nein.“
Heinz’ Blick folgte Klausis Finger die Zeile entlang. Die schwarzen Ziffern waren an den Rändern ausgefasert, offenbar arbeitete der Druckmechanismus auf Basis der alten Schreibmaschinen, mit Typen und Farbband. Am Ende der Zeilen stand entweder ein H oder ein Symbol, das einem unregelmäßigen Rechteck mit Füßchen ähnelte. Heinz deutete auf letzteres. „Was bedeutet dieses Zeichen?“
„Der Kasten stammt aus Russland“, erinnerte Klausi, „deshalb kennt er nur kyrillische Schriftzeichen. Das ist ein D und bedeutet *da,* russisch für ja. Und das hier“, er zeigte auf das H, „ist ein kyrillisches N und steht für *njet* – nein.“

Heinz' Augen suchten die Zeilen nach dem fraglichen Datum und der fraglichen Uhrzeit ab und schnellten an das Zeilenende – dort stand ein H. Ein Schauer durchfuhr ihn, als verstünde er erst jetzt so richtig, was das bedeutete. „18.12 Uhr", keuchte er, „das ist auf jeden Fall zu früh. Da muss Landesrat Moritsch noch gelebt haben."

Klausi nickte und musterte Heinz mit seinen optisch vergrößerten Augen. „Und irgendjemand muss das irgendwie der Polizei beibringen."

Den Weg zu seinem Auto bekam Heinz nicht bewusst mit, er war viel zu sehr in seinen Gedanken gefangen. Fritz Teppan war also unschuldig, das würde seine weiteren Ermittlungen erleichtern. Aber wie sollte Heinz mit dieser Information umgehen? Mit Sabine war abgemacht, dass sie alle Ermittlungsergebnisse miteinander teilten, und diese spezielle Erkenntnis war eine verdammt wichtige. Andererseits hatte er Klausi Meier sein Wort gegeben, ihn nicht zu verraten. Als Polizistin war Sabine verpflichtet, die Einhaltung der Gesetze sicherzustellen, er konnte ihr also Klausis Geheimnis nicht mal unter dem Siegel geschwisterlicher Verschwiegenheit mitteilen. Und dass er ihr Teppans Unschuld garantierte, aber nicht sagte, woher er das wisse, würde Sabine nie und nimmer gelten lassen, sie würde auf die Einhaltung ihrer Vereinbarung bestehen – und das zu Recht.

Heinz sah ein, dass es für ihn tatsächlich nur die eine Möglichkeit gab, auf die ihn Klausi Meier hingewiesen hatte: Er musste den wahren Mörder und unwiderlegbare Beweise für dessen Schuld finden. Aber wie sollte das gehen? Er war sich alles andere als sicher, dass Konrad

Weißhaupt zu einem Mord überhaupt fähig war und ein weiterer Verdächtiger war weit und breit nicht in Sicht. Heinz beschloss, die Lösung dieses Problems auf später zu vertagen und sich erst einmal auf sein Gespräch mit Ines Malle zu konzentrieren.

Samstag, 16 Uhr

Vor dem Zugang zu einer Intensivstation im Klinikum Klagenfurt lief Chefinspektorin Sabine Oleschko im Kreis, während Gruppeninspektor Roth an einer Wand lehnte, die Arme verschränkt und so tat, als wäre er die Ruhe in Person.

Das konnte nicht wahr sein, das durfte nicht wahr sein! Sabine machte sich selbst schwere Vorwürfe, auch wenn sie nicht behaupten konnte, dass sie es beim nächsten Mal anders machen würde. Nicht jeder Verdächtige war ein Konrad Weißhaupt, nicht jeder hatte ein schwaches Herz.

Da, endlich ertönte ein Surren, und die beiden automatischen Schwenktüren aus Metall und Milchglas öffneten sich. Heraus kam die Frau, die seit etwa einer Stunde Witwe war, gestützt von ihren beiden in Tränen aufgelösten Söhnen. Den dreien folgte ein Paar, das Sabine nicht kannte.

Die Chefinspektorin hatte keine Zeit zu verlieren. „Frau Weißhaupt, mein tiefempfundenes Beileid zum Verlust Ihres ...“

„Gehen Sie weg“, schrie die Witwe aus voller Kraft, „Sie sind schuld an seinem Tod. Sie und ihre Fragen, Sie haben ihn getötet!“

Sabine war vor den Kopf gestoßen. „Es ... es tut mir leid, ich ... Frau Weißhaupt ...“
„Gehen Sie weg“, schrie diese erneut und sank dann in sich zusammen.
Als die Polizistin noch einmal das Wort an sie richten wollte, trat der unbekannte Mann, der der Witwe und ihren Söhnen gefolgt war, vor sie hin und herrschte sie an: „Kennen Sie keine Pietät?“
Sie sah verwundert hoch. Der Mann mit dem wohlklingenden Bass war fast um einen Kopf größer als sie und hatte Schultern, so breit wie ein Schrank. Er war in einen Anzug gekleidet, sein graumeliertes Haar war gepflegt gescheitelt, und er roch nach einem teuren Rasierwasser.
„Sehen Sie nicht, dass meine Schwägerin gerade andere Probleme hat als Ihre Fragen?“
„Sie ... Sie sind ...“
„Ich bin der Bruder des Verstorbenen.“
Erst jetzt glaubte Sabine, eine Familienähnlichkeit zu erkennen, vor allem bei den Augen – und sie erkannte auch die beherrschte aber tiefe Trauer darin.
„Ich geh mit den drei mit, Schatz“, sagte die nicht minder attraktive Frau an seiner Seite und berührte ihn im Vorbeigehen sanft am Arm.
Er nickte ihr zu.
Sabine war perplex, was nicht oft vorkam. Vielleicht lag es daran, dass sie wirklich Gewissensbisse wegen ihres Vorgehens hatte, aber ... wer hätte auch gedacht, dass ...
„Wenn Sie wirklich unaufschiebbare Fragen haben“, sagte der Mann, „dann richten Sie sie an mich.“ Es klang wie eine Anordnung. Mit einer ruhigen Geste deutete er den Gang entlang, wo weiter vorne ein paar Klappstühle an der Wand montiert waren.

Verdattert folgte Sabine dem Fingerzeig, und auch Roth löste sich von der Wand und kam mit.
„Mein Name ist Friedrich Weißhaupt“, stellte sich der Mann unterwegs vor und reichte ihr die Hand. Ein angenehm fester, angenehm warmer Händedruck. „Ich bin Richter am Oberlandesgericht Graz.“
Sabine schluckte und stellte zuerst sich und dann Roth vor. Während Letzterer stehen blieb, nahmen die Polizistin und der Richter auf den Besucherstühlen Platz.
„Oleschko“, wiederholte der Richter, „dann sind Sie die Kriminalpolizistin, die meinen Bruder unbedingt sprechen wollte?“
„Das ist richtig. Ich habe auch die Rettungskräfte gerufen, als Ihr Herr Bruder kollabiert ist.“
„Ich wäre Ihnen dankbar, wenn wir das hier so rasch wie möglich hinter uns bringen könnten. Ich weiß nicht, ob Sie einen Bruder haben und wie Sie zu ihm stehen, aber Konrad und ich hatten eine sehr enge Beziehung.“ Friedrich Weißhaupt legte eine Pause ein und schluckte. „Deshalb geht mir sein plötzliches Ableben auch sehr nahe.“
Sabine war tief beeindruckt von der Haltung dieses Mannes. Sie sah die Trauer wie ein Flackern in seinen Augen, doch ansonsten war ihm nichts anzumerken. Ja, sie hatte einen Bruder, ja, er stand ihr sehr nahe, und nein, sie könnte nicht so selbstbeherrscht Fragen beantworten, wenn er gerade völlig sinnlos aus dem Leben gerissen worden wäre – wegen einer provokativen Frage. „Herr ... Doktor?“, begann sie.
Friedrich Weißhaupt nickte.
„Ich fürchte, der Sachverhalt ist zu kompliziert, um im Schnellverfahren abgehandelt werden zu können.

Und ich fürchte, die Fragen, die ich habe, sind recht intim."
„Ich verstehe." Der Richter nickte wieder.
Die Chefinspektorin fragte sich, wie viel er tatsächlich wusste, doch bevor sie eine weitere Frage an ihn richten konnte, kam dieser ihr zuvor:
„Geben Sie mir Ihre Nummer, ich rufe Sie spätestens morgen wegen eines Gesprächstermins an. Ich mache Sie darauf aufmerksam, dass ich in Begleitung eines Rechtsbeistands erscheinen werde und dass ich ein besonderes Interesse daran habe, wie es zum Herzinfarkt meines Bruders kommen konnte." Er reichte ihr und Roth die Hand zum Abschied, dann ging er den Gang entlang davon, in dem jeder seiner gemessenen, schweren Schritte widerhallte.

KAPITEL 11

Samstag, 17 Uhr

Heinz staunte nicht schlecht, als er die Adresse der *Immosorg*-Zentrale im Osten der Stadt erreichte. Anstelle eines Gebäudes befand sich hier nämlich eine Großbaustelle mit einem in Fertigstellung begriffenen Bürokomplex. Er parkte den Wagen und ging unschlüssig vor der Baustelle auf und ab. Schließlich wurde er auf ein langes, zweistöckiges Konstrukt aus weißen Wellblech-Containern mit Fenstern und Außentreppe aufmerksam, welches am Rand des Baustellengeländes stand. Heinz ging hin und fand neben dem Eingang ein mächtiges Firmenschild, welches die Container als *Immosorg-HQ* auswies. Belustigt klopfte er an und trat ein. Ein Sachbearbeiter mit müdem Blick sah von seinem Schreibtisch auf und verwies Heinz, als dieser nach Ines Malle fragte, auf den ersten Stock. Heinz stieg die Lochblech-Stufen der leicht schwankenden Treppe nach oben und betrat einen Büroraum, dessen Ausstattung in nichts daran erinnerte, dass er sich im Inneren eines Containers befand. Eine junge Sekretärin mit stark geschminkten Lippen und einer Brille mit großen Gläsern meldete Heinz telefonisch bei Ines Malle an und bat ihn dann mit einem strahlenden Lächeln, in den anschließenden Raum zu gehen.

Ines Malle war eine attraktive Frau Mitte dreißig, die ihre goldblonden Haare in einer kurzen Stehfrisur trug. Ihre offenbar gut trainierte Figur steckte in einem dunkelblauen Hosenanzug mit gleichfarbigen Pumps. Mit großen Schritten, die wohl selbstsicher wirken sollten, dafür aber etwas zu hektisch waren, kam sie auf Heinz zu und schüttelte ihm mit einem professionellen Lächeln die Hand. Sie war etwa einen halben Kopf kleiner als er.

„Danke, dass Sie so kurzfristig Zeit für mich haben“, sagte er, während er sich auf den angebotenen Stuhl setzte. „Ihr Büro ist auch am Wochenende besetzt?“

„Nur ausnahmsweise, wegen eines Großauftrags mit engen Terminvorgaben. Da müssen alle zusammenhalten.“ Frau Malle nahm ihm gegenüber hinter ihrem Schreibtisch Platz. „Sie müssen die beengte Situation entschuldigen“, sie zeigte vage in den Raum, „wir sind das Opfer eines Planungsfehlers geworden – Gott sei Dank nicht unseres eigenen.“ Sie lächelte.

„Ich fürchte, ich verstehe nicht, was Sie meinen?“

„Uns wurde versichert, dass der Bürokomplex, in dem wir eine Bürofläche gekauft haben, schon vor fünf Monaten bezugsfertig sein würde. Im Vertrauen darauf haben wir den Mietvertrag für unser altes Büro gekündigt und sind deshalb zu dieser Zwischenlösung gezwungen. Aber zumindest stimmt die Adresse schon einmal.“

„War es nicht möglich, vorübergehend noch im alten Büro zu bleiben?“, fragte Heinz.

„Leider hat es schon einen Nachmieter gegeben. Na ja, wir werden sehen, wer die Kosten für die Containermiete und die zusätzliche Übersiedelung letztendlich wird tragen müssen. Aber zu Ihnen ... bitte entschuldigen Sie, ich habe mir Ihren Namen nicht gemerkt.“

„Sablatnig.“

„Herr Sablatnig, Sie haben am Telefon gesagt, es gehe um den Mord am Herrn Landesrat. Eine wirklich entsetzliche Angelegenheit, ich bin noch ganz schockiert.“

„Das geht allen so.“

„Wir haben seit Jahren gut mit ihm zusammengearbeitet und jetzt dieser abrupte, gewaltvolle Tod. Man kann gar nicht anders, als sich Sorgen um sein eigenes Leben zu machen. Weiß man schon, wer es getan hat?"
„Es gibt mehrere Verdächtige, aber es fehlen noch konkrete Beweise."
„Wenn ich Ihnen helfen kann, bitte gerne." Ines Malle breitete einladend die Arme aus.
„Deswegen bin ich hier." Heinz brachte das Immobiliengeschäft zwischen *Immosorg* und der Kirche zur Sprache, das Landesrat Moritsch vermittelt hatte, und endigte: „Da frage ich mich natürlich, aus welchem Grund er hier tätig geworden ist, immerhin hatte das Ganze ja nichts mit ihm oder dem Land Kärnten zu tun."
„Das war sozusagen eine Solidaritätsaktion." Ines Malle lächelte wieder professionell. „Das Programm *Landeseigentum gegen Arbeitsplätze* ist Ihnen ein Begriff?"
Heinz nickte.
„Dann wissen Sie sicher auch, wie wichtig es dem Herrn Landesrat war, dass jede Kärntnerin und jeder Kärntner davon profitiert, nicht nur die, die dadurch Arbeit bekommen. Ein Altersheim kommt der Generation zugute, die nicht mehr im Erwerbsleben steht, und rundet das Konzept damit ab."
„Na schön", konterte Heinz, „aber warum muss es ausgerechnet auf einem Grundstück der katholischen Kirche errichtet werden?"
„Das hat sich so ergeben. Als wir davon erfahren haben, dass die Kirche ein Grundstück am See geerbt hat, habe ich Herrn Weißhaupt vom Bischöflichen Ordinariat ein Angebot vorgelegt, das er jedoch ausgeschlagen hat. Ich habe das dem Herrn Landesrat

gegenüber bei einem unserer Gespräche erwähnt, zufällig, weil wir über See-Liegenschaften geredet haben, und er ist sofort darauf angesprungen. Er hat gemeint, dieses Grundstück wäre doch ideal für sein Altersheim-Projekt und er werde sich dafür stark machen. Offensichtlich ist es ihm gelungen, Herrn Weißhaupt von seiner Vision eines Schulterschlusses über die Institutionen hinweg zu überzeugen."

„Und der Kaufpreis?"

Die Geschäftsführerin runzelte die Stirn. „Was ist damit?"

„Der Kaufpreis liegt eine halbe Million Euro unter dem marktüblichen Preis." Heinz beobachtete genau, welche Veränderungen seine Worte in Frau Malles Gesicht hervorrufen würden, wurde aber enttäuscht.

„Das war die Summe, die die katholische Kirche für die Immobilie haben wollte. Sie werden verstehen, dass ich in diesem Fall nicht nachverhandelt habe." Ihr Lächeln hatte etwas Hintergründiges.

Heinz wollte sich nicht anmerken lassen, wie perplex er war, deshalb stellte er schnell die nächste Frage.

„Und abgesehen von diesem speziellen Fall sind die Geschäfte mit dem Land Kärnten lukrativ für Sie?"

Ihr Blick verdunkelte sich, nicht viel, aber doch erkennbar. „Es gibt sicherlich Geschäfte mit höheren Gewinnspannen, aber darum geht es ja nicht."

„Nicht?", Heinz war noch perplexer, „worum dann?"

„Um die Vision. Was das Land da macht, was die Frau Mama des Herrn Landesrats damals gemeinsam mit meinem Onkel angefangen hat und was wir weiterführen, ist eine gute Sache. Die *Immosorg* ist dabei nur", sie malte Gänsefüßchen in die Luft, „Erfüllungsgehilfin."

In Heinz keimte ein Verdacht auf, den er bestätigt oder ausgeräumt haben wollte. „Wenn Sie dieses Projekt nicht von Ihrem Onkel übernommen hätten, hätten Sie es gemeinsam mit Landesrat Moritsch begonnen?"
Ines Malles Augen schnellten kurz zur Seite. „Das würde von den Konditionen abhängen, die wir ausverhandeln."

Als Heinz den Bürocontainer verließ, war seine Verwirrung über das dubiose Immobiliengeschäft noch größer, als sie es zuvor gewesen war. Es war offensichtlich, dass Frau Malle mit den Geschäften, die sie mit dem Land Kärnten machte, nicht zufrieden war. Aber warum führte sie sie dann fort? Ihrem Onkel zuliebe? Warum?
Zudem wollte Heinz weder glauben, dass die Kirche nicht wusste, wie viel ihr Grundstück wert gewesen war, noch, dass sie es aus freien Stücken so weit unter dem marktüblichen Preis hergegeben hätte. Was steckte also wirklich dahinter?
Und dann das ganze Gerede von der Vision und vom Dienst an der älteren Generation – das war doch nichts weiter als eine auswendig gelernte Presseaussendung. Ines Malle selbst hatte gegenüber den Medien gesagt, *Immosorg* werde auf dem Seegrundstück ein Altersheim für höchste Ansprüche errichten. Es war kaum anzunehmen, dass ein Heimplatz dort für Bezieher einer Durchschnittspension erschwinglich sein würde.
Heinz stellte fest, dass ihm dieses Gespräch keine neuen Informationen gebracht, sondern dass es im Gegenteil die ganze Sache noch undurchsichtiger gemacht hatte, als sie ohnehin schon gewesen war.

Sonntag, 13 Uhr

Sabine stand gemeinsam mit ihrem Kollegen Roth vor dem Hotel *Moser Verdino* und blies die Luft aus. Es war ein kühler Vormittag, der Herbst ließ schon spürbar seine Muskeln spielen, doch das war nicht der Grund für ihr Unwohlsein. Friedrich Weißhaupt, der Bruder des verstorbenen Kirchenmannes, hatte sie am Vorabend noch angerufen und sie mehr oder weniger zu diesem Termin beordert. Sie musste höllisch aufpassen, wenn sie ihm die Fragen stellen würde, die sie eigentlich seinem Bruder hatte stellen wollen. Einerseits konnte sie nicht abschätzen, wie viel Friedrich Weißhaupt wirklich über seinen Bruder wusste, und andererseits hatte sie durch ihre Befragung indirekt dessen Tod verschuldet. Dennoch musste sie aber einen Mord aufklären, bei dem der Verstorbene möglicherweise der Mörder war – und das musste sie seinem trauernden Bruder beibringen, einem Richter in einem hohen Amt.

Sie war noch nie in der Rooftop-Bar des Hotels gewesen, und als sie diese nun gemeinsam mit Roth betrat, hielt sie unvermittelt inne und ließ das Ambiente auf sich wirken. In der lockeren Anordnung eines modernen Designs standen in dem länglichen Raum hohe und niedere Tische in dezenten Schwarz- und Grautönen vor dem Hintergrund einer schier atemberaubenden Weite, die sich über den Dächern der Stadt auftat. Eingefangen wurde diese Weite durch Fensterfronten an drei Seiten, in die auch die alten Bogenfenster der historischen Bausubstanz integriert waren. Wohl schon tausendmal war Sabine an diesem

Hotel vorübergegangen, doch noch nie hatte sie sich Gedanken darüber gemacht, dass sein Dach über die meisten Bauten der Innenstadt hinausragte.
Doktor Friedrich Weißhaupt und ein zweiter Mann, den er als seinen Rechtsanwalt vorstellte, saßen an einem niederen, runden Tisch mit einer polierten, schwarzen Platte in jener Ecke des Innenbereichs, hinter der der Neue Platz mit dem Lindwurm und dem Rathaus zu sehen waren. Vor ihnen standen zwei Tassen Kaffee.
„Herr Doktor, es tut mir leid, dass ich Sie in diesen schweren Stunden belästigen muss", begann Sabine nach der allgemeinen Begrüßung und nachdem sie und Roth sich gesetzt hatten, „aber ich ermittle in dem Mord an Landesrat Moritsch, mit dem Ihr Bruder geschäftlich zu tun gehabt hat."
Der Richter nickte stumm.
Er sah heute müde aus, fand Sabine, um die Augen herum hatten sich kleine Falten gebildet. Konrad Weißhaupt war dreiundsechzig Jahre alt gewesen, sie fragte sich, ob Friedrich älter oder jünger war. Ehe sie fortfuhr, schnaufte sie tief durch. „Ich muss Sie das jetzt fragen. Wie viel wissen Sie über die Vergangenheit Ihres Bruders?"
„Welchen Aspekt seiner Vergangenheit meinen Sie?"
„Ich beziehe mich auf seine Tätigkeit als Schauspieler, als er so um die zwanzig Jahre alt war."
„Ich weiß alles." Sein Blick schien sich zu verhärten. „Warum?"
„Wir haben Grund zu der Annahme", fuhr die Chefinspektorin fort, „dass der Mord die Folge einer Erpressung war, in der diese Filme das Druckmittel waren."
Der Richter schenkte seinem Anwalt einen vielsagenden Blick, dann verlagerte er seinen Oberkörper etwas

nach vorne, der Kriminalpolizistin entgegen. „Jetzt hören Sie mir einmal zu, Frau Chefinspektor."
Seine Offensive war bedrohlich, aber sein voluminöser Bass klang in Sabines Ohren trotzdem angenehm, fast melodisch.
„Wenn Sie meinem verstorbenen Bruder einen Mord anlasten wollen, dann sollten Sie Ihren Vortrag nicht mit Andeutungen, sondern mit Beweisen beginnen."
„Herr Doktor Weißhaupt", fuhr die Polizistin dazwischen, „dies hier ist weder eine Anschuldigung noch ein Gerichtsverfahren. Ich ermittle in einem Mordfall und ersuche Sie um Hilfe."
Der Richter lehnte sich wieder zurück. In seinem Gesicht war zu sehen, dass ihm die Zurechtweisung nicht schmeckte, dass er aber auch einräumte, im Unrecht gewesen zu sein. Das alles überspielte er jedoch mit der knappen Aufforderung: „Fragen Sie."
Als ein Kellner kam, schüttelte Sabine den Kopf, noch ehe er sie nach ihren Wünschen fragen konnte, und begann: „War Ihr Bruder ein gläubiger Christ?"
„Mehr als das, er war praktizierender Christ."
„Wie ist er mit dem Widerspruch zwischen seinem Glauben und seiner sexuellen Veranlagung umgegangen?"
„Da hat es keinen Widerspruch gegeben. Als junger Erwachsener hat er eine homoerotische Phase ausgelebt, die mehr ein Auflehnen gegen unser Elternhaus war als sonst etwas."
„Können Sie das bitte näher erläutern?"
„Wir stammen aus einem streng katholischen Elternhaus. Der Vater war sehr autoritär in seinen erzieherischen Methoden. Da liegt es freilich in der Natur der Sache, dass man als junger Erwachsener ausbricht und sich auf die Suche nach seinem eigenen Weg macht.

Und vorzugsweise sucht man diesen Weg zuerst einmal im genauen Gegenteil dessen, was die Eltern einem beizubringen versucht haben."
Sabine war beeindruckt von der Klarheit dieser Gedanken und ihrer Formulierung.
Friedrich Weißhaupt fuhr fort. „Nach dem Willen des Vaters sollte Konrad im Anschluss an die Matura den Wehrdienst ableisten und danach ein Studium in Angriff nehmen. Konrad aber wollte erst einmal richtig leben. Das hat freilich zu einem Disput geführt, weil der Vater jede Verzögerung für Zeitverschwendung gehalten hat, ‚dem Herrgott den Tag stehlen', hat er es genannt. Deshalb war Konrad gezwungen, bei Nacht und Nebel das Weite zu suchen."
„Und hat als Schwulenporno-Darsteller angeheuert?"
„Der Vater hat ihn daraufhin verstoßen und in weiterer Folge verleugnet. Ein bitterer Abschiedsbrief von Konrad, von dem Tag, an dem er weggelaufen ist, das war die letzte Art von Kommunikation zwischen den beiden."
„Sie haben aber weiter Kontakt mit ihm gehabt?"
„Zu beiden, ja. Aber keiner wollte über den anderen reden, bis zum Schluss nicht." Friedrich Weißhaupts Augen bekamen einen traurigen Blick, und er senkte die Stimme. „Wenn sie geahnt hätten, wie ähnlich sie einander waren, in ihrer Sturheit."
„Wie ist es mit Ihrem Bruder dann weitergegangen, nach dieser Phase der Auflehnung?"
„Er ist freilich wieder zu Sinnen gekommen. Nach dem Grundwehrdienst ist er für ein paar Jahre beim Militär geblieben und nach seiner Heirat bald in den Kirchendienst eingetreten. Unsere Mutter hat da ihre Beziehungen spielen lassen."
„Trotz seiner Vergangenheit?"

„Meine Mutter war eine sehr gläubige Frau, aber die Familie war ihr wichtiger als alles andere."
„Ich meine die katholische Kirche", korrigierte die Chefinspektorin, „hat es da keine Probleme gegeben wegen der einschlägigen Filme?"
„Von denen hat keiner gewusst und wenn, hat er es für sich behalten." So etwas wie ein Lächeln huschte über Friedrich Weißhaupts Gesicht. „Die siebziger Jahre waren ein verrücktes Jahrzehnt voller Ausschweifungen. Jeder, der da herausgewachsen ist, hat nicht mehr darüber geredet. Konrads fragwürdige Filmkarriere wäre also für alle Zeiten vergessen gewesen – wäre nicht das Internet erfunden worden." Er nahm einen bedächtigen Schluck Kaffee.
Die Kriminalpolizistin hob eine Augenbraue. „Was meinen Sie?"
„Das Internet, vor allem das Web 2.0, hat der Porno-Industrie nicht nur einen neuen Absatzmarkt beschert, sondern auch eine Wiederverwertung alter Filme möglich gemacht. Freilich, die damaligen Aktivitäten meines Bruders sind nur für ein Nischenpublikum interessant, aber unterschätzen Sie diese Community nicht. Vor allem im ländlichen Raum ist Homosexualität nach wie vor nichts, womit man hausieren geht – und in der katholischen Kirche schon gar nicht. Aber die Natur lässt sich nun einmal nicht unterdrücken, und wenn es nicht anders geht, werden die Gelüste eben im dunklen Kämmerchen vor dem Computer gestillt. Na, und wenn da jemand in einem der schönen Schauspieler den jungen Konrad Weißhaupt erkennt, heute hoher Kirchenfunktionär, dann erzählt er das freilich in der Szene weiter. So etwas lässt sich nicht geheim halten."

Eine Pause entstand, in der Friedrich Weißhaupt von seinem Kaffee nippte und die Chefinspektorin den Gedanken weiterspann. „Hat er davon gewusst?", fragte sie schließlich, „dass man darüber munkelt, meine ich."

„Das war ihm natürlich klar, hat ihm aber keine Angst gemacht. Die Verschwiegenheit, die dieser Community eigen ist, hat ihn schließlich geschützt."

„Das verstehe ich nicht ganz", bekannte die Polizistin.

„Na, stellen Sie sich vor, ein Bekannter verrät Ihnen, dass dieser oder jener Politiker schwul wäre. Fragen Sie sich da nicht, woher er das weiß?"

„Stimmt", Sabine lächelte unwillkürlich, „er würde sich damit selbst outen, denn ich müsste ja davon ausgehen, dass er selbst schwul ist."

„Oder Sie würden nicht viel auf sein Gerede geben", ergänzte Friedrich Weißhaupt. „Nein, nein, das Gemunkel der Community hat Konrad keine Sorge bereitet, sehr wohl aber freilich die Möglichkeit, dass es die Community verlassen könnte. Dass ein Insider einem befreundeten Outsider davon erzählt, der sich davon irgendeinen Vorteil verspricht."

Sabine erkannte, dass genau dieser Fall eingetreten war. Landesrat Moritsch hatte durch seine langjährige Freundschaft mit Lorenz Zugang zur Homosexuellenszene gehabt und offenbar seinen Vorteil daraus gezogen.

„Das war wie ein Damoklesschwert über ihm", fuhr Friedrich Weißhaupt fort, „es ist dabei ja freilich nicht nur um seine Arbeit gegangen, sondern um sein ganzes Leben. Er war fest in der katholischen Gemeinschaft in Kärnten integriert, hat sich im Pfarrgemeinderat engagiert – er war Teil des öffentlichen kirchlichen

Lebens. Wenn da herausgekommen wäre, dass er in seiner Jugend ... das wäre freilich einer Ermordung gleichgekommen, schlimmer noch, denn es hätte seine gesamte Familie betroffen."

Die Chefinspektorin schluckte. Der Richter hatte seinem Bruder gerade indirekt ein Mordmotiv gegeben. Friedrich Weißhaupt schien das nun auch zu bemerken, denn er sagte: „Daraus drehen Sie Konrad jetzt aber postum keinen Strick, hören Sie? Wenn Sie ihn gekannt hätten, dann wüssten Sie freilich, dass er eine sensible, sanftmütige Natur war. Der hätte eher Suizid begangen, als die Hand gegen jemand anderen zu erheben, und Sie wissen, was das für einen gläubigen Christen bedeutet." Er lehnte sich wieder nach vorne. „Womit wir bei einem anderen Thema angekommen wären, nämlich beim Ableben meines Bruders. Dass er ein schwaches Herz gehabt hat, war kein Geheimnis, und auch Schwächeanfälle waren keine Seltenheit, namentlich, wenn er sich über irgendetwas erregt hat. Aber ein Herzinfarkt, das ist freilich ein völlig anderes Kaliber. Ich möchte jetzt von Ihnen wissen, Frau Chefinspektor, und zwar detailliert, wie es dazu gekommen ist." Nicht nur die Augen des Richters, auch die seines Rechtsanwalts hafteten auf ihr, schienen auf teuflische Art größer, gnadenloser zu werden.

Sabine schluckte – dann erzählte sie alles. Sie erzählte von ihrer geplanten Taktik, Konrad Weißhaupt mit der ungeschönten Wahrheit zu konfrontieren, um seine Reaktion zu sehen, dass sie dies aber niemals auch nur in Erwägung gezogen hätte, hätte sie von seinem Herzleiden gewusst. Sie erzählte von seinem Kollaps und ihren Maßnahmen und dass sie bis zuletzt

davon überzeugt gewesen sei, Konrad Weißhaupt würde sich von seinem Schwächeanfall erholen. Es sprudelte nur so aus ihr heraus und mehr als nur einmal spürte sie Gruppeninspektor Roths verblüfften, ja beinahe fassungslosen Blick von der Seite her. Sie hätte die Geschehnisse leicht verharmlosen können, immerhin war sie mit Konrad Weißhaupt alleine gewesen, doch Unaufrichtigkeit war ihre Sache nicht. Unabhängig davon hoffte sie, dass die Strafe, die sie bekommen würde, wenn Friedrich Weißhaupt sie bei ihren Vorgesetzten meldete, ihr Schuldgefühl mindern könnte. Denn dass der Kirchenmann wegen ihres Vorgehens gestorben war, stand ja außer Zweifel.
Danach war es still am Tisch, so still, dass die gedämpften Geräusche der anderen Gäste – Gespräche, das Klingeln von Löffeln in Tassen – überlaut zu werden schienen. Sabine saß mit gesenktem Kopf da und wagte nicht, dem Bruder des Toten in die Augen zu sehen. Sie wartete auf sein Urteil wie eine Angeklagte nach den Schlussplädoyers.
Irgendwann räusperte sich jemand, etwas später hörte sie den vollen Bass des Richters. „Sie haben meinen Respekt."
Verwundert blickte sie auf.
„Sie sind ein aufrichtiger Mensch", fuhr Friedrich Weißhaupt fort, „so etwas ist selten. Das relativiert freilich nicht, was Sie getan haben, und dass es ohne Absicht geschehen ist, relativiert nicht die Folgen. Ich bin mir sicher, dass Ihre Vorgesetzten die Angelegenheit den Ereignissen und der Kenntnis Ihrer Person entsprechend behandeln werden." Er sah sie mit einem Blick an, aus dem sie nichts lesen konnte.

„Es tut mir leid“, wisperte sie, „auch wenn das nichts mehr ändert. Aber Sie sollen wissen, dass ich mir das mein Leben lang nicht verzeihen werde.“
Der Blick des Richters war unverändert, als er sagte: „Ich Ihnen auch nicht.“

Sonntag, 14.30 Uhr

Nach dem Termin mit Friedrich Weißhaupt hatte Sabine eine Pause gebraucht. Sie hatte Heinz angerufen und sich in seine Wohnung eingeladen, wo sie sich, auf seiner Couch im Wohnzimmer sitzend, die Last von der Seele geredet hatte. Und während sie das tat, während sie sprach und er ihr zuhörte, bekam sie den Hauch einer Ahnung, was seine Krankheit, die Depression, bedeutete. Was es hieß, einem Druck ausgesetzt zu sein, den man nicht lösen kann, und den Ratschlägen von Menschen, die keine Ahnung hatten, wie es einem ging.

Heinz durchlebte eine halbe Stunde Höllenqualen. Als wäre er mit seinen eigenen Problemen nicht schon überlastet, lud nun auch seine Schwester ihre bei ihm ab. Er spürte, wie die Kraft aus ihm wich. Er war unfähig, wegzugehen oder Sabine auch nur zu sagen, sie solle bitte aufhören, es gehe einfach nicht mehr. Als es vorbei war, fühlte er sich missbraucht. Am liebsten hätte er sich in sein Bett verkrochen und die nächsten Stunden nichts gesehen und nichts gehört, doch die Möglichkeit gab es nicht, er hatte immerhin einen Fall zu lösen.

Und dieser war nach den jüngsten Entwicklungen nicht gerade unkomplizierter geworden. Nachdem Fritz Teppan als Täter ausgeschieden war, war nun, so schien es, auch Konrad Weißhaupt aus dem Rennen. Und selbst wenn er doch der Täter gewesen war, würde es verteufelt schwer werden, ihm den Mord nachzuweisen.

„Wie siehst du die Sache", begann er vage, „ich meine, jetzt, nachdem du mit Weißhaupt und seinem Bruder geredet hast?"

Sabine dachte nach und zuckte mit den Schultern. „Ich weiß es nicht. Konrad Weißhaupt hat gesagt, Landesrat Rudi Moritsch habe ihn nicht erpresst und der Immobilien-Deal sei sauber gewesen, also so, wie es über die Medien kolportiert worden ist. Aber ob das stimmt, ist doch sehr fraglich."

„Du meinst, er hat selbst im Angesicht des Todes noch gelogen?"

„Zu dem Zeitpunkt hat er noch nicht wissen können, dass er sterben würde. Außerdem denk einmal nach: Ich habe ihn mit Gegebenheiten aus seiner Vergangenheit konfrontiert, die ihn in seiner Position absolut erpressbar machen. Würde er da zugeben, dass er tatsächlich erpresst worden ist, würde er sich doch selbst verdächtig machen."

Heinz überlegte, dann fragte er nach: „Du meinst, verdächtig, den Landesrat ermordet zu haben?" Als Sabine nickte, schüttelte er den Kopf. „Nein, im Gegenteil, das würde ihn entlasten."

Sabine starrte ihn an. „Was, wie kommst du denn darauf?"

„Weil er ja schon auf die Erpressung eingegangen ist. Wenn alles so stimmt, wie wir uns das denken, dann

hat Landesrat Moritsch von Konrad Weißhaupt verlangt, dem Immobilien-Deal zuzustimmen, ansonsten werde er dessen homosexuelle Vergangenheit öffentlich machen." Heinz wartete, bis seine Schwester mit einem Kopfnicken signalisierte, ihm folgen zu können. „Weißhaupt hat dem Deal ja zugestimmt. Warum sollte er den Landesrat dann noch ermorden?"
Sabine fuhr sich mit den Händen über das Gesicht und durch ihre Haare. „Verdammt", schrie sie auf, „da soll man nicht irre werden! Vielleicht hat Landesrat Rudi Moritsch ihn danach noch einmal zu erpressen versucht? Vielleicht ... vielleicht ..."
„Wir wissen gar nichts." Heinz lächelte bitter. „Wir haben eine Kette von Ereignissen, deren Glieder sich nicht ineinanderfügen. Und weißt du, warum? Weil wir nach wie vor die Hintergründe nicht kennen, den wahren Grund für den Deal. Warum fährt Landesrat Moritsch so schwere Geschütze auf, um die Kirche dazu zu bringen, ein Grundstück an *Immosorg* zu verkaufen, noch dazu viel zu billig? Die Frage will mir nicht aus dem Kopf gehen."
„Was hast du gegen die Theorie, dass er von *Immosorg* geschmiert worden ist?" Sabine wirkte fast verärgert.
„Weil sein Vorgehen dafür viel zu massiv ist, sogar für einen skrupellosen Kerl wie ihn. Ich sage dir, da steckt etwas anderes dahinter."
„Von mir aus", brummte die Schwester, „aber wer ist unser Mörder? Das muss jetzt wohl Teppan sein, denn meinen Hauptverdächtigen habe ich gekillt, den können wir nicht mehr befragen."
Heinz legte Sabine die Hand auf den Unterarm und schüttelte den Kopf. Er sah, dass sie wusste, was er meinte.

„Wie auch immer“, fuhr sie fort, „ich … ich glaube das Gutmenschen-Gequatsche von dem harmonischen Miteinander, das hunderttausende Euro wert sein soll, keine Sekunde. Wenn’s ums Geld geht …“ Sie ließ den Satz offen.
„Da bin ich voll und ganz bei dir, das kaufe ich auch der Malle nicht ab. Was das angeht, hat sie gleich geklungen wie Landesrat Moritsch und Konrad Weißhaupt. Als wären die drei die Sprachrohre ihrer Pressestellen.“ Heinz fühlte sich verzweifelt, als hätte er in einem Labyrinth die letztmögliche Richtung eingeschlagen und wäre trotzdem wieder zum Ausgangspunkt zurückgekehrt. „Ich habe jetzt nur noch eine Idee“, meinte er schließlich, „aber die ist nicht besonders vielversprechend.“

KAPITEL 12

Sonntag, 15.30 Uhr

Als Heinz in der Seniorenresidenz *Seemoos* eintraf, fand er Frau Moritsch und Doktor Werginz auf der Terrasse vor.

Der Anwalt begrüßte ihn merkbar verstimmt und meinte: „Ich hoffe, Sie haben immens wichtige Neuigkeiten, immerhin haben wir Wochenende."

Heinz reichte Frau Moritsch die Hand, die ihm mit ausdrucksloser Miene entgegensah.

„Wäre es möglich, Herrn Diplomkaufmann Sorger hinzuzubitten?", fragte Heinz und sah zwischen den beiden hin und her. „Ich würde seine Hilfe brauchen."

„Sie brauchen Hilfe von einem Heiminsassen?", meinte Doktor Werginz, „na schön, ich werde schauen, ob ich ihn auftreiben kann."

Heinz ließ sich neben Frau Moritsch nieder, die ihren Blick in die Ferne gerichtet hatte. Er war sich unsicher, ob sie ihn wahrnahm oder gerade eine demente Episode durchlitt, deshalb zog er es vor, nichts zu sagen.

„Haben Sie den Mörder meines Sohnes gefunden?", fragte die alte Frau plötzlich mit glasklarer Stimme.

„Leider nein", bekannte Heinz, „aus diesem Grund bin ich hier. Ich hoffe, dass Sie mir helfen können. Sie und Herr Sorger."

„Wenn ich den Mörder meines Sohnes selbst finden könnte, hätte ich kaum Sie engagiert." Ihre jetzt eisige Stimme ging Heinz durch und durch. „Im Übrigen verbringt der Herr Diplomkaufmann hier seine Pension, was bedeutet, dass er nicht mehr arbeitet."

Heinz war froh, als Doktor Werginz mit Diplomkaufmann Sorger zurückkam. Der alte Mann mit den dürren Gliedmaßen winkte freundlich, als er Heinz sah, er und der Anwalt setzten sich an den Tisch.
„Der Herr Doktor hat gesagt“, begann Sorger, „hat gesagt, Sie brauchen meine Hilfe. Ja, wie kann ich Ihnen helfen, Herr Sablatnig?“
„Wie es scheint“, begann Heinz, „steht der Mord in Zusammenhang mit einem Immobiliengeschäft, das Herr Landesrat Moritsch für die Firma *Immosorg* eingefädelt hat. Mich hat von Anfang an irritiert, warum er sich hier so engagiert hat, wo die Sache mit seinen Agenden doch überhaupt nichts zu tun gehabt hat.“
„Er wird seine Gründe gehabt haben“, kam es eisig von der Mutter.
„Daran zweifle ich nicht. Jetzt ist es allerdings so, dass Herr Weißhaupt, der für die Grundstücksverwaltung der katholischen Kirche in Kärnten zuständig ist, gestern unerwartet verstorben ist.“ Heinz legte eine kurze Pause ein, um die Reaktion der Anwesenden zu beobachten, doch es gab keine. Frau Moritsch starrte nach wie vor geradeaus, Herr Sorger schien ihm zuzuhören, und der Anwalt sah Heinz mit einem eingeschlafenen Gesicht an. „Das soll heißen“, fuhr Heinz fort, „dass ich ihn nicht mehr befragen kann. Da Sie beide, Frau Moritsch und Herr Sorger, die ganze Sache seinerzeit eingefädelt haben, habe ich gehofft, Sie könnten mir sagen, wie diese Angelegenheit zu beurteilen ist, was dahinterstecken könnte.“
„Da müssen Sie die Jungen fragen, die Jungen fragen“, meinte Sorger, und Heinz glaubte, in seiner heiseren Stimme einen Anflug von Unmut herauszuhören. „Ich habe schon seit Jahren nichts mehr mit der operativen

Tätigkeit meines Unternehmens zu schaffen, fragen Sie doch meine Nichte, die kann Ihnen da Auskunft geben."
„Herbert", sagte Frau Moritsch, „wir müssen etwas in der Causa Sankt Magdalen unternehmen."
„Das Problem ist", versuchte es Heinz etwas vorsichtiger an den Diplomkaufmann gerichtet, „dass ich hier auf eine Mauer des Schweigens stoße. Sowohl vom Büro von Landesrat Moritsch als auch von Ihrer Nichte als auch von Seiten der Kirche gibt es dieselbe Antwort: Der Grundstückshandel sei zum Wohle der Kärntnerinnen und Kärntner geschehen."
„Na und", fuhr Sorger hoch, „was stört Sie daran?"
„Herr Sorger, niemand verschenkt eine halbe Million Euro beim Verkauf eines Seegrundstücks. Was auch immer dahintersteckt, das Wohl der Kärntnerinnen und Kärntner ist es nicht."
„Wenn Sie das so genau wissen, was wollen Sie dann von uns?", fragte der alte Mann.
„Einen möglichen Hinweis darauf, was dahintersteckt", beharrte Heinz, „sonst ergibt alles keinen Sinn."
Doktor Werginz stand mit einer solchen Heftigkeit auf, dass sein gusseiserner Stuhl am Boden kreischend nach hinten fuhr und Heinz zusammenzuckte. „Herr Sablatnig, kommen Sie bitte mit."
Heinz folgte ihm ein paar Schritte zu dem verzierten Steinbrunnen.
Dort blieb der Anwalt stehen und fuhr ihn mit gedämpfter Stimme an: „Ich weiß nicht, was Sie hier vorhaben, Herr Sablatnig, aber ich empfinde es als immens unpassend, dass Sie die beiden alten Leute in Ihre Ermittlungsarbeit hineinziehen. Ist das vielleicht Ihre Art, sich aus der Affäre zu ziehen? Die Schuld für Ihr Versagen auf die beiden zu schieben?"

Heinz war vor den Kopf gestoßen, weil seine Absicht offenbar falsch verstanden wurde. „Herr Doktor, die beiden Herrschaften haben das Programm *Landeseigentum gegen Arbeitsplätze* damals ins Leben gerufen“, versuchte er richtigzustellen, „sie haben einen Einblick in die Gesamtaktion, den ich nicht habe. Herr Sorger ist außerdem Mehrheitseigentümer seiner Firma und hat damit Zugriff auf vertrauliche Informationen. Warum soll ich ihn und Frau Moritsch nicht fragen, wenn mich das bei meinen Ermittlungen weiterbringen könnte? Ich soll doch den Fall lösen, oder?“

„Ja, Sie“, es fehlte nur ein Millimeter und Doktor Werginz hätte Heinz auf die Brust getippt, so aber blieb es bei der Andeutung. „Sie sollen den Fall lösen und nicht die beiden alten Leute.“

Heinz' Schultern fielen herab. „Hören Sie mir eigentlich zu?“, fragte er matt.

„Sie hören jetzt mir zu“, entgegnete der Rechtsanwalt, „ich untersage Ihnen, Frau Moritsch, Herrn Diplomkaufmann Sorger oder sonst irgendwen in dieser Residenz mit Ihren Fragen zu belästigen, haben Sie das verstanden? Und bestellen Sie mich erst wieder hierher, wenn Sie einen durchschlagenden Erfolg zu verbuchen haben.“

Heinz starrte in Werginzs Augen, die wiederum ihn anstarrten. Er konnte nicht glauben, was da gerade passierte.

„Und jetzt gehen Sie“, zischte der Anwalt, selbst im Gehen begriffen, „ich werde die Herrschaften von Ihnen grüßen.“

In Heinz tobte das Chaos. Na gut, er war depressiv, hatte Konzentrationsschwächen und Gedächtnislücken, aber das Gefühl, irgendetwas nicht mitbekommen zu haben, das ihn gerade vereinnahmte, war anders. Warum sollte er die Alten nicht um Hilfe bitten? Und warum kanzelte Doktor Werginz ihn so heftig deswegen ab? Er setzte sich in Bewegung, ging von der Terrasse in den Salon und wollte von dort aus weiter in Richtung Ausgang gehen, als ihn ein Zuruf aus seinen Gedanken riss.

„Der Detektiv! Der Detektiv ist da!"

Heinz spürte alle Augen auf sich gerichtet, doch bevor sein Blick den Mann finden konnte, der gerufen hatte, hörte er ein wieherndes Auflachen und wusste Bescheid: Berti Starmann. Er ging zu ihm hin, schüttelte ihm die Hand und führte ein wenig Smalltalk, obwohl er überhaupt keine Lust dazu hatte. Vor allem auch, weil Starmanns lautes Organ die Aufmerksamkeit auf sich zog und er es genoss, ein Publikum zu haben und sei es auch nur, um diesem einen „Detektiv" vorzuführen. Schließlich gelang es Heinz, sich zu lösen und er verließ fluchtartig die noble Residenz.

Die Verwirrung legte sich auch auf dem Nachhauseweg nicht. Im Gegenteil, je mehr er über das soeben Erlebte nachdachte, umso weniger Sinn ergab es. Dass Diplomkaufmann Sorger sich abweisend gezeigt hatte, konnte Heinz eventuell noch verstehen. Zwar war er davon ausgegangen, Sorger werde seiner alten Bekannten – eigentlich Freundin – beistehen wollen, doch vielleicht wollte der Diplomkaufmann wirklich seine Ruhe haben. Aber Frau Moritsch hätte Heinz doch eigentlich bereitwillig helfen müssen, schließlich hatte sie ihn engagiert – und es ging um ihren Sohn. Und Doktor Werginz ... sein Verhalten ergab überhaupt keinen Sinn.

Mehr und mehr hatte Heinz das Gefühl, eine Art Schachfigur zu sein, ein Alibi-Ermittler, der eigentlich gar keine Ergebnisse liefern sollte. Es war, als wären Landesrat Rudi Moritsch und Ines Malle an einer unsauberen Sache beteiligt gewesen und würden dabei von Frau Moritsch und Herrn Sorger gedeckt. Oder ging es um etwas, das schon die Alten in ihrer aktiven Zeit ausgefressen hatten und das nun auch die Jungen noch decken mussten?
Ein Blick auf sein Handy verriet Heinz, dass es vorübergehend noch etwas Akkuladung hatte. Er wollte Sabine anrufen, entdeckte dann aber einen Anruf in Abwesenheit, von einer unbekannten Nummer. Er tippte sie an und lauschte, bis sich eine ihm bekannte Männerstimme meldete:
„Hier ist der automatische Anrufbeantworter des Privatanschlusses von Fritz Teppan. Ich bin derzeit nicht erreichbar. Bitte hinterlassen Sie ...“
Heinz legte auf. Sobald Teppan wieder erreichbar war, würde er sehen, dass Heinz zurückgerufen hatte und seinerseits zurückrufen. Vielleicht war er gerade in diesem Horrortunnel unter Halle 5, dachte Heinz, wo er keinen Empfang hatte. Was er etwa wollte? Heinz konnte sich nicht erinnern, ihm seine Telefonnummer gegeben zu haben, Teppan hatte ihn doch mehr oder weniger mitten im Gespräch stehen gelassen.
Jetzt, als er über dieses Treffen nachdachte, fiel ihm etwas auf, das ihm damals nicht aufgefallen war. Fritz Teppan war ihm gegenüber ablehnend gewesen, angriffslustig, in einer Art aggressiver Verteidigung. Das war unlogisch. Teppan wurde schließlich nicht müde zu behaupten, Rudi Moritsch habe alles getan, um ihn zu demütigen und in den Ruin zu treiben. Nun, da dieser tot war, hätte Teppan

eigentlich froh sein müssen, zumindest erleichtert, vor allem, wenn ein anderer ihn ermordet hatte. Eventuell könnte er ein schlechtes Gewissen haben, weil er dem Landesrat insgeheim den Tod gewünscht hatte und sein Wunsch nun in Erfüllung gegangen war. Ansonsten könnte ihn höchstens die Angst plagen, selbst des Mordes verdächtigt zu werden, weil er nie einen Hehl aus seinem Hass auf den Ermordeten gemacht hatte. Sein Verhalten war aber anders gewesen, als ob der Konflikt zwischen ihm und Landesrat Moritsch noch nicht zu Ende wäre.
Als er gerade durch seine Heimatgemeinde Pörtschach fuhr, riss Heinz der Klingelton seines Handys aus den Gedanken. Es wurde dieselbe Nummer wie zuvor angezeigt, Teppan rief zurück. Heinz lenkte seinen *VW Corrado* an den Straßenrand und hob ab. „Grüß Gott, Herr Teppan, was kann ich ..."
„Sie müssen bitte unbedingt schnell herkommen", unterbrach ihn Teppan mit gehetzter, zittriger Stimme, „es gibt da etwas, das ich Ihnen unbedingt zeigen muss, es duldet keinen Aufschub."
Heinz war, nicht zum ersten Mal an diesem Tag, überrascht. „Worum geht es, bitte?"
„Nicht am Telefon. Kommen Sie, bitte. Sie werden mich verstehen, wenn Sie hier sind, aber bitte kommen Sie schnell."
Heinz überschlug im Kopf die Fahrtzeit, die noch vor ihm stand, und die Suche nach einem Parkplatz. „Ich denke, ich kann es in ungefähr dreißig Minuten schaffen."
„Super", kam es vom anderen Ende der Leitung, „umso schneller desto besser. Sie treffen mich in Halle 5, wie beim letzten Mal. Ich warte am Eingang zum Lager auf Sie."

„Okay, bis gleich." Als Heinz aufgelegt hatte, spürte er sein Herz klopfen, Fritz Teppans Aufregung hatte sich auf ihn übertragen. Aber was konnte er ihm zeigen wollen, das keinen Aufschub duldete? Heinz hatte nicht die geringste Vorstellung, immerhin hatte sich der Mann ja als unschuldig erwiesen. Ob er auf der Messe ein Beweisstück entdeckt hatte? Aber warum rief er dann Heinz an und nicht die Polizei?

Heinz setzt seinen Wagen wieder in Bewegung und spürte, wie sehr ihn die Neugier beflügelte, ebenso wie die Aussicht, möglicherweise einen Hinweis auf die Richtung zu bekommen, in die er weiterermitteln konnte.

Er rief Sabine an, um ihr die letzten Neuigkeiten zu erzählen.

Sonntag, 16.30 Uhr

Heinz war so sauer, er hätte alles um sich herum kurz und klein schlagen können. Zuerst hatte er kreuz und quer fahren müssen, um einen Parkplatz in Messenähe zu bekommen – mit der Hektik im Hinterkopf, die Teppans Anruf in ihm ausgelöst hatte – und nun musste er schon wieder Eintritt zahlen. Als er durch den Haupteingang der Messe schritt, war ihm, als würde ihm Dampf aus den Ohren quellen. Er hoffte inständig, dass Teppans Entdeckung das alles wert war.

Der Weg durch die Messe war für Heinz heute noch anstrengender als sonst. Kein Wunder, es war Sonntagnachmittag, die letzte Rushhour vor Messeschluss. Andauernd rannte ihm wer vor die

Füße oder blieb unvermittelt stehen, andere querten seinen Weg oder kamen ihm in einer Geschwindigkeit entgegen, als wollten sie durch ihn hindurchlaufen. Er wollte nichts weiter, als so schnell wie möglich vom Eingangsfoyer zur Messehalle 5, da machte ihn der Schlenderschritt der Messebesucher schier wahnsinnig.

Seine sengende Wut hielt nicht lange an. Nach nicht einmal einer Minute schlug sie in eine Traurigkeit um, die ihm die Tränen in die Augen trieb. Das hatte er in letzter Zeit schon ein paar Mal erlebt. Irgendeine Ereigniskette löste einen explosionsartigen Wutanfall in ihm aus, der gleich schnell wieder verschwand, wie er gekommen war, und einen Zustand hilfloser Verzweiflung hinterließ. Wenn er allein in seiner Wohnung war, schrie er sich den Zorn hemmungslos von der Seele und schluchzte danach zum Steinerweichen, wobei er sich schäbig fühlte, schwach, selbstmitleidig. Danach befiel ihn dann ein Gefühl der Peinlichkeit seinen Nachbarn gegenüber, die ihn mittlerweile für einen völlig Verrückten halten mussten. In der Öffentlichkeit gelang es ihm, sich zu beherrschen, so wie immer. Das mochte mit ein Grund sein, warum seine Mitmenschen seinen Zustand und sein zurückgezogenes Verhalten nicht verstanden oder lächerlich fanden. Weil sie von außen nicht sahen, wie es in ihm drinnen aussah.

Als er das Tor zum Lager der Halle 5 erreichte, war Heinz heilfroh. Er öffnete den Zugang einen Spaltbreit, schlüpfte hinein und schloss die Tür hinter sich wieder. Bis auf den Lärm der Messe, der

gedämpft von draußen hereindrang, war hier alles still, beinahe unheimlich.
„Hallo?“, rief er und zuckte zusammen, als fast im selben Augenblick Fritz Teppan aus einem der angrenzenden Räume trat.
„Hallo, Herr Sablatnig, da sind Sie ja.“ Er wirkte hektisch und sein Lächeln aufgesetzt, seine Augen schwammen. Er reichte Heinz fahrig eine schwitzende Hand und meinte: „Kommen Sie, wir müssen da nach hinten.“ Er wankte, als er voranging, aber nicht wie ein Betrunkener, sondern wie ein Kranker.
Heinz folgte ihm. Was war los mit dem Kerl? War seine Entdeckung so aufsehenerregend, dass er nicht mehr gerade gehen konnte? Sie bogen um eine Ecke – wenn Heinz sich richtig erinnerte, war das der Weg zum Versorgungstunnel. „Wo gehen wir hin?“ Wenn Teppan ihn in diesen Horror-Bunker bringen wollte, würde Heinz sein Mitgehen verweigern.
„Ich habe es in einem Raum da vorne“, antwortete Teppan über die Schulter, „wir sind gleich da.“
Heinz ließ sich etwas zurückfallen. Wenn das hier eine Falle war, wollte er ausreichend Handlungsspielraum haben. Sein Blick fiel auf Teppans auch heute wieder völlig unpassenden weißen Gürtel. Teppan wirkte zwar nicht wie jemand, der besonderen Wert auf sein modisches Erscheinen legte, aber doch wie jemand, der es verstand, sich vernünftig anzuziehen, im Sinne einer Auswahl zueinanderpassender Kleidungsstücke. Der weiße Gürtel war da ein echter Stilbruch. Vielleicht, überlegte Heinz, war die Wahl des Leibriemens aber gar keine modische Unachtsamkeit seines Trägers, sondern eine Notwendigkeit, weil er keinen passenden hatte? Weil er den passenden

Gürtel irgendwo hatte verschwinden lassen müssen, weil er damit zuvor einen Mann erwürgt hatte? Heinz stellte fest, dass diese Erklärung viel mehr Logik besaß als jede andere.

Er folgte Teppan um eine weitere Ecke.

Aber wie konnte das möglich sein? Klausi Meier hatte ihm doch den Beweis dafür gezeigt, dass Teppan lange genug vor dem Mord nicht mehr in Reichweite seines RFID-Senders gewesen war, um als Täter infrage zu kommen.

Teppan blieb stehen und wies auf eine offene Tür zu seiner Rechten. „So, wir sind da", sagte er, „hier hinein, bitte." Seine Hand zitterte.

Heinz zögerte. Der RFID-Transponder war auf Teppans Diensthandy geklebt und dieses hatte das Messegelände schon vor dem Mord verlassen. Da Teppan unmittelbar nach dem Eklat mit Landesrat Moritsch ein Gespräch mit seiner Frau geführt hatte, musste er sein Handy dabeigehabt haben. Teppan konnte also nicht der Mörder sein, Heinz' Misstrauen war unbegründet.

Er betrat den Raum.

Andererseits ... das Handy, in dem die Nummer seiner Frau eingespeichert war, war ... vermutlich sein Privathandy.

„O Gott", schoss es Heinz in den Kopf.

Montag, 8.30 Uhr

Teppans Wohnung war klein und in einer ungemütlichen Weise unaufgeräumt. Die Rauchschwaden hingen bis auf Augenhöhe herab, als Chefinspektorin Sabine

Oleschko das Vorzimmer betrat, vorbei an Margot Teppan, die ihr die Tür geöffnet hatte.
„Geradeaus, bitte“, sagte die Hausherrin, nachdem Sabine ihre Stiefel an der Garderobe ausgezogen hatte. Die Einrichtung stammte aus den Neunzehnhundertsiebzigerjahren, das verrieten sowohl ihr Stil als auch ihr Zustand. Sabine fragte sich, ob die Teppans diese Wohnung von Margots oder von Fritz' Eltern übernommen hatten, denn sie beide waren bei Weitem nicht alt genug, um sie selbst eingerichtet zu haben. Das kleine Wohnzimmer wurde von einer Couch-Garnitur dominiert, deren braune Stoffbezüge zum Teil durchgewetzt waren. Vor einem großen Fenster mit angeschlossener Balkontür hingen orangefarbene Vorhänge mit großen, stumpf-bunten Ringen, und die Wandfarbe wurde mit zunehmender Höhe immer grauer. Wie als Erklärung dafür ringelte sich eine dünne Rauchfahne von einer Zigarette nach oben. Diese lag in einem Roulette-Aschenbecher, dessen verchromtes Karussell angerostet und dessen Lederimitat um den Aschebehälter herum abgegriffen und speckig war.
„Bitte, nehmen Sie Platz“, murmelte Margot Teppan, als sie hinter der Chefinspektorin den Raum betrat, „möchten Sie einen Kaffee?“
Sabine sah die unterschiedlich getönten, eingetrockneten Ringe zahlloser Gläser und Tassen auf der Oberfläche des niedrigen Couchtischs und lehnte dankend ab. Sie ließ sich auf einen der Sessel nieder.
Frau Teppan setzte sich auf die Couch und griff nach der Zigarette, ihre Bewegungen waren so hastig, dass sie sie kaum in die Finger bekam. Als sie es schließlich geschafft hatte, nahm sie einen tiefen Zug und wurde augenblicklich ruhiger.

Die Chefinspektorin kannte dieses Verhalten aus unzähligen Situationen, viele davon mit Drogensüchtigen. Ein Teil der Sucht war die Angst vor ihrem Verlust.
„Fritz ist gestern nicht nachhause gekommen“, begann Margot Teppan. Ihre großen, dunklen Augen waren ängstlich, als fürchtete sie sich vor der Polizistin oder vor deren Reaktion auf ihre Worte. „Er hebt auch nicht ab, wenn ich ihn anrufe, und er ruft auch nicht zurück.“ Sie hatte heute auf Make-up und Lippenstift verzichtet, selbst ihre frischgefärbten Haare hatte sie nicht frisiert. „Das sieht ihm nicht ähnlich.“
Sabine konnte die Angst der Frau nachvollziehen. Auch Heinz war seit gestern verschwunden und nicht erreichbar. Er hatte sie am Nachmittag angerufen, von seinem Besuch in dieser Nobel-Seniorenresidenz in Velden erzählt und berichtet, dass er auf dem Weg zur Messe sei. Fritz Teppan wolle ihn treffen, um ihm irgendetwas Wichtiges zu zeigen, um das er ein großes Geheimnis mache. Dass Heinz sich danach nicht mehr bei Sabine gemeldet hatte, hatte sie nicht beunruhigt, sie war davon ausgegangen, Heinz würde sich nach diesem Tag ausruhen wollen. Erst Margot Teppans hysterischer Anruf heute Morgen hatte sie in Unruhe versetzt. Nachdem sie Heinz telefonisch nicht erreicht hatte, war sie zu seiner Wohnung gefahren, doch er hatte nicht auf ihr Läuten und Klopfen reagiert.
„Wann haben Sie das letzte Mal von Ihrem Mann gehört?“, fragte Sabine, um einen neutralen Ton bemüht.
„Gestern zu Mittag. Wir telefonieren immer zu Mittag. Kurz.“ Sie zog gierig an der Zigarette.
„Hat er erwähnt, dass er Heinz Sablatnig treffen will, den Berufsdetektiv?“
Frau Teppan schüttelte den Kopf.

„Hat er erwähnt“, fuhr Sabine fort, „dass er irgendeinen Hinweis darauf habe, der zum Mörder von Landesrat Rudi Moritsch führen könnte?“ Sabine hatte sich überlegt, dass möglicherweise der Mörder Teppan dabei überrascht hatte, wie er Heinz einen Beweis gezeigt hatte. Dieser Gedanke, in Verbindung mit dem Verschwinden der beiden Männer, machte ihr Angst.

Margot Teppan schüttelte wieder den Kopf, diesmal so heftig, dass sich ihre Haare noch mehr zerzausten. Sie dämpfte die Kippe aus, dann drückte sie mit Kraft die Schubstange des Aschers nach unten, wodurch sich das Karussell – eine runde Platte, auf der der Zigarettenstummel lag – absenkte und mit einem scheuernden Geräusch zu drehen begann. Durch die Rotation wurden Kippe und Asche von der Platte in den Aschebehälter darunter geschleudert. Das Loslassen der Schubstange brachte die nun geleerte Platte wieder in ihre Ausgangsposition und stoppte die Drehbewegung. „Nein“, sagte die Frau, „aber ich fürchte, er hat ... ich fürchte, er ist ...“ Ihre Augen schnellten zur Chefinspektorin, sie waren voller Angst. Diese überkam ein mulmiges Gefühl. „Was ...?“

Margot Teppan senkte den Kopf und drückte die Handballen auf ihre Augen. „Ich fürchte, Fritz ist etwas Furchtbares zugestoßen“, sagte sie, so schnell, als hätte sie Angst, sie würde nichts sagen, wenn sie auch nur einen Augenblick zögerte.

KAPITEL 13

„Wie bitte?“ Sabine spürte eine Lohe der Angst in sich aufflammen. „Wie kommen Sie darauf?“
„Seit er sich angetrunken hat, habe ich gewusst, dass etwas nicht mit ihm in Ordnung ist“, antwortete Margot Teppan, noch immer mit den Handballen auf ihren Augen, „und er war auch danach so seltsam und wollte nicht darüber reden.“ Ihre letzten Worte gingen fast in Tränen unter.
„Was meinen Sie, was soll ihm denn zugestoßen sein?“
„Ich weiß es nicht“, schluchzte Frau Teppan völlig aufgelöst.
„Warum haben Sie nicht darauf bestanden, dass er Ihnen sagt, was mit ihm los ist?“
„Das wäre nicht gegangen, weil vielleicht ... vielleicht war es ja wegen mir.“
Sabine schob das Kinn nach vorne und verdrehte die Augen. „Beherrschen Sie sich“, ihre Worte klangen in ihren eigenen Ohren wie Gebell, „und erzählen Sie mir alles, ohne Ausnahme, verstanden?“
Frau Teppan nickte ergeben, sie wirkte wie ein gescholtenes Kind. „Ich habe zu Rudi immer ein gutes Verhältnis gehabt“, begann sie, „schon damals, als wir der *Kärntner Jugend* beigetreten sind. Wir waren damals auch kurz zusammen, aber nicht so richtig. Es war mehr so eine jugendliche Vögelei, wir hätten nicht wirklich zusammengepasst.“
„Weiter“, sagte Sabine kalt.
Margot Teppan zog mit spitzen Fingern eine Zigarette aus der Schachtel am Tisch und zündete sie an. Nach dem ersten Zug sprach sie weiter. „Es ist danach viel

passiert, vor allem zwischen ihm und Fritz, aber egal was, ich hab mich mit Rudi immer gut verstanden. Auch wenn Fritz das nicht gern gesehen hat. Und dann, vor ein paar Wochen ... da hat Fritz Rudi verprügelt, und das hat Rudi nicht auf sich sitzen lassen wollen. Er hat dafür gesorgt, dass Fritz aus der Partei ausgeschlossen wird. Das hat Rudi aber nicht gereicht, er hat auch noch eine Klage gegen Fritz eingereicht, wegen Körperverletzung. Das hätte uns finanziell umgebracht – das Gehalt von Fritz reicht ja gerade, um uns über Wasser zu halten. Es sind ja noch Schulden da, von früher." Sie legte eine Pause ein, in der sie an der Zigarette zog, als hänge ihr Leben davon ab.

Die Polizistin sah sich das für eine Weile an, ehe sie erneut befahl: „Weiter."

„Ich ... ich habe Rudi angerufen", fuhr Frau Teppan fort, „ich habe Rudi angerufen und ihn gebeten, er soll die Anzeige fallen lassen. Ich habe ihm erzählt, wie es uns geht ... wenn man sich wegen dem Geld Sorgen macht, leidet ja auch die Beziehung darunter. Er hat gesagt, wir sollten darüber reden und dass er mich zum Essen einlädt. Wir haben uns in Maria Loretto getroffen, in dem Fischrestaurant draußen am Wörthersee. Es war ein so schöner Abend, so romantisch. So etwas haben Fritz und ich uns schon lange nicht mehr leisten können. Rudi hat gesagt, dass er mich versteht und er hat versprochen, dass er sich das mit der Anzeige überlegen will. Und dann ... ich weiß auch nicht wie ... dann sind wir auf unsere gemeinsame Vergangenheit zu sprechen gekommen, wie wir noch jung waren. Es war plötzlich alles so leicht, so unbeschwert, als ob seither keine Zeit vergangen wäre. Nach dem Essen hat Rudi spontan gemeint, wir könnten doch zum

Lendspitz hinübergehen, auf die andere Seite vom Lendkanal. Weil dort, wo die Sattnitz in den See mündet, da gibt's ein Platzerl, wo wir damals als Jugendliche immer nackt gebadet haben und danach ..." Sie starrte mit einem seligen Lächeln vor sich hin.
„Frau Teppan!"
Sabines mahnender Tonfall holten sie in die Gegenwart zurück. „Wir haben uns dort hingesetzt und in Erinnerungen geschwelgt, eng aneinander gekuschelt, wie damals. Und dann hat er mich geküsst. Wie damals. Wie beim ersten Mal. Aber es war nicht so, dass ich meinen Mann betrogen hätte, es war eher ... wie eine Zeitreise, verstehen Sie?"
„Und das war alles?", fragte die Chefinspektorin müde. „Eine Knutscherei?"
Margot Teppan räusperte sich und streifte die Asche von ihrer Zigarette. „Nein, wir ... wir sind danach zu seinem Auto gegangen. Wir haben uns ... wir haben uns vor der Verabredung ja in der Stadt getroffen, damit Fritz nichts davon erfährt und ich bin mit Rudi im Auto mitgefahren, deshalb ... Und dann im Auto, auf dem Weg nachhause, da ist es irgendwie über uns gekommen. Er hat mich gestreichelt und ich ihn und ... und dann ist Rudi beim Strandbad-Parkplatz eingebogen und dort ..." Sie tötete die Zigarette ab und versenkte die Kippe im Aschenbecher. Jede ihrer Bewegungen zitterte. „Am nächsten Tag habe ich es bitter bereut, wirklich! Ich ... ich weiß nicht, wie das hat passieren können, ich bin ja gar nicht der Typ dafür. Ich weiß, wie blöd das klingt, aber es stimmt wirklich: Es ist einfach passiert!"
Sabine atmete tief durch und rieb sich das Gesicht. „Sagen Sie, Frau Teppan", begann sie danach, „haben

Sie eigentlich bis heute nicht kapiert, dass Ihr lieber Freund Rudi Sie an diesem Abend gezielt ausgenutzt hat, um ihrem Mann den letzten Rest seiner Würde zu nehmen?“
Margot Teppan blickte sie mit großen Augen an, sie sah aus wie die Körper gewordene Verblüffung. „Was? Nein, wieso?“

Zeit und Ort unbekannt

„Sie müssen Ihr Erwachsenen-Ich stärken!“ Doktor Leichtfrieds buschiger, hellbrauner Schnurrbart wölbte sich über seinem Grinsen.
Heinz konnte kaum hinsehen, der Schwindel raubte ihm fast den Verstand. Er öffnete die Augen, doch er sah nichts, alles war schwarz.
„Komm heraus, aus deinem Schneckenhaus“, sagte Sabine von irgendwoher, es klang wie ein Kinderreim. Aber warum Sabine?
Wieder öffnete er die Augen, wieder sahen sie nichts. Er bewegte sich, drehte sich herum, stieß mit dem Arm irgendwo an. Mit einem Mal ein greller Schmerz an seinem Hinterkopf, der einen Lichtblitz vor seinen Augen erzeugte, gefolgt von einer entsetzlichen, alles umfassenden Übelkeit. Er würgte, doch es kam nichts herauf, nichts als ein Reizhusten, denn seine Kehle war trocken.
Das Nächste, das Heinz wahrnahm, war, dass er mit einer Gesichtshälfte auf einem kalten Boden lag. Er schnaufte kurzatmig durch die freie Mundhälfte und den freien Nasenflügel, atmete Staub.

Liese Moritsch, die Landesrätin außer Dienst, drehte sich zu ihm, musterte ihn kühl und sagte: „Heinz, die Causa Sankt Magdalen. Zum aller-allerletzten Mal."
Irgendwann war alles ruhig. Still im Innen wie im Außen. Heinz lag noch immer mit dem Gesicht am Boden, konnte sich kaum bewegen. Umständlich zog er den rechten Arm unter seinem Körper hervor, stützte die Hand auf den Boden, dann dasselbe noch einmal mit links. Er drückte seinen Oberkörper hoch, doch sein Kopf schien am Boden zu kleben. Mit Mühe gelang es ihm, ihn zu heben, aber im selben Augenblick riss ihn ein so mächtiger Schwindel mit sich, dass die Arme Kraft und Halt verloren.
Berti Starmanns Gesicht tauchte vor ihm auf, unangenehm nahe. Er grinste ihn an und rief: „Der Herr Detektiv! Wollen Sie nicht in meinem nächsten Film mitspielen, *Sherlock Holmes und der schwule Landesrat*?" Er wieherte. Die Nähe und der Lärm des Regisseurs führten Heinz zum nächsten Brechreiz. Er bäumte sich auf, brach unter dem wieder aufkommenden Schwindel erneut nieder, und sein Magen krampfte sich auf die gefühlte Größe einer Mandarine zusammen.
Dann wieder Stille, Finsternis, sein eigener keuchender Atem. Heinz tastete sich ab, fand sein Handy, führte es vor sein Gesicht und aktivierte das Display. Das plötzliche Aufleuchten verursachte einen stechenden Schmerz an der Rückseite seiner Augäpfel und dieser zu einer weiteren Welle der Übelkeit. Er versuchte, etwas zu erkennen, doch alles drehte sich vor seinen Augen. Er verengte sie zu Schlitzen, um den Lichteinfall zu verringern, dann tippte er sich zu der Taschenlampen-App. Das Aufleuchten auf der Rückseite des Mobil-

telefons war leichter zu ertragen. Er sah einen grauen Betonboden und eine graue Betonwand, an der, knapp über dem Boden, ein Kabelkanal aus grauem Plastik angebracht war. Heinz verdrehte das Handy und ließ den Lichtstrahl dem Kabelkanal folgen, bis sich beide in der Dunkelheit verloren. Er bewegte den Kopf, um ein größeres Sichtfeld zu bekommen, doch der nächste Schwindelanfall rang ihn nieder.

Sein Handy läutete, *Hell's Bells* von AC/DC, sein Klingelton für Verwandte. Er drehte sich im Bett herum zu seinem Nachtkästchen, nahm die Ohrenstöpsel heraus und verfluchte sich selbst, weil er das Telefon gestern nicht abgeschaltet hatte. Sonst ging bei dem verdammten Ding immer der Akku aus, wenn er es brauchte, aber jetzt, wo er es nicht brauchte, funktionierte es einwandfrei.

Sabine war dran. „Ich habe Weißhaupt umgebracht", jubelte sie, „endlich, endlich! Der Immobilien-Deal klappt, juhuu!"

Heinz wollte etwas erwidern, doch er brachte nichts heraus. Er strengte sich an, drückte seine Brust mit den Armen zusammen – und schließlich erwachte er von einem krächzenden Stöhnen einmal mehr in der Dunkelheit.

Er keuchte, nahm all seine Kraft zusammen, rollte zur Seite und hielt inne. Ein pochender Schmerz am Hinterkopf, mehr nicht. Er zog die Beine an und drehte sich zurück, verlagerte sein Gewicht auf Knie und Schienbeine. Der Schwindel überfiel ihn wieder, doch diesmal hielt er in der Bewegung inne und schnaufte, hielt ihn aus. Als die Welle vorüber war, drehte er sich weiter und schaffte es tatsächlich, auf die Knie zu kommen und seinen Oberkörper mit den Händen vom Boden abzustützen. Vorsichtig hob er seine rechte Hand, die noch das Handy hielt. Die linke begann zu zittern, doch sie hielt das Gleichgewicht. Langsam und mit zusammengekniffenen Augen aktivierte Heinz das Display, tippte auf die Taschenlampen-App und richtete den Lichtstrahl nach vorne.

„Au scheiße", entfuhr es ihm flüsternd.

Wie ein riesiges Maul tat sich vor ihm der Wartungstunnel unter Messehalle 5 auf, mit all seinen grässlichen, grauen Kabeln und Rohren, seinem Beton und seinem Staub, die sich allesamt in einer schwarzen Weite verloren. Die Angst, die dieser Anblick Heinz einflößte, lähmte ihn. Er wollte die Taschenlampen-App deaktivieren, doch er wagte nicht, sich zu bewegen. Der nächste Schwindelanfall kam über ihn, zwang ihn nach unten. Auf Knien und Ellbogen, keuchend, rief er die Telefon-App auf und wurde gleich daran erinnert, dass er hier herunten kein Netz hatte. Und als wäre das nicht genug, blendete sich auch noch eine Batterie-Warnung ein, die ihm mitteilte, dass seine Akkuladung auf fünf Prozent gesunken sei. Schnell deaktivierte er die Taschenlampen-App.

Wie war er überhaupt hierhergekommen? Heinz wusste es nicht mehr. Das Letzte, woran er sich erinnerte, war, dass er die Seniorenresidenz *Seemoos* verlassen hatte, mit einem miesen Gefühl.

„Scheiße", keuchte er noch einmal.

Seine einzige Chance war, die Ausgangstür des Wartungstunnels zu erreichen. Aber wie sollte er das bewältigen, ohne zu wissen, wie tief er in dem Tunnel drinnen war und in welche Richtung er sich wenden sollte, ohne Licht und unfähig, aufzustehen? Doch es half nichts, er musste es auf gut Glück versuchen. Er begann, mit den Ellbogen und Knien nach vorne zu robben, Zentimeter für Zentimeter. Bei dem Gedanken, dass er sich geradewegs in den grauenhaften Schlund hineinbewegte, den er im Taschenlampenlicht gesehen hatte, schüttelte es ihn so stark, dass er beinahe zur Seite kippte. Er hielt inne und keuchte, rang mit sich. Es ist nur ein Tunnel, sagte er sich, und ob ich mich in diese Richtung bewege oder in die andere, ist egal. Heinz widerstand der Versuchung, die Taschenlampen-App einzuschalten. Die verbliebenen fünf Prozent Akkuleistung würde er vielleicht noch brauchen, wenn er auf etwas stieß, das sich nicht ertasten ließ.

Er robbte weiter, Zentimeter für Zentimeter, kämpfte gegen Schwindel und Übelkeit an, hielt inne, wenn er glaubte, sich zu verlieren, und kroch weiter, sobald es irgendwie ging. Die Schwindel-Attacken wurden immer schlimmer, bis ihn irgendwann eine davon zu Boden warf.

Als Heinz die Augen öffnete, wusste er nicht, wie lange er weg gewesen war. Er machte sich seine Situation bewusst und wurde von einem Gefühl der Verzweiflung übermannt. Wenn er daran dachte, wie lange der Tunnel war – wie sollte er je zur Tür gelangen, wenn er kaum einen Meter schaffte, bis er wieder zusammenbrach?

Da zog etwas seine Aufmerksamkeit auf sich. Die Fingerspitzen seiner linken Hand, die nach vorne ausgestreckt war, stießen an einen Gegenstand. Mühsam schob er sich nach vorne, nur ein paar Zentimeter, doch das genügte, um mehr zu spüren. Seine Finger ertasteten eine schmale Latte, die quer vor ihm auf dem Boden lag. Doch sie ließ sich nicht bewegen, was daran lag, dass sie, wie Heinz beim Weitertasten erkannte, an einer Längslatte befestigt war ...

Montag, 10 Uhr

In Begleitung von Messedirektor Magister Jürgen Zöcherer bahnte sich Chefinspektorin Sabine Oleschko ihren Weg zwischen den Messeständen hindurch. Die Messe war am Vortag zu Ende gegangen, heute waren die Aussteller am Werk, um ihre Stände abzubauen, ihre Utensilien einzupacken und Schachteln hin- und herzutragen. Die Herbstmesse war in Auflösung begriffen.

Nach ihrem Gespräch mit Margot Teppan war Sabine ins Sicherheitszentrum gefahren und hatte mit Gruppeninspektor Roth die weitere Vorgehensweise besprochen. Sie hatte Messechef Zöcherer angerufen und angekündigt, ihn in etwa einer halben Stunde aufzusuchen, bis dahin solle er nach Möglichkeit herausfinden, wer Fritz Teppan zuletzt gesehen hatte. Dann hatte sie Teppan zur Fahndung ausgeschrieben und sowohl für sein als auch für Heinz' Mobiltelefon eine Handy-Ortung angeordnet. Kaum dass sie auf dem Weg zur Messe war, hatte Zöcherer sie zurückgerufen und gemeint, er habe die fraglichen Leute bereits ausfindig gemacht und werde die Chefinspektorin am Haupteingang abholen.

Der Weg war nicht weit, gleich in der ersten Halle, in die Zöcherer sie führte, stand ein großes Schiebetor offen, hinter dem sich ein Durchgang ins Freie auftat, dessen Außentür jedoch momentan geschlossen war. Hier warteten zwei Männer, ein älterer mit einem geschleckten, grauen Scheitel und einer Brille, deren Gläser die Chefinspektorin an zwei kleine Goldfischgläser erinnerte, und ein junger in einer Arbeits-

montur. Zöcherer stellte den ersten als Inhaber der Grafikagentur vor, für die Fritz Teppan arbeitete, und den anderen als Lageristen.
„Ich habe gestern hier zu tun gehabt", erklärte der jüngere Mann auf die Frage der Polizistin, „da ist Teppan hereingekommen."
„Was hat er hier getan?", fragte Sabine und erntete ein Schulterzucken.
„Keine Ahnung. Ist herumgestanden und hat geschaut. Dann ist er plötzlich weg gewesen. Hat nervös gewirkt."
„Um wie viel Uhr war das?"
Die Augen des Gefragten fuhren nach oben, seine Lippen bewegten sich stumm und seine Finger zählten irgendetwas aneinander ab. „So um zehn vor halb vier", sagte er dann, „ich habe dann ebenfalls weg müssen, deshalb weiß ich es noch."
„Danke." Sabine wandte sich an Teppans Chef. „Was hat Ihr Mitarbeiter hier zu tun gehabt?"
Auch der Grauhaarige zuckte nur mit den Schultern. „Das kann ich Ihnen nicht sagen, ich habe ihn nicht hierhergeschickt."
Der junge Lagerist wurde von einem eintretenden Mann abgelenkt, der ihn ansprach.
„Irgendeine Idee?", fragte die Kriminalpolizistin den Geschäftsführer der Grafikagentur.
Die Augen hinter den Goldfischgläsern rollten einmal hin und einmal her, dann meinte er: „Das Einzige, was mir einfällt, sind die neuen Beschriftungen, die wir für die Versorgungstunnel herstellen sollen. Der Zugang zu einem davon ist hier um die Ecke, aber ich glaube nicht, dass der Fritzi Teppan deshalb hier war."

Sabine wurde von dem Gespräch, das neben ihr geführt wurde und an dem nun auch der Messedirektor beteiligt war, abgelenkt.
„Was ist denn los?“, fragte sie Zöcherer.
„Ein technisches Problem“, erklärte dieser, „einige Aussteller haben keinen Strom und kein Wasser. Das geht schon den ganzen Morgen so.“
Sabine fragte irritiert: „Ist das nicht egal? Die Messe ist eh zu Ende.“
„’Tschuldigung“, warf der junge Lagerist dazwischen, „aber brauchen Sie mich noch?“
Die Chefinspektorin überlegte kurz und schüttelte dann den Kopf. Während sich der Lagerist und der Mann, der vorhin zu ihnen gestoßen war, entfernten, blickte sie den Messechef auffordernd an.
Zöcherer sah ihr in die Augen und erklärte in seiner ruhigen Art: „Die Messe ist zu Ende, schon richtig, aber Strom und Wasser brauchen die Aussteller trotzdem. Manche haben Getränke und Snacks an ihre Kunden ausgegeben und möchten das benutzte Geschirr spülen, um es nicht schmutzig einpacken zu müssen. Andere verwenden beim Standabbau Akkuschrauber und brauchen Strom für die Ersatz-Akkus oder Licht für Feinarbeiten.“
„Ich verstehe schon“, unterbrach Sabine und wandte sich wieder Teppans Chef zu. „Sie haben vorhin von irgendwelchen Beschriftungen gesprochen und dass Sie nicht glauben, dass Herr Teppan deswegen hier war. Wieso nicht?“
„Weil wir weit eiligere Aufträge haben. Das mit den Versorgungstunneln hat Zeit bis nach der Messe.“
„Wann haben Sie ihn zuletzt gesehen.“
„Kurz nach Mittag.“

„Was?“ Die Polizistin starrte ihn an. „Ihr Mitarbeiter verschwindet den ganzen Nachmittag und das ist Ihnen nicht seltsam vorgekommen?“
Die Augen hinter den Brillengläsern schienen aufgequollen zu sein. „Warum sollte es? Jeder von uns hat seine Aufgaben und ist auf dem ganzen Messegelände unterwegs. Wenn es etwas abzustimmen gibt, telefonieren wir miteinander.“
„Und, haben Sie kurz nach Mittag miteinander telefoniert?“ Sabine gab sich keine Mühe, ihre Gehässigkeit zu kaschieren.
„Nein“, erwiderte der Grauhaarige, „aber um fünf nach halb vier war der Fritzi Teppan noch auf der Messe.“
Ihre Blicke stießen in die seinen. „Woher wissen Sie das?“
Teppans Chef zuckte sichtlich zusammen, er stotterte: „Weil ... weil ihn jemand gesehen hat.“
„Wer?“
„Ein Kollege ... aber kein besonders zuverlässiger ... Ich meine, am besten Sie vergessen das gleich wieder, okay?“
Sabine starrte ihn an. „Nein, das ist nicht okay. Ich will wissen, wer Fritz Teppan als Letzter gesehen hat und wenn Sie jemanden kennen, der ihn nach dem jungen Mann aus dem Lager gesehen hat, dann will ich mit ihm reden, wurscht, wie unzuverlässig er ist.“
Der Grauhaarige wollte etwas erwidern, als plötzlich Lärm und Geschrei zu ihnen drang.
„Was ist denn da los?“, fragte Zöcherer rhetorisch und ging in die Richtung des Lärms.
Gleich darauf kam der Lagerist um eine Ecke und rief, am Messedirektor, der Chefinspektorin und dem Grafikagentur-Chef vorbei in die Messehalle hinaus: „Lute, komm her!“

„Was ist denn los?“, wiederholte Jürgen Zöcherer, an den jungen Lageristen gewandt.
„Wir wollten in den Versorgungstunnel hinunter und schauen, wo das Problem mit dem Strom und dem Wasser liegt, aber die Tür ist versperrt.“
Gleich darauf wehte ein Mann mittleren Alters an Sabine vorbei und ging mit dem Lageristen um die Ecke, aus der Letzterer gekommen war.
„Der Lute ist einer unserer Platzmeister“, erklärte der Messedirektor, als er zur Polizistin zurückkam, „er hat die Schlüssel für alle Schlösser auf der Messe.“
Sabine sah Zöcherer an. „Irre ich mich, oder ist da irgendwas nicht in Ordnung?“
„Sagen wir es so: Es ist höchst ungewöhnlich, dass der Versorgungstunnel versperrt ist. Ich könnte Ihnen nicht einmal sagen, welcher Schlüssel zu der Zugangstür passt.“
Die Polizistin wollte den Chef der Grafikagentur weiter befragen, zögerte jedoch. Sie konnte es spüren, irgendetwas stimmte da nicht! „Kommen Sie“, sagte sie schließlich zum Messedirektor und ging in die Richtung, in die die anderen Männer verschwunden waren, „bringen Sie mich zu diesem Tunnel.“
Sie folgte Zöcherer um mehrere Ecken, doch noch bevor sie den Zugang erreicht hatten, kam ihnen ein Gewirr aufgeregter Stimmen entgegen.
Die lauteste unter ihnen rief: „Da liegt einer. Holt die Rettung, da unten liegt einer!“

KAPITEL 14

Montag, 11 Uhr

Ding – ding – ding …

Der helle Klang einer Glocke weckte Fritz Teppan aus einem süßen Schlaf. Er räkelte sich wohlig, die seidige Bettwäsche glitt über seine Haut. In seinem Zimmer war es dunkel, mit Ausnahme der schmalen, waagrechten Schlitze über und unter dem Vorhang. Zwar war er nicht ausgeschlafen, doch fühlte er sich so erholt wie schon lange nicht mehr. Was hatte er gerade geträumt? Er wusste es nicht mehr, aber die zurückgebliebene Ahnung davon fühlte sich an wie das Echo einer Liebeserklärung.

Teppan öffnete die Augen. Er hatte Scheiße gebaut, o ja. Aber das war gestern gewesen. Heute war er ein anderer, ab heute würde alles anders sein, für immer.

Er wuchtete sich über die weiche, nachschwingende Matratze des Boxspring-Bettes an dessen Rand und setzte sich auf. Von draußen vor dem Fenster drang Stimmengewirr herein, Straßenlärm wie vor einhundertfünfzig Jahren, nur ohne Kutschen und Pferde. Ihm war, als hätte man eine Last von ihm genommen, als wäre er neugeboren, unschuldig und neugierig auf die neue Welt, die er betreten hatte. Er stand auf, ging zum Fenster und zog den dicken Vorhang beiseite. Das gleißende Sonnenlicht nahm ihm kurzzeitig die Sicht, aber es fühlte sich angenehm warm an. Wie spät war es eigentlich? Er hatte irgendwann nach Mitternacht in diesem Hotel eingecheckt, völlig ungeplant und aufs Geratewohl. Als sich seine Augen an das Licht gewöhnt hatten, begann sein Herz schneller zu schlagen. Zwei Stockwerke unter ihm führte ein bevölkerter Gehweg am rechten Ufer eines blauen Flusses entlang, rechts davon reihte sich ein villenartiges Gebäude an das nächste. In mittlerer Entfernung schlängelte sich eine geschwungene, überdachte Brücke schräg über den Fluss, an deren hinterem Drittel ein wuchtiger, mittelalterlicher Turm mit Wehrgang und Spitzdach aufragte. Auch wenn Teppan dieses Bild aus diversen Reisewerbungen kannte, hatte der Gesamteindruck, das wirkliche Hiersein einen besonderen Zauber, es war, als befände er sich mitten in einem Märchen.

Er jauchzte auf und sprang wie ein verrückt gewordener Bock in Unterhosen im Zimmer herum – da pochte es an der Tür. Teppan hielt in seinem Veitstanz inne und fragte nach einer Schrecksekunde: „Wer ist da?"

„Kantonspolizei Luzern", kam die Antwort in schweizerischer Sprechweise, „würden Sie bitte die Türe aufmachen?"

Teppans Herz pochte ihm bis in den Hals. Polizei? Wie konnte das sein? Wie hatte die ihn so schnell gefunden?

„Augenblick", stotterte er und suchte seine Kleidung zusammen, die er vergangene Nacht, im Rausch der vermeintlich neu gewonnenen Freiheit, einfach von sich geschleudert hatte. Die Sachen stanken nach Schweiß, nach Angst, aber ihm blieb nichts anderes übrig, als sie anzuziehen, denn sein Koffer war noch nicht ausgepackt.

Als er soweit war, schloss er mit zitternden Fingern die Tür auf. Draußen standen eine attraktive, junge Frau und ein nicht minder attraktiver, junger Mann in Uniform – hellblaues Hemd, dunkelblaue Hose – und salutierten. Sie wirkten freundlich, wie nette Leute in einer Bar mit einem flotten Spruch auf den Lippen, aber in einer für Fritz Teppan nicht näher erklärbaren Form unerbittlich.

„Würden Sie bitte mit uns mitkommen." Der junge Polizist stellte die Frage ohne Fragezeichen.

„Wieso, was ist denn los?"

„Es liegt ein Haftbefehl gegen Sie vor", sagte die Polizistin in einem Small-Talk-Ton, der Teppan irritierte. Sein Herz begann zu rasen. „Gegen mich?" Er hörte die Hysterie in seiner eigenen Stimme. „Ja, aber wieso denn?"

„Das fragen Sie bitte nicht uns, das fragen Sie Interpol", sagte der Polizist und streckte die Hand nach ihm aus.

Montag, 18.30 Uhr

Die beiden Polizisten hatten Fritz Teppan Handschellen angelegt, ihn aus dem Hotel geführt und in einen Funkstreifenwagen gesteckt, einen silbergrauen *BMW 5er Touring* mit reflektierender, orangefarbener Streifenbeklebung und einem schmalen Warnlichtbalken auf dem Dach. Sie waren auf einer Straßenbrücke über den Fluss gefahren, der sich linker Hand zu einem See erweiterte, rechts hatte Teppan die Brücke mit dem mittelalterlichen Turm gesehen. Gleich am anderen Ufer war der Bahnhof gelegen, auf dessen Parkplatz sie eingebogen waren. Seine beiden Begleiter hatten ihn zum Polizeiposten am Bahnhof gebracht und ihn dort in ein kleines, kahles Zimmer mit einem kleinen Tisch und ein paar nüchternen Stühlen gesteckt. Er hatte sie immer wieder gefragt, was denn los sei, was mit ihm geschehen werde und Ähnliches, doch die Antwort war immer nur Schweigen gewesen. Im Laufe der Stunden hatte er noch andere Polizistinnen und Polizisten zu Gesicht bekommen, sie waren immer wieder in seine „Zelle" gekommen und hatten ihm Wasser gebracht, Kaffee und sogar einen Snack. Doch da Teppan nicht gewusst hatte, worauf er wartete, war ihm jede Minute wie eine Ewigkeit vorgekommen.

In Begleitung von zwei Beamten der Luzerner Kantonspolizei betrat Chefinspektorin Sabine Oleschko ein Anhaltezimmer des Polizeipostens am Bahnhof von Luzern. In dem einen Moment, in dem Fritz Teppan sie erkannte, spiegelten sich mehr Gefühle in seinem Blick, als sie den ganzen Tag über gehabt hatte – und das mochte etwas heißen, nach diesem Tag!
„Sie?", hauchte er.
Sabine erwiderte nichts. Heute Vormittag, nicht einmal anderthalb Stunden, nachdem sie die Fahndung eingeleitet hatte, hatte man Fritz Teppan lokalisiert und festgenommen. Das war die gute Nachricht gewesen. Die schlechte war, dass er sich in Luzern aufhielt, was bedeutete, dass sie möglichst rasch in die Schweiz reisen musste, um ihn zu befragen. Wenn sie etwas noch mehr hasste als Dienstreisen, dann waren es unvorhergesehene, spontane Dienstreisen. Sie warf rasch Toilettenartikel und Wechselwäsche für eine Übernachtung in ihren Trolley und hetzte zum Klagenfurter Flughafen, wo kurz vor halb eins ihre Maschine nach Köln startete. Dort angekommen, leitete der Pilot unmittelbar nach dem Aufsetzen ein so brutales Bremsmanöver ein, dass der Flieger

dröhnte und zitterte, als würde er jedem Augenblick auseinanderbrechen. Für mehrere Sekunden spürte Sabine das Trägheitsgesetz am eigenen Leib, sie glaubte, in ihrem Sicherheitsgurt waagrecht nach vorne zu hängen. Dann stoppte das Bremsmanöver abrupt und ebenso abrupt vollzog das Flugzeug eine Rechtskurve, so dass der Rumpf gefährlich weit nach links kippte. Doch alles ging gut, offenbar hatte der Pilot zu spät aufgesetzt und so stark in die Eisen getreten, um die Ausfahrt zum richtigen Gate nicht zu verpassen.

Die anderthalb Stunden Wartezeit auf ihren Anschlussflug verbrachte Sabine an der Theke eines Cafés, dessen junge Angestellte so laut miteinander scherzten und lachten, dass sie die Wünsche ihrer Gäste nur mehr oder weniger zufällig in Atempausen mitbekamen.

Der Weiterflug verlief ohne Zwischenfälle, und Sabine kam pünktlich um kurz vor halb fünf in Zürich an, doch es dauerte eine geschlagene halbe Stunde, bis sie vom riesigen Flughafengelände zum angeschlossenen Bahnhof und in den nächsten Zug nach Luzern gelangte. Die Fahrt durch die Schweizer Kantone, vorbei am Zürich- und am Zugersee, war landschaftlich wunderschön, aber freilich fehlte der Klagenfurter Polizistin heute jeglicher Sinn dafür. Die Eisenbahnfahrt hatte noch einmal rund anderthalb Stunden gedauert, und Sabine hatte im Stillen Gott dafür gedankt, dass ihre Schweizer Kollegen Teppan zum Polizeiposten am Bahnhof gebracht hatten, so dass sie nicht auch noch in Luzern herumgurken musste.

Die Chefinspektorin war also müde und ziemlich mies drauf, als sie Fritz Teppan in diesem kleinen, kahlen

Raum antraf, die Hände in Handschellen auf dem Tisch und mit einem Dackelblick im Gesicht. Die beiden Luzerner Kollegen zogen Stühle heran und alle drei setzten sich Teppan gegenüber. Einer der Schweizer stellte einen Voicerecorder auf den Tisch, schaltete ihn ein und leierte die Einleitungsfloskel herunter, bestehend aus Datum und Uhrzeit sowie den Namen des zu Befragenden und der anwesenden Beamten. Dann fügte er noch hinzu, diese Befragung finde im Zuge eines Amtshilfeverfahrens statt und endigte mit einer auffordernden Geste, die Chefinspektorin Oleschko bedeutete, sie solle beginnen – was diese sich nicht zweimal sagen ließ.

„Herr Teppan, wir wissen beide, warum wir hier sind. Ich schlage vor, wir sparen uns das Katz-und-Maus-Spiel und Sie erzählen einfach, was passiert ist."

Fritz Teppan starrte sie mit großen Augen an. Ihre Worte schienen ihn zu beeindrucken, denn er schluckte nur einmal, nickte kurz und begann. „Ich ... ich habe es getan. Ich habe den Rudi umgebracht, diesen ... Landesrat Rudi Moritsch. Ich wollte es nicht, aber ... es ist einfach über mich gekommen, als ... Ich habe Ihnen ja von unserer gemeinsamen Vergangenheit erzählt, von Rudi und meiner? Dass er mich jahrelang gequält hat, wo es ihm nur möglich war? Am vergangenen Mittwoch hat er den Bogen überspannt. Auf der Messe, am Ausstellerabend, hat er mich angehalten und mich provoziert. Mir war klar, dass er mich dazu bringen will, ihn wieder anzugreifen, damit sein Anwalt dann vor Gericht die Höchststrafe verlangen kann. Deshalb bin ich nicht darauf eingestiegen, doch dann ... dann hat er mir das mit Margot gesagt, dass er mit ihr auf dem Beifahrersitz ..."

Teppan senkte das Gesicht in die Hände, die Kette der Handschellen klirrte leicht. Er schluchzte, atmete dann aber tief durch, nahm einen Schluck Wasser und fuhr fort. „Ich kann gar nicht sagen, was da in mir vorgegangen ist. Nach allem, was mir der Saukerl schon angetan hat, treibt er's auch noch mit meiner Frau, ich meine: Wie viel muss ich denn noch ertragen? Ich hab die Tafeln, die ich mitgehabt habe, in eine Ecke gestellt und bin aus der Halle hinausgegangen, in das Stiegenhaus, wo es ruhiger war. Dort habe ich Margot angerufen. Während wir telefoniert haben, bin ich immer den Leuten ausgewichen, die zufällig vorbeigekommen sind. Auf die Art bin ich im Zwischenstock gelandet, wo man von beiden Treppen aus zu den Toiletten gelangt. Margot hat sich dumm gestellt. Ich habe gefragt, ob sie mit Rudi geschlafen hat, und sie hat nein gesagt. Aber sie hat gezögert, lange gezögert. So lange zögert sie nicht, wenn sie nein meint, ich kenne meine Frau. Sie hat mit ihm geschlafen, diese ..." Er schluchzte wieder. „Das ... das war dann der Tropfen, der das Fass zum Überlaufen gebracht hat, die letzte, die schlimmste aller Demütigungen."
Fritz Teppan hielt inne und seine Augen starrten in die Vergangenheit. „Und trotzdem", sprach er schließlich weiter, „vielleicht wäre überhaupt nichts passiert, wenn Rudi nicht genau in dem Moment aufs Klo gegangen wäre. Ich habe mit Margot telefoniert, habe das Handy am Ohr gehabt und dann habe ich Rudi gesehen, wie er von der anderen Seite des Ganges daherkommt, ohne mich wahrzunehmen, und die Toilette betritt. Da hat irgendwas in mir ausgesetzt, da war ich plötzlich wie ferngesteuert. Ich habe aufgelegt und

bin ihm nachgegangen. Rudi ist an einem der Pissoirs gestanden, ganz hinten. Ich bin auf ihn zugegangen und meine Hände haben meinen Gürtel aus der Hose gezogen, so … so ohne Absicht, so automatisch.
Und dann, als ich nähergekommen bin, näher als jemand, der nur zufällig ebenfalls pinkeln muss, hat Rudi aufgesehen. Sowie er mich erkannt hat, hat er einen schadenfrohen Blick aufgesetzt – aber nur kurz. Er hat in meinen Augen gesehen, was es geschlagen hat, in meinen Bewegungen. Aber da war es zu spät, da war ich schon zu nahe an ihm dran.
Ich sehe ihn jetzt noch vor mir, diesen plötzlichen stutzigen Ausdruck in seinen Augen und die Angst.
Er hat die Hände gehoben, um mich abzuwehren, aber da habe ich ihm schon den Gürtel über den Kopf geworfen und beidhändig zugezogen, so fest es nur gegangen ist. In der Rangelei sind wir beide zu Boden gegangen und Rudi hat versucht, seine Finger zwischen Gürtel und Hals zu kriegen, um den Druck irgendwie zu lockern, aber er hat keine Chance gehabt. Ich habe ihn in eine Toilettenkabine gezerrt und die Tür mit dem Fuß hinter mir zugezogen.
Es hat eine Ewigkeit gedauert, bis der Rudi endlich zu zappeln aufgehört hat und ich … ich kann es nicht anders sagen, als dass ich mich gut dabei gefühlt habe, stark! Endlich habe ich einmal die Oberhand über diesen Scheißkerl gehabt, es war befriedigend, es war richtig, es war … eine Genugtuung.
Und dann, wie das Zucken und Röcheln weniger geworden ist, sind draußen zwei Männer in die Toilette gekommen und haben sich an die Pissoirs gestellt. Die waren gut aufgelegt, haben laut über ihre blöden Sprüche gelacht. Rudi hat ein letztes Mal mit dem Fuß

gegen die Wand von der Toilettenkabine getreten, so dass es gewummert hat. Da waren die beiden draußen kurz still und der Rudi hat noch diese Würgegeräusche von sich gegeben.

Ich habe gedacht, okay, jetzt werden sie die Polizei rufen und die wird mich verhaften, aber das war mir egal. Ich habe gewusst, dass jetzt keiner mehr rechtzeitig kommt, um dem Rudi noch das Leben zu retten.

Aber nichts Dergleichen ist passiert. ‚Na ja, wenn's einen überkommt, dann muss man den Druck rauslassen, nicht wahr?', hat der eine gesagt und der andere hat gerufen: ‚Lass dich nur nicht stören!' Dann haben sie gelacht und kurze Zeit später sind sie wieder gegangen.

Und irgendwann ... irgendwann war es dann endlich vorbei mit dem Rudi. Kein Zucken und Keuchen mehr, nur noch starre Augen und die aufgequollene Zunge. Ich habe ihn so gehasst! Auch als er schon tot war, mit seinem angeschwollenen Gesicht, habe ich ihn noch gehasst. Ich habe ihn hochgezogen, habe ihn mit dem Kopf voraus in die Kloschüssel gestopft und den Spülknopf gedrückt und dann noch einmal und dann noch einmal. Ich wollte dieses Stück Scheiße hinunterspülen, weg aus meinem Leben, weg von diesem Planeten!" Teppan zitterte am ganzen Körper und atmete schwer. Seine Augen waren weit aufgerissen und quollen aus seinem hochroten Kopf.

„Irgendwann", begann er schließlich wieder, und seine Stimme klang mit einem Mal wie die eines alten Mannes, „war es vorbei. Ich bin auf den Boden gesunken und der Rudi auch. Dann bin ich gegangen. Das Einzige, was ich gedacht habe, war, den Gürtel muss ich mitnehmen, wegen der Spuren, und die Tür zur Klokabine muss ich zumachen, damit sie den Rudi erst möglichst spät finden. Damit ich genug Zeit habe zum Abhauen.

Ich wollte nur noch weg, weg, weg. Ich bin runter vom Messegelände und zu meinem Auto gelaufen. Normalerweise stelle ich es im Parkhaus ab, aber an dem Tag war alles zugeparkt gewesen, da bin ich ein paar Straßen weiter gestanden. Und dann bin ich nach Köttmannsdorf gefahren, zu meiner Druckerei. Zu meiner ehemaligen Druckerei.

Ich kann gar nicht sagen, warum, ich war kopflos, ich wollte nur weg von dem, was ich getan habe. Unterwegs habe ich bei einer abgelegenen Bushaltestelle angehalten und den Gürtel in den Papierkorb gestopft, feste, unter den anderen Müll hinein.

Ich glaube, richtig zu mir gekommen bin ich erst wieder, wie ich bei der Druckerei angekommen bin. Wie ich die Halle gesehen habe, ist mir bewusst geworden, dass mir hier nichts mehr gehört. Dass mir im Grunde gar nichts mehr gehört, was ich irgendwann gehabt habe, eine Frau, ein reines Gewissen, die Freiheit – eigentlich mein ganzes Leben.

Ich bin in mein altes Stammlokal gegangen, wo ich all die Jahre, in denen ich in der Druckerei gearbeitet habe, zuerst für meinen Vater und später als Chef, Mittagessen war. Den Wirt dort kenne ich, seit ich Lehrling gewesen bin, so wie ich die Druckerei hat er das Wirtshaus von seinem Vater übernommen. Er hat natürlich gemerkt, das mit mir was nicht stimmt, aber ich habe ihn davon überzeugen können, dass es nur die Wehmut ist, die mich nach Köttmannsdorf getrieben hat, die Sehnsucht nach meiner alten Druckerei.

Dann habe ich den ersten Schnaps bestellt. Ich weiß noch, dass wir in Erinnerungen geschwelgt haben, aber es hat nicht lange gedauert bis zum Blackout. Ich bin den Alkohol nicht gewöhnt und dann die hohe Dosis, die ganze Aufregung ..." Fritz Teppan sank in sich zusammen, die Hände unter der Tischplatte, das Gesicht knapp darüber.

„Sollen wir eine Pause machen?", fragte Chefinspektorin Oleschko nach einer Weile.

Er schüttelte den Kopf, richtete sich auf und atmete tief durch. „Die vergangenen Tage waren für mich der Horror. Der Kater war entsetzlich und dann noch mein emotionaler Ausnahmezustand ...

Nachdem Sie mich befragt haben, Frau Chefinspektor, habe ich das Gefühl gehabt, dass ich nicht unter Verdacht stehe. Das hat alles ein bisschen leichter gemacht. Wenn man mit Straftaten nie was am Hut hat, glaubt man, dass man sofort erwischt wird, wenn man einmal etwas verbricht. Und dann noch dazu Mord ... jedenfalls ist mir da zum ersten Mal überhaupt der Gedanke gekommen, dass ich – möglicherweise – ohne Strafe davonkommen könnte.

Aber das hat nichts daran geändert, was ich getan habe. Verstehen Sie mich nicht falsch, es tut mir nicht leid um den Rudi, diesen Dreckskerl, aber dass ich fähig bin, mit meinen Händen ...", Teppan führte die Fäuste über Kreuz, als zöge er einen Gürtel zusammen. „Das hat mich fertig gemacht, das hat mich ausgehöhlt. Und dann ist der Sablatnig aufgetaucht, dieser Privatdetektiv. Im Auftrag von Rudis Mutter, von der ich gedacht habe, sie ist längst schon in der Hölle. Von da an habe ich gewusst, dass ich nie mehr Ruhe haben werde. Denn wenn sich die alte Moritsch

was in den Kopf setzt, dann kriegt sie es auch, das war schon immer so.
Ich ... ich habe noch zwei Tage lang hin und her überlegt, was ich tun könnte, aber irgendwann bin ich doch in der Wirklichkeit aufgeschlagen: Das Leben, wie ich es gekannt habe, war zu Ende und ein Neuanfang war nur möglich, wenn ich alles hinter mir lassen würde.
Aber das würde nicht gehen, nicht so lange dieser Sablatnig hinter mir her war. Seit der die Frenzen gerettet hat, weiß ja alle Welt, was der für ein Wolf ist. Und so, wie er mit mir geredet hat, habe ich gleich gewusst, dass er mich in Verdacht hat. Mir war klar, dass wenn ich wie geplant einfach verschwinden würde, er das als Schuldeingeständnis ansehen und nach mir suchen würde. Und er würde niemals aufgeben, vor allem, wenn die alte Moritsch dahintersteht."
„Und dass die Polizei Sie schnappen könnte, haben Sie nicht befürchtet?" Sabine hatte sich diese Frage nicht verkneifen können.
Teppan schüttelte lachend den Kopf. „Nein, das habe ich tatsächlich nicht. Verrückt, oder? Ich habe nur die alte Moritsch gesehen und ihren Superdetektiv."
Sabine verzog nur kurz das Gesicht. „Sie haben also Angst gehabt, dass er Sie finden würde, wenn Sie untertauchen?"
„Ja, eher als die Polizei. Er hat irgendetwas an sich gehabt ... mir ist es so vorgekommen: Die Polizei muss den Mörder finden, aber er will es. Ich ... ich habe ihn ausschalten müssen, ihn erledigen. Ich wollte es nicht tun, aber es ist immerhin um mein Leben gegangen. Und wenn man schon einmal gemordet hat ... der Gedanke, es ein zweites Mal zu tun, war gar nicht so erschreckend, wie ich zuerst gedacht habe.

Ich habe ihn auf die Messe gelockt, habe ihm gesagt, ich hätte eine aufsehenerregende Entdeckung gemacht. Näheres habe ich nicht verraten, aber mir war klar, dass er glauben werde, es gehe um eine Spur zu Rudis Mörder. Ich habe gewusst, er würde nicht widerstehen können, er hätte es sich gar nicht erlauben können, nicht zu kommen. Ich habe eine Rohrzange genommen, eine von den großen, einen Meter langen. Die habe ich in einem Raum im Lager gleich neben die Tür hingestellt. Dorthin habe ich ihn dann gelockt, mir die Rohrzange geschnappt und ihm ... mit aller Kraft ...“ Seine Hände zeigten eine ausholende Bewegung. „Ich habe den Raum deshalb gewählt, weil er in der Nähe vom Abgang zu einem Versorgungstunnel gelegen ist, damit ich die Leiche schnell dorthin bringen kann. Ich habe den Sablatnig in den Tunnel hineingeschleppt, dann habe ich die Tür verschlossen und bin abgehauen. Mein Wagen war vollgetankt und mit allem bepackt, was ich mitnehmen wollte, und so bin ich losgefahren, ohne mich noch einmal umzusehen.“

„Warum in den Versorgungstunnel?“, fragte Sabine.

„Ich habe Zeit gebraucht. Umso später man die Leiche finden würde, desto weiter weg würde ich sein. Heute haben die Aussteller ihre Stände abgebaut, da haben sie Strom und Wasser gebraucht, das heißt, vor morgen hat niemand einen Grund, in den Versorgungstunnel hinunterzugehen, um irgendwelche Leitungen zu schließen.

Wenn Sie Ihre Kollegen daheim benachrichtigen wollen: Es ist der Versorgungstunnel unter Halle 5, dort liegt die Leiche. Die Mordwaffe ist auch dort, in einer Werkzeugkiste, gleich neben dem Eingang. Wundern

Sie sich aber nicht, wenn Sie keine Fingerabdrücke darauf finden, dafür habe ich gesorgt.“ Er grinste Chefinspektorin Oleschko an, als erwartete er eine anerkennende Reaktion von ihr.
Sie gab ihm keine, sie fragte nur: „Und warum fliehen Sie ausgerechnet in die Schweiz?“
Teppan zuckte mit den Schultern und meinte, als würde ihn dies vor einer Auslieferung nach Österreich bewahren: „Weil die Schweiz kein Mitglied der Europäischen Union ist.“

KAPITEL 15

Dienstag, 15.30 Uhr

Wieder einmal wartete Sabine vor dem Eingang zu einer Intensivstation des Klinikums Klagenfurt, wenn auch diesmal in einer anderen Abteilung. Es war der frühestmögliche Termin, um ihren Bruder zu besuchen, denn bis vor zwanzig Minuten war sie noch im Zug gesessen.

Gestern am späten Abend war sie noch nach Zürich zurückgefahren und hatte sich ein Hotel genommen, um heute den Morgenzug um 6.40 Uhr zu erreichen. In Salzburg hätte sie beinahe ihren Anschlusszug verpasst, da dieser neun Minuten nach der planmäßigen Ankunft ihres Zuges abfuhr und ihr Zug Verspätung hatte. Doch offenbar fuhren ausreichend viele Passagiere in Richtung Kärnten, so dass der Anschlusszug auf diese wartete.

Acht Stunden und dreiunddreißig Minuten war tatsächlich die kürzeste Reisedauer mit öffentlichen Verkehrsmitteln gewesen. Der Rückweg per Flugzeug hätte sage und schreibe zweiundzwanzig Stunden und fünfundvierzig Minuten gedauert und sie durch halb Europa geführt: von Zürich nach Madrid, von Madrid nach London und von London schließlich nach Klagenfurt.

Aber das war nun vorbei. Fritz Teppan würde nach Erledigung der ganzen Formalitäten nach Klagenfurt geholt und hier in Untersuchungshaft genommen werden, der Rest war Sache der Justiz.

Während der Bahnfahrt hatte Sabine im Klinikum Klagenfurt angerufen und erfahren, dass Heinz mittlerweile außer Lebensgefahr sei. Nachdem der Lagerist und der Platzmeister ihn leblos im Versorgungstunnel gefunden hatten, hatte ihn die Rettung ins Klinikum gebracht, wo man ihn in künstlichen Tiefschlaf versetzt hatte. Bei der nachfolgenden Untersuchung hatten die Mediziner eine schwere Platzwunde mit Knochenfraktur am Hinterkopf festgestellt, sowie ein schweres Schädel-Hirn-Trauma mit Verletzungen der Gehirnhaut und einer leichten Gehirnblutung. Eine Operation war zu diesem Zeitpunkt nicht zwingend notwendig gewesen, die Ärzte wollten daher abwarten, wie sich die Gehirnblutung entwickeln würde.

Heute war Entwarnung gegeben worden, die Blutungen hatten sich nicht ausgeweitet, womit sich die Gehirnquetschung in Grenzen hielt und keine Operation zur Druckentlastung nötig war. Im Normalfall würde sich der Körper selbst regenerieren, doch Heinz musste bis auf Weiteres unter Beobachtung bleiben und zumindest heute noch auf der Intensivstation.

Endlich kam die Ärztin, auf die Sabine gewartet hatte, und führte sie in die Intensivstation, zu Heinz' Bett. Dieses war durch einen Vorhang von dem eines anderen Patienten getrennt, der der Tür näher lag – und entsetzliche Schnittwunden im Gesicht hatte, die so aussahen, als wären sie nur grob zusammengenäht worden.

Auch Heinz sah nicht gut aus. Sein Kopf war weiß bandagiert, und er hatte ein OP-Hemd an, unter dem sich Kabel herauswanden, die wohl an seiner Brust befestigt waren. Sein in letzter Zeit ohnehin mageres Gesicht war eingefallen und grau, und er hatte dunkle Ringe unter den Augen. Aus seiner Nase ragten Schläuche, und in seiner Armbeuge steckte eine

Plastikkanüle mit mehreren Eingängen. In einen davon führte der Schlauch eines transparenten Infusionsbeutels, der am Galgen über dem Bett vor sich hin tröpfelte. Die piepsenden und blinkenden Apparaturen hinter dem Kopfende des Bettes, in denen die Schläuche und Kabel von Heinz' Kopf und Brust zusammenliefen, trugen zum erschreckenden Gesamtbild bei.
Sabine sah die Ärztin fragend an und diese lächelte ihr auffordernd zu.
„Sie können mit ihm sprechen, er schläft nur." Die Medizinerin strich Heinz über den Arm und raunte ihm zu, er solle aufwachen.
Heinz schnaufte und räkelte sich langsam mit schmerzverzerrtem Gesicht. Es schien eine Ewigkeit zu dauern, bis er die Augen aufbekam. Als es soweit war, schielte er fürchterlich, doch das legte sich gleich wieder. „Sabine", raunte er, als er seine Schwester erkannte, „wie geht es dir?"
Sie lächelte. „Das sollte ich eigentlich dich fragen."
„Dann tu es doch."
Die Ärztin ließ die beiden alleine.
„Wie geht es dir?"
„Nicht so gut, wie ich aussehe."
„Du siehst beschissen aus."
„Dann kannst du dir vorstellen, wie es mir erst geht."
„Ist dir eigentlich klar, dass ich dich jedes Mal im Krankenhaus besuchen muss, wenn du einen Fall annimmst, der mit Mord zu tun hat?"
„Ja. Aber ist dir klar, dass du mir das jedes Mal vorwirfst?" Heinz lächelte schwach. „Gibt es nichts Neues?"
„Doch. Es ist vorbei."
„Was ist vorbei?"

„Unser Fall. Wir haben Fritz Teppan aufgespürt und verhaftet. Er hat alles gestanden."
„Wieso aufgespürt? War er weg?"
Sabine erzählte in groben Zügen, was seit gestern Morgen alles geschehen war.
„Da habe ich ja einiges verschlafen", meinte Heinz.
„Du hast Glück gehabt, Teppan wollte dich eigentlich umbringen ..."
„Das wundert mich nicht, so wie der zugeschlagen hat."
„... und auf der Messe hat's Probleme mit Strom und Wasser gegeben, deswegen haben sie im Versorgungstunnel nachgeschaut. Ansonsten würdest du immer noch da unten liegen und wärst inzwischen wahrscheinlich mausetot."
Heinz' Augen wurden starr, dann schien er sich an etwas zu erinnern. „Mit Glück hat das nichts zu tun", raunte er, „ich war es, der Hilfe geholt hat."
„Was? Wie denn? Mit dem Handy?"
„Ich habe Signale gegeben."
Sabine nahm an, dass Heinz phantasierte. Der Arzt, mit dem sie heute telefoniert hatte, hatte angekündigt, dass so etwas vorkommen könne.
„Ich bin irgendwann zu Bewusstsein gekommen, da unten", fuhr Heinz inzwischen fort. „Zuerst habe ich angenommen, ich sei in einem Alptraum gefangen. Ich glaube echt, ich habe mich in meinem ganzen Leben noch nie so schlecht gefühlt! Irgendwie bin ich kurzzeitig klarer geworden und habe begriffen, wo ich bin. Ich wollte zum Ausgang gelangen, aber mein Kreislauf hat nicht mitgemacht, oder war es verletzungsbedingt, jedenfalls habe ich nicht aufstehen können. Ich bin auf allen vieren dahin-

geschwankt, aber nicht lange, weil der Schwindel immer schlimmer geworden ist. Ich hätte wohl aufgegeben, wenn ich nicht einen Lattenrost erreicht hätte."
„Einen Lattenrost?"
„Ich war ja vorher schon einmal in dem Tunnel", erklärte Heinz, „da ist mir aufgefallen, dass vor den Stromverteilerkästen Lattenroste liegen. Als ich im Dunkeln einen gespürt habe, habe ich also gewusst, dass sich neben mir ein Verteilerkasten befindet."
„Und was hat dir das gebracht?"
„Die Verteilerkästen da unten stehen an den Abzweigungen zu den Versorgungsschächten, die die Messestände mit Strom versorgen. Und mit Wasser, deshalb sind auch Schraubventile für die Wasserzu- und -abfuhr dort. Ich habe also nichts weiter tun müssen, als alle Sicherungen umzuklappen und alle Schraubhähne zuzudrehen, die ich gefunden habe. Ich war mir sicher, irgendwann würde jemand kommen und nachschauen, was da los ist."
Sabine starrte ihren Bruder mit offenem Mund an und keuchte: „Genial."
„Du kannst dir nicht vorstellen, wie anstrengend das war. Aufstehen war fast ein Ding der Unmöglichkeit, und dann erst das Stehenbleiben. Ich habe mich zwar angelehnt und mich an den Rohren und Kabelkanälen festgehalten, aber mach das einmal in einem Zustand, wo dir zum Sterben schlecht ist und so schwindlig, als ob du im Ringelspiel draußen am *Gaudepark* sitzen würdest. Das Ganze hat ja lange gedauert, schließlich habe ich zuerst alles ertasten müssen."
„Und dann?"

„Das Letzte, was ich weiß, ist, dass ich mich langsam wieder auf den Boden niederlassen wollte. Dann bin ich erst heute wieder aufgewacht. Oder war das schon gestern?“
„Das hat dir das Leben gerettet“, sagte Sabine stumpf, „und dich wahrscheinlich vor schwereren neurologischen Folgeschäden bewahrt.“
„Was meinst du mit schwereren?“ Heinz klang misstrauisch.
„Dass die Ärzte jetzt noch nicht sagen können, ob du bleibende Schäden davontragen wirst“, erklärte Sabine, „und wenn ja, in welchem Ausmaß.“
„Sieh's positiv, mit etwas Glück vergesse ich, dass ich depressiv bin.“ Sabine stimmte nicht in Heinz' heiseres Lachen mit ein. Nach einer Pause fragte er: „Wie habt ihr Teppan so schnell finden können?“
„Weil er, wie er selbst gesagt hat, keine Erfahrung darin hat, Gesetze zu übertreten.“
„Soll das ein Witz sein?“, empörte sich Heinz schwach, „der Kerl ist ein Mörder. Und er hat mich vielleicht zum Krüppel geschlagen.“
„Ja, ja, aber beides waren Taten in einem emotionalen Ausnahmezustand und kein geplantes Vorgehen. Ebenso seine Flucht, die war an Stümperhaftigkeit nicht zu überbieten. Allein die Idee: Er wollte dich ermorden, um sicherzustellen, dass ihn niemand findet. Und dann flieht er unter seinem echten Namen mit seinem echten Pass in seinem eigenen Wagen, dessen Kennzeichen auf ihn angemeldet ist, und denkt nicht einmal daran, das Handy zu wechseln – oder es zumindest auszuschalten.“
Heinz lächelte schwach. „Du hast ihn mit der Handy-Ortung zur Strecke gebracht.“

„Ganz genau. Auf die Art haben wir schnell gewusst, dass er in einem Hotel in Luzern war und ein Anruf dort hat genügt, um zu erfahren, in welchem Zimmer er schläft."

Heinz lächelte noch immer. „Schlecht für ihn – gut für euch."

„Gut für uns", korrigierte seine Schwester, „denn immerhin hast du damit deinen Auftrag ausgeführt."

„Ich habe mich niederschlagen lassen, sonst habe ich gar nichts gemacht", konterte Heinz.

„Das werden die Medien aber etwas anders berichten, wenn ich meinen Bericht an unsere Pressestelle weitergegeben habe."

„Du brauchst nicht für mich zu lügen, nur weil ich momentan nichts auf die Reihe kriege."

„Und wer hat herausgefunden, dass Konrad Weißhaupt ein Schwulenporno-Darsteller war?"

„Das hat ja nichts mit dem Mord zu tun."

„Aber damit, dass du es immer noch drauf hast, außerdem", Sabine schlug einen Ton an, der keinen Widerspruch zuließ, „hätte ich ohne dich den Fall nicht so schnell lösen können."

„Aber doch nur, weil ich mich niederschlagen habe lassen", beharrte Heinz.

„Nenn es, wie du willst. Jedenfalls hast du in deinem momentanen Zustand mehr Spürsinn und Opferbereitschaft bewiesen als die meisten Ermittler, die ich kenne."

„Ich bin zu schwach, um dir zu widersprechen." Heinz blinzelte lange, dann fragte er: „Was gibt es Neues von dem rätselhaften Immobiliengeschäft?"

„Gar nichts", entgegnete die Chefinspektorin unwirsch, „die Ermittlungen in diese Richtung sind nicht mehr mein Bier, jetzt, wo der Mörder gefasst ist. Allem Anschein nach ist der Deal mit Zustimmung aller Beteiligten über die Bühne gegangen und sollte der Kärntner Steuerzahler dabei zu Schaden gekommen sein, ist das Sache der Kollegen von der Wirtschaftskriminalität."

„Was heißt zur Zufriedenheit aller", hakte Heinz nach, „was ist mit der katholischen Kirche?"

Die Polizistin blies die Luft aus. „Mein fabelhafter Gruppeninspektor Roth hat mit den Mitgliedern der Gremien geredet, die im Bischöflichen Ordinariat über Kauf und Verkauf von Kirchengrundstücken entscheiden. Sie alle sind schlussendlich mit dem Verlauf der Dinge einverstanden."

Heinz ließ ein keuchendes Seufzen hören. „Was meinst du jetzt mit schlussendlich? – Lass dir nicht alles aus der Nase ziehen."

„Na gut, ursprünglich waren alle gegen eine Veräußerung des Seegrundstücks, so wie Konrad Weißhaupt selbst auch. Aber sie haben sich von ihm umstimmen lassen, weil sie seinem Urteil vertraut haben. Sie sagen, er habe sein Amt immer vorbildlich geführt, sie hätten keinen Grund gehabt, ihm ausgerechnet in dieser Angelegenheit zu misstrauen."

„Mit anderen Worten", resümierte Heinz, „jetzt, wo Konrad Weißhaupts tot ist, gibt es niemanden mehr, der weiß, warum er seine Meinung geändert hat."

Die Chefinspektorin rümpfte die Nase. „Es sieht wohl so aus."

„Und Teppans Druckerei? Weiß wenigstens jemand, warum Weißhaupt sich für die interessiert hat?"

„Ja, Alltagskram. Die katholische Kirche verwaltet nicht nur ihre eigenen Liegenschaften, sie kauft auch welche an, wenn es für sie interessant ist. Die *Druckerei Teppan* ist Insolvenzmasse und daher billig zu haben."

„Das heißt, die Spur war gar keine Spur, sondern ...“ Sabine nickte und beendete den Satz. „... Zufall.“

Freitag, 8.30 Uhr

Heinz sah zu, wie der Herbstwind die Bäume vor dem Fenster seines Krankenhauszimmers bog. Zum ersten Mal seit dem Anschlag auf ihn fühlte er sich einigermaßen zentriert. Die Intensivstation hatte er schon vorgestern verlassen dürfen, seither lag er in diesem Zweibettzimmer, dessen anderes Bett unbelegt war. Dafür war Heinz sehr dankbar, denn obwohl die Ärzte seine Kopfschmerzen und Schwindelgefühle medikamentös weitgehend unter Kontrolle gebracht hatten, empfand er Geräusche als unangenehm, ebenso wie helles Licht oder zu rasche Bewegungen. Für die Nacht bekam er ein Schlafmittel, das jedoch zu mild dosiert war, denn immer wieder rissen ihn Angstattacken aus quälenden Träumen. Der Oberarzt lehnte eine höhere Dosis jedoch ab, denn er befürchtete Wechselwirkungen mit den anderen Medikamenten. Unbedenklich fand der Mediziner hingegen, dass Heinz ab und zu etwas Gehirnflüssigkeit aus der Nase rann, er meinte, das sei normal und werde sich im Laufe der Zeit legen.

Draußen wurde es zunehmend dunkel, der Herbstwind zog eine schwarze Wolkendecke vor den blauen Himmel. Warum hatte er am Sonntag nicht schneller geschaltet? Diese Frage hatte sich Heinz in den vergangenen Tagen immer wieder gestellt. Als er den Raum betreten hatte, in den Fritz Teppan ihn geführt hatte,

war ihm klar geworden, dass Teppan seine Frau am Abend des Mordes mit seinem Privattelefon angerufen hatte. Klausi Meier konnte aber nur sein Firmenhandy orten und vermutlich hatte Teppan dieses in seinem Auto vergessen, welches außerhalb der Reichweite des Lesegeräts geparkt war. Somit hatte Meier angenommen, Teppan habe die Messe bereits verlassen, während dieser in Wahrheit noch da gewesen war und den Mord begangen hatte.
Wäre Heinz diese Erkenntnis schon vorher gekommen, etwa auf der Fahrt zur Messe, als er über Teppan nachgedacht hatte – oder auch nur eine Minute, bevor er in diesen Raum gegangen war –, hätte er sich eine Menge Leid erspart.
Als er so darüber nachdachte, wurde Heinz klar, dass der weiße Gürtel der Auslöser für seine Gedanken gewesen war. Beschämenderweise war ihm der Gürtel in der unpassenden Farbe schon aufgefallen, als er Teppan kennengelernt hatte. Zu dem Zeitpunkt war er aber offenbar unaufmerksam gewesen, hatte die Bedeutung des Indizes nicht erkannt.
Heinz verfluchte seine Depression, die seine Kombinationsgabe auf die einer Stubenfliege verringerte! Und er verzweifelte schier, als er sich bewusst machte, mit welch unausweichlicher Konsequenz ein Ereignis zum anderen führte. Seine traumatisierende Gefangenschaft in Kolumbiens Hauptstadt Bogotá hatte zu seiner Depression geführt, die Depression zur Einschränkung seiner intellektuellen Fähigkeiten und diese wiederum zum Kreisschluss, nämlich zu einer weiteren Gefangenschaft in Dunkelheit und ohne die Möglichkeit, sich selbst zu befreien, die ihm fast das Leben gekostet hatte.

Sein eigenes, tiefes Seufzen riss ihn aus diesen trüben Gedanken. Die Dinge waren, wie sie waren, und er musste nun mit ihnen zurechtkommen. Insofern war es positiv, dass es ihm nun jeden Tag ein wenig besser ging. Heute nach dem Frühstück war er, zwar gestützt von einem Pfleger aber immerhin schon auf eigenen Beinen zur Toilette gegangen.
Und seit gestern beschäftigte ihn auch sein aktueller Fall wieder. Sabine, die ihm seinen Laptop gebracht hatte, meinte zwar, Heinz solle sich keine Gedanken mehr machen, der Fall sei abgeschlossen, doch Heinz ließ das dubiose Immobiliengeschäft keine Ruhe. Okay, mit dem Mord hatte es nichts zu tun, das war nun erwiesen, aber das änderte nichts daran, dass es keinen Sinn ergab. Ebenso wenig, wie das Verhalten von Liese Moritsch, Diplomkaufmann Sorger und Doktor Werginz bei seinem letzten Besuch in der Seniorenresidenz.
Heinz lächelte, als er an die beiden Alten dachte. Die kannten sich beruflich seit Jahren, vielleicht schon seit Jahrzehnten, und jetzt verbrachten sie auch noch ihre Pension miteinander. Gemeinsam mit Berti Starmann, dem Filmregisseur. Heinz wunderte sich einmal mehr, dass er sich nach wie vor dessen Namen merkte, vermutlich, weil er so eingängig war. Sogar bis in seine Schädel-Hirn-Trauma-Phantasien hatte es der Regisseur geschafft … hatte er ihm da nicht eine Rolle angeboten? Wie sollte der Film heißen, *Sherlock Holmes und der schwule Landesrat*?
Heinz musste über die Verrücktheit dieser Phantasie lachen, was zu einem dumpfen Schmerz in seinem Kopf führte. Er fragte sich, welche Filme Berti Starmann wohl gedreht haben mochte. Er startete seinen Laptop und gab den Namen in eine Suchmaschine ein. Unter den Treffern

wählte er einen aus, der ihn zu einer Filmfan-Webseite führte. Hier gab es ein Porträt von Starmann samt einem Foto aus jungen Jahren. Heinz las, dass Berti Starmann nur ein Pseudonym und sein wahrer Name unbekannt sei. Im Werdegang erfuhr er, dass der Regisseur offenbar bei einer kleinen Münchner Filmfirma begonnen hatte. Heinz öffnete ein weiteres Browserfenster und gab den Namen dieser Firma in die Suchmaschinenmaske ein. Das Ergebnis war mager und beschränkte sich auf ein paar Nennungen in einschlägigen Texten. Wie es aussah, existierte die Filmfirma schon längst nicht mehr, und sie hatte auch in der Zeit ihres Bestehens von den Neunzehnhundertsechziger- bis in die Neunzehnhundertachtzigerjahre keine Erfolgsfilme herausgebracht. Das mochte daran liegen, dass sie ausschließlich Pornofilme produziert hatte.
Heinz spürte, wie seine Gesichtszüge ernst wurden und ein Schauer über seinen Rücken lief. Er öffnete noch ein Browserfenster, ging auf gayster.com und klickte sich über den bereits bekannten Pfad zu den Filmen, in denen Konrad Weißhaupt mitgespielt hatte. Dort rief er die *Cast-&-Crew*-Eintragungen auf – und sank mit weit aufgerissenen Augen und Mund nach hinten.

Als Heinz aus seinen Gedanken wieder erwachte, wusste er nicht, wie lange er in ihnen verstrickt gewesen war. Der Monitor des Laptops auf seinem Schoß hatte sich abgeschaltet und draußen peitschte der Wind mittlerweile Regentropfen an das Zimmerfenster. Heinz wusste jetzt, was hinter dem seltsamen Immobiliengeschäft steckte – und es ergab noch immer keinen Sinn.

Samstag, 10 Uhr

Die Begräbnisfeier von Landesrat Rudi Moritsch am Klagenfurter Zentralfriedhof in Annabichl hatte den Charakter eines Staatsakts. Einige Bundesminister, die Landesregierung samt Mitarbeiterstäben, Mitglieder des Landtags, hohe Landesbeamte, leitende Vertreter der Justiz und der Exekutive, der Wirtschaftskammer, der politischen Parteien, kurz: alles, was im Land Kärnten Rang und Namen hatte, war gekommen, um dem Regierungsmitglied die letzte Ehre zu erweisen. Dazu kamen noch die Mitglieder der Vereine, bei denen auch der Landesrat Mitglied gewesen war oder mit denen er sonst wie im Rahmen seiner Arbeit zu tun gehabt hatte, sowie hunderte Schaulustige. Begleitet wurde das Ganze von Vertretern der lokalen und nationalen wie auch einiger internationaler Medien.

Heinz Sablatnig bahnte sich mit seinem Rollstuhl einen Weg durch die Menge. Der Oberarzt hatte ihm vom Besuch der Feier abgeraten, doch Heinz wollte ihn sich nicht nehmen lassen. Er war Teil der Mordermittlung gewesen und hatte dabei die Mutter des Verstorbenen kennengelernt. Ihr sein Beileid auszudrücken, war eine Frage des Anstands, und auch wenn er Rudi Moritsch persönlich nie kennengelernt hatte, fühlte er sich durch seine Tätigkeit auf gewisse Weise mit ihm verbunden. Sein Besuch hier war für Heinz eine Frage des Respekts vor dem Menschen, der der Landesrat gewesen war, und vor dem Tod.

In der Aufbahrungshalle sang ein gemischter Chor in Tracht ein Kärntnerlied.

„Is schon still uman See, hear di Ruada schlogn
und an Vogl im Rohr drin da Finstern klogn."[1]

Wie schon oft auf Beerdigungen berührte die besondere Mischung aus Text, Melodie und Stimmen Heinz sehr tief im Inneren. Augenblicklich, und ohne dass er dagegen etwas unternehmen konnte, begannen seine Tränen zu fließen.

„Wos da Vogl fir a Not hot, brauch ih'n niama frogn,
muaß jo selba mei Traurigkeit üba's Wosa trogn."[2]

Er hielt vor dem Sarg an, der vor lauter Kränzen und Blumen kaum noch zu sehen war, und betrachtete das Bild des Toten, das hier aufgestellt war. Was war nicht alles geschehen, das zu seiner Ermordung geführt hatte, und was hatte diese alles ausgelöst?
Heinz rollte zu Frau Moritsch, die in der ersten Stuhlreihe saß, aufrecht und mit einem Gesicht ohne erkennbare Rührung. Er drückte ihre Hand mit einem stummen Nicken, sie sah ihm in die Augen – ohne Ausdruck. Während er der Reihe der Kondolierenden entlang zurückfuhr, um sich irgendwo im hinteren Bereich der Aufbahrungshalle zu positionieren, sah er Herrn Sorger und Berti Starmann im Publikum sitzen. Neben dem Eingang drängte Heinz sich zwischen zwei stehende Besucher und wendete den Rollstuhl in Blickrichtung Sarg, sah jedoch nicht mehr als einen Wald aus Rücken vor sich. Jemand tippte ihm auf die

---

1 Es ist schon still um den See, ich höre die Ruder schlagen
und einen Vogel im Schilfrohr die Finsternis beklagen.

2 Welche Not der Vogel hat, brauche ich ihn nicht mehr zu zu fragen,
ich muss ja selbst meine Traurigkeit über das Wasser tragen.

Schulter, und als er hochsah, war er überrascht, in das Gesicht von Doktor Werginz zu blicken, das sich freundlich zu ihm herunterneigte.
„Schön, dass Sie gekommen sind", sagte er, während er ihm die Hand schüttelte, „vor allem in Anbetracht Ihres Zustands. Auch Frau Doktor Moritsch freut sich immens, dass Sie hier sind. Ich soll Ihnen ausrichten, dass Sie zum Leichenschmaus nach der Feier herzlich eingeladen sind." Er reichte Heinz eine Karte mit der Adresse des Gasthofs und ergänzte: „Ihr Honorar wurde übrigens bereits überwiesen." Dann verbeugte er sich kurz und war schon wieder zwischen den anderen Besuchern verschwunden.
Heinz starrte ihm mit offenem Mund hinterher. Er konnte sich nicht erklären, was das bedeutete, immerhin hatte er seit dem letzten, unfreundlichen Abschied nicht mehr mit Doktor Werginz kommuniziert. Sein Blick fiel auf die Karte in seiner Hand. Selbstverständlich würde er da hinfahren, es war eine gute Gelegenheit, um eventuell seine letzten offenen Fragen beantwortet zu bekommen. Er holte sein Handy heraus und rief Sabine an, die ihn mit dem Auto hierhergebracht hatte. Er wollte sie bitten, ihn später auch noch zum Leichenschmaus zu führen.

Die Begräbnisfeier schien endlos zu dauern. Auch wenn die Redner sich rücksichtsvoll kurz hielten, so gab es derer viele und kein Geringerer als der Bischof selbst gestaltete den Trauergottesdienst.
Als der Sarg endlich auf den Friedhof geführt wurde, schloss Heinz sich dem Trauerzug nicht an. Die Wege zwischen den Gräbern waren gekiest, was für das Vorwärtskommen mit einem Rollstuhl eine echte

Herausforderung war. Außerdem hatte ihm das Gedränge bisher schon schwer zu schaffen gemacht. Wie vereinbart rief er Sabine an und bat, sie solle ihn abholen kommen.

KAPITEL 16

Samstag, 13 Uhr

War ihm die Beisetzung wie ein Staatsakt vorgekommen, so glaubte Heinz nun, auf einem Volksfest zu sein und nicht bei einem Leichenschmaus. Die Stimmung war aufgekratzt und immer wieder hörte er die Leute lachen. Es war aber nichts Pietätloses dabei, sondern man erinnerte sich an gemeinsame Erlebnisse mit dem Verstorbenen, an die guten Zeiten mit ihm.

Als er angekommen war, hatte er sich etwas fehl am Platz gefühlt, denn er kannte hier niemanden, der auch ihn kannte. Doch zum Glück hatte Lorenz ihn entdeckt, und die beiden hatten an einem etwas abseits gelegenen Tisch Platz genommen.

„Du hast mich ganz schön hinters Licht geführt", begann Lorenz.

„Womit?"

„Mit deiner Geschichte über deine Freundschaft mit Rudi – Heinz."

Heinz schluckte. Bis zu diesem Augenblick hatte er tatsächlich vergessen, dass er sich Lorenz mit einem falschen Namen vorgestellt hatte, als er den *Ständer* besucht hatte. „Wie bist du dahintergekommen?"

„Na, du bist gut, glaubst du, ich lese keine Zeitung? Ich hätt's wissen müssen, du bist mir vorher schon so bekannt vorgekommen."

Sabine hatte ihr Versprechen gehalten und Heinz in ihrem Bericht lobend erwähnt. Für die Medien war das ein Fressen gewesen, immerhin hatten sie Heinz, nachdem er Saskia Frenzen rechtzeitig vor der

Starnacht am Wörthersee aus den Klauen ihrer Entführer gerettet hatte, als Volksheld stilisiert und diesen Ruf nun bereitwillig erneuert.

„Eigentlich müsste ich sauer auf dich sein", fuhr Lorenz fort, „aber du hast geholfen, Rudis Mörder zu fangen, das hebt vieles wieder auf."

Die beiden unterhielten sich noch gut miteinander, und Lorenz blieb auch nicht lange.

Als die Reihen sich etwas lichteten, kam Doktor Werginz auf Heinz zu und bat ihn, an Frau Moritschs Tisch zu kommen, eine Einladung, die Heinz gerne annahm. Die alte Dame saß mit Sorger, Starmann und natürlich Werginz zusammen, welcher zuvorkommend einen Sessel zur Seite stellte, damit Heinz mit dem Rollstuhl Platz hatte. Auch hier herrschte gute Stimmung, Frau Moritsch lächelte sogar versonnen vor sich hin.

„Herr Sablatnig", begann Doktor Werginz in einem offiziellen Tonfall, „Frau Doktor Moritsch und ich möchten Ihnen in aller gebührenden Form für Ihre hervorragende Arbeit danken. Ich räume ein, wir hatten anfangs unsere Zweifel, doch wie sich herausgestellt hat, waren diese unbegründet."

Heinz nahm das Lob mit einem dankbaren Nicken an und dankte Sabine noch einmal im Stillen. Dass Doktor Werginz von medialem Ruhm zutiefst beeindruckt war, war Heinz schon klar gewesen, als der Anwalt ihn das erste Mal angerufen hatte.

„Gute Arbeit", sagte nun auch Frau Moritsch und lächelte ihn anerkennend an, „ich habe von Anfang an gewusst, dass die Polizei alleine zu keinem Ergebnis kommen würde, ich musste ihr unter die Arme greifen. Sie, Herr Sablatnig, waren die richtige Wahl."

„Sie haben ja keine Mühe gescheut“, schaltete sich nun Diplomkaufmann Sorger ein und fuchtelte mit seinen dünnen Armen. „Sogar unter Einsatz Ihres eigenen Lebens haben Sie ermittelt, Respekt!“ Er erhob das Glas und die vier tranken Heinz zu, danach begann Berti Starmann zu applaudieren und die anderen stimmten mit ein.
Heinz fuhr ein wonniger Schauer über den Rücken. Und dann, in der Pause, die daraufhin entstand, stellte er die Frage, die ihm brennend auf der Seele lag: „Sagen Sie, der Ankauf des See-Grundstücks von der katholischen Kirche und der geplante Bau eines Altersheims dort – das haben doch Sie eingefädelt, oder?“ Er sah in die überraschten Gesichter seiner Tischgenossen und wartete.
Die drei und der Anwalt sahen einander belustigt an. Dann meinte Doktor Werginz: „Aber wie kommen Sie denn auf sowas?“
Da begann Sorger zu lachen und rief: „Warum noch abstreiten, liebe Freunde, warum noch abstreiten?“ Und an Heinz gewandt sagte er: „Das haben Sie vollkommen richtig erkannt, Herr Sablatnig, vollkommen richtig. Aber Sie machen mich neugierig: Was wissen Sie?“
„Ich weiß, dass Sie drei die Möglichkeit dazu gehabt haben, das Geschäft zu realisieren. Sie, Herr Diplomkaufmann Sorger, haben Ihre Nichte dazu gebracht, den Deal überhaupt in die Wege zu leiten. Sie, Frau Doktor Moritsch, haben Ihrem Sohn gesagt, er solle vermittelnd tätig werden, damit das Ganze den Segen des Landes Kärnten hat, und Sie, Herr Starmann, haben Herrn Weißhaupt dazu gebracht, das Grundstück zu veräußern.“
Das Lächeln der vier wurde breiter. „Ich habe ja gesagt, er ist der Beste“, meinte Doktor Werginz.

„Ja, aber Herr Sablatnig“, gab sich Bertis Starmann unschuldig, „wie hätten wir denn das machen sollen? Wir sind doch nichts weiter als drei alte Kacker auf dem Abstellgleis der Gesellschaft, auf die niemand mehr hört.“

„Das ist ein gutes Stichwort“, hakte Heinz ein, „Landesrat Moritsch hat tatsächlich auf niemanden gehört – auf niemanden, außer auf seine Mutter. Ihr Wort war für ihn das einzige Gesetz, das er respektiert hat. Wenn sie etwas von ihm verlangt hat, hat sie es bekommen, ohne Rückfragen. Ich nehme an, weil das, was sie ihm von klein auf beigebracht hat, immer gestimmt hat, auch wenn er selbst sich vieles anders gedacht hat.“

„Das ist richtig“, bestätigte Frau Moritsch, „Rudolf war ein Kind, das eine starke Hand gebraucht hat.“

„Was Ihre Nichte angeht, Herr Sorger, die hat wohl kaum eine andere Wahl gehabt, als Ihrer Anweisung Folge zu leisten. Sie ist zwar die Geschäftsführerin von *Immosorg*, aber Sie sind der Mehrheitseigentümer. Freilich, Sie können sie nicht zu einer Entscheidung zwingen, die sich schlecht auf die Firmenbilanz auswirkt, aber ich vermute, Sie haben Ihrer Nichte die Erbschaft Ihrer Anteile in Aussicht gestellt, wenn Sie eines Tages das Zeitliche segnen. Sie wollte wohl nicht riskieren, dass Sie Ihre Meinung ändern, wenn sie Ihren Wunsch zurückweist.“

„Bravo“, rief Sorger und klatschte in die Hände, „wie sind Sie zu der Schlussfolgerung gelangt?“

„Bei meinem Gespräch mit ihr ist mir aufgefallen, dass sie nicht viel Freude mit dem Programm *Landeseigentum gegen Arbeitsplätze* hat. Da war es naheliegend, dass sie in irgendeiner Weise von Ihnen abhängig ist, ansonsten würde sie wohl anders agieren. Und was Sie angeht“, Heinz wandte sich an Berti Starmann, „Sie haben Herrn

Weißhaupt schlicht und einfach erpresst. Als Regisseur der Schwulenpornos, bei denen Herr Weißhaupt mitgewirkt hat, haben Sie besser über diesen Abschnitt seiner Vergangenheit Bescheid gewusst als sonst jemand, und Ihnen war klar, dass er als hoher Kirchenfunktionär diesen um jeden Preis würde geheim halten wollen."
Der pensionierte Regisseur lachte wiehernd und wollte etwas antworten, doch stattdessen sagte Frau Moritsch laut: „Herbert, die Causa Sankt Magdalen: Wo stehen wir?"
„Das Zellstoffwerk, wissen Sie?", erklärte Diplomkaufmann Sorger an Heinz gewandt, „das Zellstoffwerk in Villach Sankt Magdalen. Da hat es in den Achtzigerjahren einen Förderskandal gegeben. Einen Förderskandal. Herbert war der zuständige Fachreferent im Büro der Landesrätin, damals."
Heinz konnte sich daran erinnern, dass der Fall seinerzeit durch die Kärntner Medien gegangen war.
„Herr Detektiv", schaltete sich Berti Starmann indessen ein, „ich kann nur eines sagen: Chapeau!"
„Aber eines verstehe ich bei der Sache nicht", Heinz sah in die Runde, „warum? Ich meine, das Ganze ergibt doch keinen Sinn."
„Wir wollten ein nobles Altersheim haben, ein nobles Altersheim", antwortete Diplomkaufmann Sorger, als wäre damit alles erklärt.
Heinz war irritiert. „Wieso? Was stimmt denn an der Residenz *Seemoos* nicht?"
Frau Moritsch musterte ihn lange, dann sagte sie: „Sie haben doch die Seniorenresidenz *Seemoos* gesehen, nicht wahr?"
Heinz nickte.
„Was ist Ihnen dabei aufgefallen?"

Heinz dachte nach, schüttelte dann aber den Kopf. Auch die ehemalige Landesrätin schüttelte den Kopf, allerdings nicht aus Verständnislosigkeit, sondern aus Unverständnis. „So ein kluger Mensch und sieht das Offensichtliche nicht. – Sie hat keinen Seezugang!"

Heinz starrte zuerst sie und dann die anderen in der Runde an. „Das ... das ist alles?"

„Sagen Sie bloß, das genügt nicht?" Herr Sorger spielte belustigt den Empörten.

„Aber ... aber", stotterte Heinz, „bis das alles spruchreif ist, geplant, gebaut ... seien Sie mir nicht böse, aber bis dahin vergehen Jahre."

„Jahre, die wir nicht mehr haben, meinen Sie?" Der Blick der alten Moritsch hatte etwas Stechendes.

Heinz schluckte und meinte kleinlaut: „So sieht es nun einmal aus."

„Das mag ja sein", mit einem Mal klang sie wie eine nachsichtige Mutter, „aber die Chance, dass wir es doch noch erleben, besteht. Und auch wenn nicht, für die nach uns kommenden Seniorinnen und Senioren wäre so eine Residenz eine wahre Wohltat."

Heinz entkam ein beinahe verächtliches Lachen. „Sie wollen mir doch nicht weismachen, Sie hätten das alles aus reiner Nächstenliebe inszeniert?"

Die drei Alten wechselten wieder Blicke und lachten unverhohlen.

„Sie haben recht, Herr Sablatnig", meinte Sorger dann, „unser Antrieb war in der Tat ein anderer ... ein anderer. Schauen Sie, wir drei waren in unserem Berufsleben in Führungspositionen. Wir waren die Macher. Die Macher. Wissen Sie, was das bedeutet?"

Heinz erwiderte nichts.

Berti Starmann fuhr fort: „Das bedeutet, wir waren es gewohnt, dass die Menschen das getan haben, was wir wollten. Mit Eintritt in die Seniorenresidenz hat sich das Blatt für uns mit einem Schlag gewendet, da waren wir die alten Kacker, die auf Gedeih und Verderb den Launen der anderen ausgeliefert sind. Und nicht nur das, plötzlich hat uns keiner mehr ernstgenommen."

„So luxuriös kann eine Seniorenresidenz gar nicht sein, dass man sich unter solchen Umständen darin wohlfühlt", erklärte Frau Moritsch.

„Wie Kinder", warf Diplomkaufmann Sorger ein, „wie Kinder behandelt man uns da. Sogar die eigene Verwandtschaft. Wir waren uns darin einig, dass wir uns das nicht länger gefallen lassen werden."

„Wir wollten ihnen zeigen, dass immer noch wir die Fäden in der Hand halten", fuhr Frau Moritsch fort, „nicht sie. Die Jungen da draußen, die mögen die Dinge umsetzen, aber die Macht dahinter, das sind wir."

Diplomkaufmann Sorger übernahm wieder das Wort. „Das Altersheim war nur eine spontane Idee von uns, eine spontane Idee, die uns auf die Schnelle eingefallen ist, weil uns das selbst betroffen hat."

„Genau", sagte Berti Starmann triumphierend, „es hätte auch jedes beliebige andere Scheißding sein können."

Die drei Alten lachten, und auch Doktor Werginz stimmte mit ein.

Heinz glaubte, seinen Ohren nicht zu trauen. „Waren Sie sich nie der Konsequenzen bewusst, die diese Aktion nach sich ziehen würde?", fragte er. „Es geht dabei ja immerhin um echtes Geld, mit dem Sie da spielen, um Geld, das dem Steuerzahler gehört."

Frau Moritsch spitzte die Lippen. „Nun, das ist eine Welt, die uns nichts mehr angeht. Uns war es wichtig zu zeigen, was wir noch draufhaben, wie es so schön heißt."
„Stellen Sie sich vor, Sie wollen in Ihrem Keller eine elektrische Eisenbahn bauen", sagte Starmann, „mehr ist das für uns nicht."
„Und die rechtlichen Konsequenzen?", fragte Heinz, „haben Sie keine Angst vor rechtlichen Konsequenzen, wenn das aufkommt?"
Wieder lachten die drei laut auf, dann meinte Sorger: „Aber das war doch unser täglich' Brot, Herr Sablatnig, unser täglich' Brot als Führungskräfte. Prozesse werden immer geführt, das macht uns keine Angst. Und mit den Tricks unserer Anwälte dauert ein solcher Prozess länger, als wir noch zu leben haben. Stimmt's nicht, Herr Doktor?"
Werginz nickte, und sie lachten wieder.
„Okay", lenkte Heinz ein, „aber warum dann die niedrige Kaufsumme?"
„Na hören Sie einmal", der Diplomkaufmann spielte wieder den Empörten, „ich bin immer noch der Mehrheitseigentümer von *Immosorg*. Glauben Sie, ich möchte ein Verlustgeschäft machen? Berti hat mir den Gefallen getan, Herrn Weißhaupt davon zu überzeugen, dass sich die Kirche mit dreiundachtzig Millionen fünfhunderttausend Euro zufriedengibt. Dafür habe ich ihn auf ein Glas Wein eingeladen." Er und Starmann prosteten einander zu und grinsten.
Heinz spürte die Hand von Frau Moritsch auf seinem Unterarm. „Lassen Sie uns den Spaß, Herr Sablatnig, wer weiß, wie lange es uns noch gibt?"
Heinz sah sprachlos von einem zum anderen, mehrmals. In jedem Gesicht begegnete ihm vergnügte Aus-

gelassenheit. Deshalb hatten sie ihn also letztens so abgekanzelt, sie wollten nicht, dass er in ihre Richtung recherchierte, um ihr Geheimnis nach Möglichkeit zu schützen – auch wenn sie das jetzt, da es aufgeflogen war, offenbar nicht störte.

Schließlich seufzte Frau Moritsch glücklich und meinte: „Das war eine rundum tolle Sache. Jetzt freue ich mich richtig auf den Tod. Das Altersheim wird gebaut, so oder so, und wenn ich sterbe, dann werde ich meinen Rudolf wieder in die Arme schließen können. Egal, ob ich ihn im Himmel wiedertreffe oder in der Hölle."

Dieses Buch verdankt seine Entstehung einer Reihe von wertvollen Helfern.

Einmal mehr danke ich **Sandra Hörtner** für das geniale Coverdesign und das elegante Layout.

Weiters danke ich den **Kärntner Messen** für die Sponsor-Partnerschaft und insbesondere **Irene Huditsch** für ihr engagiertes Entgegenkommen in allen Fragen der Recherche und der Öffentlichkeitsarbeit.

Danke auch den **City Arkaden Klagenfurt** für unsere Sponsor-Partnerschaft.

Zu guter Letzt danke ich dem **Land Kärnten** für die Förderung der Herstellung.

KÄRNTNER MESSEN
KLAGENFURT
kaerntnermessen.at

CITYARKADEN
Klagenfurt

LAND KÄRNTEN
Kultur
kulturchannel.at

WAS BISHER GESCHAH:

Starmord am Wörthersee
von Roland Zingerle

Saskia Frenzen, ein deutscher Schlagerstar, wird in einem anonymen Brief mit dem Tod bedroht, sollte sie, wie geplant, bei der bevorstehenden „Starnacht am Wörthersee" auftreten.

Der Klagenfurter Berufsdetektiv Heinz Sablatnig erhält den Auftrag, den Schreiber des Drohbriefs ausfindig zu machen, ein zeitlich sehr knappes Unterfangen.

Im Zuge seiner Ermittlungen werden Heinz, Saskia und deren Visagistin Anne von Unbekannten entführt, wobei Anne ums Leben kommt.

Heinz gelingt es, sich und Saskia aus der Gewalt der Entführer zu befreien, doch als sich herausstellt, dass Anne ermordet wurde, wird Saskias Auftritt bei der Starnacht zu einem Spiel auf Leben und Tod.

Taschenbuch, Edition Z, 2019
ISBN 978-3-96443-181-3
Auch als E-Book und Hörbuch erhältlich!

Tagebuch eines Depressiven

von Roland Zingerle

Acht Prozent der Österreicherinnen und Österreicher leiden an einer Depression, doppelt so viele wie an Krebs. Trotzdem wird die Krankheit öffentlich kaum beachtet, denn wer nicht von ihr betroffen ist, der kann sie nicht verstehen. Die Betroffenen wiederum schweigen, sie haben Angst, als geisteskrank abgestempelt zu werden, oder wissen gar nicht, wie es um sie steht.

Roland Zingerle ist einer von ihnen, der nicht schweigt. Jahrelang ignorierte er die Hilferufe seiner Seele, bis sein Körper ihm den Dienst versagte.

In „Tagebuch eines Depressiven" erzählt er von seinem Hineinschlittern in die Depression, seiner Therapie und seinem beschwerlichen Weg zurück.

„Dieses Buch will Nichtbetroffene für ein Thema sensibilisieren, das längst in der Mitte unserer Gesellschaft angekommen ist und es will Gefährdete ermahnen, auf ihre innere Stimme zu hören. Vor allem will es aber den Betroffenen Verständnis entgegenbringen und ihnen sagen: Ihr seid nicht allein, ihr seid Teil einer sehr großen Gruppe. Verzweifelt nicht, es gibt Heilung – aber die liegt in euren Händen."

Taschenbuch, Edition Z, 2018
ISBN: 978-3-96111-945-5
Auch als E-Book erhältlich!

Alle Krimis & mehr auf www.rolandzingerle.at

Edition Z